구름 닮은 옷차림 꽃과 같은 생김새
봄바람 난간을 스쳐 가고 이슬 맺힌 꽃 짙어만 가네
만약 군옥산 머리에서 만나지 않았다면
청녕 요대의 달빛 아래거 만날 수 있으리

雲想衣裳花想容
春風拂檻露華濃
若非群玉山頭見
會向瑤臺月下逢

청평조
清平調詞

어기충소
御氣衝霄

어기충소 4
태율 新무협 판타지 소설

초판 1쇄 찍은 날 § 2006년 1월 10일
초판 1쇄 펴낸 날 § 2006년 1월 20일

지은이 § 태율
펴낸이 § 서경석

편집장 § 문혜영
편집책임 § 한지윤
편집 § 이재권 · 서지현

펴낸곳 § 도서출판 청어람
등록번호 § 제1081-1-89호
등록일자 § 1999. 5. 31
어람번호 § 제2-0802호

주소 § 경기도 부천시 원미구 심곡1동 350-1 남성B/D 3F (우) 420-011
전화 § 032-656-4452 팩스 § 032-656-4453
http://www.chungeoram.com
E-mail § eoram99@chollian.net

ⓒ 태율, 2005

ISBN 89-5831-924-0 04810
ISBN 89-5831-794-9 (세트)

御氣衝霄 **4**

위진형산(威振衡山)

태율 新무협 판타지 소설

Fantastic Oriental Heroes

어기충소

도서출판 청어람

목차

第二十六章

사제재회(師弟再會)

후기지수들의 우위를 가리는 영웅연은 형산파와 청성파와의 공식
비무로 인해 뒷전이 되어버렸다. 흥분한 관중들은 청성의 치졸한 행동
을 성토하느라 열을 올렸고, 다른 한쪽에서는 청성의 검수를 상대로 승
리한 형산의 어린 소년을 침이 마르도록 칭찬했다. 비무를 구경하기
위해 모여든 관중들 대부분은 구대문파와는 거리가 있는 인물들이어서
평소 오만한 구대문파에 반감을 지니고 있었기 때문이다.
　가뜩이나 불안한 시국에 분란이 조성될 여지를 남긴 이번 비무 결과
가 구대문파로서는 달가울 리 없었다.
　오악대회를 주최한 화산 측에서는 과열된 분위기와 형산에 대한 타
문파의 반감을 가라앉히기 위해 남은 일정을 미루자고 제의했다. 그리
고 대부분의 사람들이 이를 받아들여 영웅연의 나머지 계획은 다음날

로 늦춰지게 되었다.

형산파 역시 화산파의 제의를 수락했다.

곽범태를 비롯한 안자명과 안지명, 그리고 하운지는 단리정을 향해 몰려드는 사람들을 뿌리치며 달아나듯 장내를 빠져나갔고, 진영인은 일단 일행과 떨어져 따로 송현자의 숙소를 찾았다.

문 앞에 이른 진영인은 의복을 단정히 정돈했다. 그리고 목소리를 가다듬어 입을 열었다.

"제자, 영인입니다."

"들어오너라."

진영인이 방 안으로 들어서자 인자한 웃음을 머금은 송현자와 그 옆에 나란히 선 운검이 진영인을 맞이했다.

"사부님……."

송현자의 펄럭이는 소매를 바라보는 진영인의 눈에 진한 아픔이 떠올랐다. 그런 제자의 눈빛을 읽은 송현자는 아무렇지 않게 웃으며 진영인을 향해 다가섰다.

"팔 하나를 잃었지만 이를 통해 얻은 것은 더욱 크다. 그러니 너는 더 이상 여기에 신경을 쓰지 않아도 된다."

말을 마친 송현자는 하나밖에 남지 않은 손으로 진영인의 얼굴을 쓰다듬었다.

"많이 야위었구나."

순간 진영인은 가슴이 먹먹해지며 목울대를 타고 뜨거운 무언가가 울컥 치고 올라오는 것을 느꼈다.

"그런가요?"

애써 웃어 보이는 진영인이었으나 음성은 이미 물기에 젖어 있었다.

솟구치는 눈물을 참느라 붉어진 진영인의 눈시울을 잠시 바라보던 송현자는 이내 그의 어깨에 조용히 손을 얹었다.

"무심한 녀석 같으니라고."

"죄송합니다."

오 개월 만이었다. 짧다면 짧다 할 수 있는, 불과 반년도 되지 않는 시간이 흘렀을 뿐이었다. 하지만 송현자는 노인이 되어 있었다. 눈가에 자리잡은 주름의 골은 더욱 깊어졌고, 반백의 머리카락은 더욱 희끗하게 변해 있었다. 하지만 무엇보다 진영인의 눈에 아프게 파고든 것은 이미 스스로 모든 것을 감내한 듯 초연한 미소를 담고 있는 그의 눈빛이었다.

진영인은 알고 있었다. 검사에게 있어 검을 다루는 팔은 생명과도 다름이 없음을. 팔을 잃는 순간 송현자는 검사로서의 생명이 끝난 것이다. 평생 검을 만져 온 무인에게 있어 그것이 얼마나 가혹한 형벌인지 모를 진영인이 아니었다. 그리고 홀로 외롭게 이를 받아들인 송현자의 고통을 짐작 못할 만큼 어리석지도 않았다.

진영인은 그것이 마음 아팠다. 하지만 이를 드러내 놓고 내색할 순 없었다. 자신 때문에 사부의 얼굴에 그늘이 드리우는 것을 원치 않기 때문이다.

진영인은 송현자 앞에 무릎을 꿇었다. 그리고 두 손으로 자전뇌검을 받쳐 공손히 내밀었다.

"수고했다."

자전뇌검을 건네받아 붉은 비단 위에 올려놓은 송현자는 손을 뻗어 진영인을 일으켜 세웠다. 그리고 한쪽에 놓인 다탁으로 그를 이끌었다.

운검이 따라준 차를 받아드는 진영인을 향해 송현자가 입을 열었다.

"금산철가의 일은 담천우란 아이로부터 자세히 들어 알고 있다. 하지만 다른 속가에 알아보니 금산철가 말고는 들르지 않은 모양이더구나."

"예, 실은……."

진영인은 금산철가를 벗어난 이후 단리혁을 만나 그와 벌인 일전과 이후 조우한 신풍마유 유철악과의 대화를 시작으로, 단리설과 공야휘를 만나기 위해 죽산으로 향해 그곳에서 조옥린과 나눴던 대화들을 차분한 어조로 이어나가기 시작했다.

송현자와 운검은 고개를 끄덕이며 진영인의 이야기를 경청했다. 하지만 조옥린이 언급했던 산서조가의 멸문 과정을 설명하는 도중 운검이 놀라 입을 열었다.

"잠깐, 소뢰음사라 했느냐?"

"예."

고개를 끄덕인 진영인이 그 부분은 자세히 언급했다.

"그는 흉수를 추적하던 중 일부가 천축과 연관이 있다는 것을 알아낸 다음 곧장 서장으로 향했다고 합니다."

"음……."

침음성을 흘리던 운검은 의아하게 자신을 바라보는 송현자의 눈빛을 느끼고 애써 웃음을 머금었다.

"아무것도 아닙니다. 약간 신경 쓰이는 부분이 있어서……."

혼란스러운 마음을 감추며 운검이 말끝을 흐렸다. 하지만 기련십마 일행이 형산을 쳐들어왔을 때 명검이 사용했던 무공이 자꾸만 마음에 걸렸다. 대력금황기 역시 소뢰음사의 무공.

'내가 과민한 것인가?'

마음으론 부정하고 싶었지만 산서조가를 멸문시킨 흉수와 명검. 그리고 둘 사이에 존재하는 소뢰음사라는 연결 고리가 운검의 머리 속을 어지럽게 만들었다. 하지만 아직 속단하기엔 이르다. 자신은 언제까지 형산 문하일 것이라 말하는 명검의 눈빛에서는 분명 그 어떤 거짓도 느껴지지 않았던 것이다.

또다시 두통이 엄습하는 걸 느끼며 운검은 지그시 관자놀이를 문질 렀다.

"사형, 괜찮아요?"

근심스러운 진영인의 물음에 운검이 웃으며 고개를 끄덕였다.

"괜찮다. 이야기를 계속하거라."

유독 창백한 운검의 얼굴을 잠시 걱정스런 표정으로 바라보던 진영 인은 이내 다시금 이야기를 이어가기 시작했다.

단리설을 만나 들었던 정사대전 이면에 감춰진 진실, 그리고 그 결 정 과정에서 형산이 배제되었던 이유와 형산파의 개파 조사인 뇌공 하 원일과 백련 사이에 얽혀 있던 비밀까지. 그리고 유철악과 단리설이 언급했던 당금 무림의 상황 역시 차분히 설명한 진영인은 잠시 말을 멈춘 채, 눈을 들어 송현자를 바라봤다.

"그런 비사가 있었던가."

입을 여는 송현자의 눈에 쓸쓸한 감정이 떠올랐다.

진영인과 운검을 향해 송현자가 다시금 입을 열었다.

"나 역시 그 부분에 관해서는 듣질 못했다. 사부님께서 임종할 당시 상황이 너무 급박했으니까. 만약 단리설이란 여인이 아니었다면 형산의 개파조사이신 그분에 관한 진실은 이대로 묻혀 버렸을지도 모르는 일이다."

그제야 진영인은 송현자가 자신에게 뇌공에 관한 이야기를 언급하지 않은 이유를 알 수 있었다.

'그래, 사부님께서 알고 계셨다면 분명 나에게 이야기를 해주셨을 것이다. 사부님께서 나를 속일 이유가 없지 않은가?'

가슴 한편에 담고 있던 의구심이 눈 녹듯 사라지는 것을 느끼며 진영인은 조용히 웃음을 머금었다.

이때 운검이 근심스러운 얼굴로 입을 열었다.

"흑무련과 정파의 갈등을 부추기는 또 다른 세력에 대해서는 어찌 생각하십니까?"

"암류(暗流)라……."

침음성을 터뜨린 송현자가 진영인을 향해 입을 열었다.

"그들의 말을 믿을 수 있겠느냐?"

"어디까지가 진실이고 어디까지가 거짓인지는 제자도 알지 못합니다. 하지만 당금의 상황이 석연치 않다는 것은 확실합니다."

"네 생각을 듣고 싶구나."

잠시 생각을 정리하던 진영인이 한 모금의 차로 목을 축인 다음 입을 열었다.

"일단 악화일로로 치닫은 정파무림과 흑무련의 대립을 누군가가 야기시키고 있다는 것은 사실 같습니다. 실제로 아정과 단리 소저를 위해 잠시 제자가 자리를 피한 사이 정체 모를 괴인들이 그들을 납치했었습니다. 그 흉수들은 무당의 무공을 사용하고 있었으며 그 성취 역시 상당했습니다. 더구나 특이하게도 그들 중 독을 사용하는 자들도 있었습니다.”

“무당의 무공이 확실하더냐?”

송현자의 반문에 진영인이 고개를 끄덕였다.

“그들은 분명 양의검법과 십단금을 사용했습니다.”

“음…….”

송현자가 침음성을 흘렸다. 다른 곳도 아닌 무당이 독을 사용한다는 이야기는 그로서도 금시초문이었던 것이다.

아니나 다를까, 진영인이 다시금 입을 열었다.

“하지만 단언컨대 그들은 무당의 인물이 아닙니다.”

“그리 생각한 이유는?”

“기질 자체가 달랐습니다. 도가의 기상이 아닌, 패도적이고 음험한 기운을 지니고 있었습니다. 더구나 그들의 눈빛에서는 오랜 시간 마음을 갈고닦은 흔적이 느껴지지 않았습니다. 그리고…….”

진영인이 품속에서 손바닥만한 크기의 벽옥을 꺼내 송현자를 향해 내밀었다.

“단리 소저를 납치했던 그자에게서 발견한 것입니다.”

“이건?”

벽옥 가운데 선명히 새겨진 국화 문양을 발견한 송현자의 눈이 이채를 발했다.

"당금 무림에 국화를 자신들의 상징으로 삼는 문파는 한곳뿐이다."

송현자는 벽옥에 새겨진 국화를 뚫어지게 바라보며 입을 열었다.

"당문. 그것도 직계 혈통에게만 허락되는 문양이 바로 이것이지."

진영인이 고개를 끄덕였다.

"저도 그렇게 생각했습니다."

운검이 입을 열었다.

"독과 당문이라… 결정적이군요."

진영인이 고개를 저었다.

"아직 속단하기엔 이릅니다. 그 벽옥을 지닌 사내는 끝까지 당문의 절기라 할 수 있는 암기나 독은 사용하지 않았습니다. 오로지 십단금으로 맞설 뿐이었지요. 어쩌면 그들이 당문으로부터 갈취한 물건일 수도 있습니다."

"어쩌면 당문이 이번 일에 깊이 관련되어 있을 수도 있지. 아직은 모든 것이 확연하지가 않구나."

"당문과 연락을 취해 보면 어떨까요?"

진영인의 말에 운검이 고개를 저었다.

"만약 이 일에 당문이 직접 개입되어 있다면 그들은 분명 발뺌을 할 것이고 오히려 풀을 건드려 뱀을 숨게 하는 우를 범할지도 모른다."

송현자가 벽옥패를 진영인에게 다시 내밀었다.

"일단은 사태의 추이를 지켜보도록 하자꾸나. 그리고 이건 네가 보관하고 있는 것이 좋겠다."

벽옥패를 받아 품속에 갈무리하는 진영인을 향해 송현자가 질문을 던졌다.

“그런데 아정과 그 아이의 누이를 납치했다던 괴인들은 어찌 되었느냐?”

잠시 난처한 표정을 짓고 있던 진영인이 나직한 한숨과 함께 입을 열었다.

“죽었습니다.”

“자결한 것이냐?”

“아닙니다.”

“그럼?”

“그들은 모두 여섯 명이었는데, 제자와 처음 조우한 다섯 명은 제가 제압하여 호 소저에게 넘겼고, 저는 그들의 수장으로 보이는 청년과 관제묘에서 싸움을 벌였습니다. 십단금을 쓰던 그 청년은 제 검에 목숨을 잃었고, 그 일행 역시 호 소저의 독한 손속으로 미루어 짐작하건대 살아 있지 못할 것입니다.”

“살검(殺劍)을 썼느냐?”

놀라 되묻는 송현자의 질문에 진영인은 씁쓸한 얼굴로 고개를 끄덕였다.

“그렇습니다.”

“으음… 네가 살검을 휘두를 만큼 그렇게 강한 상대였느냐?”

대답을 망설이는 진영인을 잠시 바라보던 송현자는 이내 수긍하듯 천천히 고개를 끄덕였다.

“하긴 십단금은 수백 년 동안 무당의 이름을 드높인 절학. 어리석은 질문이었구나.”

진영인이 고개를 저었다.

“아닙니다. 비록 그가 십단금을 사용하긴 했으나 제자의 검은 이를 훨씬 상회하고 있었습니다.”

진영인의 대답에 송현자와 운검이 놀라 서로를 바라봤다. 평소 진영인의 성정을 익히 잘 알고 있는 그들이었기에 자신보다 약한 자를 상대로 살검을 썼다는 말에 의아함을 금치 못했던 것이다.

그런 그들을 향해 진영인이 설명을 이어갔다.

“호약란과의 비무에서 저는 홀연히 찾아든 깨달음을 얻었습니다. 그리고 이를 통해 이전부터 이루고자 했던 검강의 경지에 들어설 수 있었습니다.”

“검강이라 했느냐?”

해연히 놀라는 송현자의 질문에 진영인이 고개를 끄덕였다.

“그렇습니다. 단순히 검강의 형태만을 흉내 낸 것이 아닌 진정한 검강이었습니다.”

진영인의 대답에 송현자는 놀라움을 감출 수 없었다.

검을 든 무인이라면 누구나 꿈꾸는 지극히 높은 검의 경지. 비록 자신의 제자라고는 하나 약관을 넘긴 지 얼마 되지도 않은 진영인이 이를 이루었다는 것을 믿기 어려웠던 것이다. 하지만 송현자와 달리 운검은 충분히 짐작했다는 듯이 고개를 끄덕였다.

“청성파의 일월산이 마지막 암습을 가했을 때 아정을 구한 것은 필시 검강보다 높은 경지가 틀림없을 것이다. 그렇지 않느냐?”

운검의 질문에 진영인이 웃으며 고개를 끄덕였다.

“역시 사형의 눈은 속이지 못하겠군요.”

그때서야 송현자는 당시 진영인이 검을 날린 수법을 떠올렸고, 당시

엔 설마 하던 의구심이 이내 경악으로 바뀌어 자신도 모르게 탄성을
터뜨렸다.

"이기어검! 진정 이기어검이었단 말인가!"

쓴웃음을 머금고 진영인이 가볍게 고개를 저었다.

"이기어검이라 불릴 만큼 완전한 것은 아닙니다. 아직은 패황 공야
휘의 발끝에도 미치지 못하지요. 하지만 검강보다 상위의 경지인 것은
분명합니다."

"패황을 만난 적이 있느냐?"

"아주 호된 가르침을 받았습니다."

진영인은 차분히 자신이 겪은 일들을 설명하기 시작했다.

"그날 아정의 누이를 만나러 봉황루에 갔을 때 사대명왕 중 한 명인
호약란을 만났습니다. 그녀는 저에게 원한이 있어 싸움은 불가피했습
니다. 그 싸움에서 저는 우연히 지금까지 저의 검을 가로막고 있던 벽
의 본질을 깨달았습니다. 그리고 당시의 기억은 없지만 저는 분명 검
강을 사용했고, 정신을 차렸을 땐 부상당한 호 소저와 완전히 파괴된
그녀의 무기를 발견할 수 있었습니다. 이후 아정과 단리 소저를 납치
한 흉수들을 추적하는 과정에서 저는 비로소 검강을 펼쳐낼 수 있음을
확인할 수 있었습니다. 하지만……."

찻잔을 들어 한 모금의 차로 목을 축인 다음 진영인이 말을 이어갔
다.

"검강을 펼쳐 흉수들을 제압하려 할 때 도저히 있을 수 없는 일이 벌
어졌습니다."

"있을 수 없는 일?"

운검의 반문에 진영인이 자신의 오른손을 내려다보며 고개를 끄덕였다.

"검로가 엉켜 제대로 검을 펼쳐낼 수 없었습니다. 뿐만 아니라 마치 손안의 검이 스스로의 의지를 지닌 듯 제멋대로 초식을 연계시키며, 뇌운검결이 분명할진대 저 스스로도 구분할 수 없을 만큼 난해하고 복잡한 초식들을 쏟아내기 시작했습니다. 분명히 한 초식을 펼친 것이었지만 뇌성진천과 낙뢰섬전, 낙뢰토염이 하나로 섞여 저조차 무엇을 펼쳤는지 알 수 없었습니다. 하지만 초식이 중첩되는 것으로 인한 반발이나 충돌을 느낄 수 없었고 오히려 검의 위력을 증대시켜 더욱 파괴적이 되었지요. 이는 그때까지 제가 익혀온 뇌운검결의 검리를 송두리째 뒤흔드는 것이어서 처음엔 당황을 금치 못했습니다. 한마디로 저 스스로 검을 통제할 수 없었습니다."

"그래서?"

"흉수의 우두머리였던 청년과의 싸움도 그랬습니다. 저는 그를 제압하고자 했을 뿐, 그렇게까지 살벌한 검을 펼치고자 한 것이 아니었습니다. 하지만 제 의지를 벗어난 검은 흉포하기 이를 데 없었고, 결국엔 제 의도와 달리 치명상을 입혀 그는 숨을 거두고 말았습니다."

"으음……."

턱을 괸 채 고개를 끄덕이는 운검의 모습에 잠시 숨을 돌린 진영인이 다시금 입을 열었다.

"위력으로만 따지자면 분명 발전이라 할 수 있었습니다. 하지만 걱정이 앞섰습니다. 이처럼 무서운 검을 스스로 제어할 수 없다면 어떤 결과가 나올지 예상할 수 없기 때문입니다. 패황과의 비무 이후 이는 더욱 뚜렷해졌습니다. 뒤늦게 저는 새로 얻은 검리를 제 것으로 만들기 위해 그간 아정과 함께 수련에만 전념해 온 것입니다.”

“패황과 비무를?”

운검과 송현자가 놀란 얼굴로 동시에 외쳤다. 그도 그럴 것이, 도 하나로 천마성을 세우고 그 아래 흑무련을 규합시킨 공야휘의 무위는 당금 강호에서 적수를 찾아볼 수 없을 만큼 공전절후(空前絶後)한 것이었기 때문이다.

진영인은 웃으며 당시 공야휘와 싸우게 된 이유와 결과를 설명하기 시작했다.

공야휘와 싸운 이유, 단리설에 대해 언급하는 진영인의 얼굴에 일순 그늘이 드리워졌다. 누구보다 진영인을 잘 아는 까닭에 송현자와 운검은 이를 놓치지 않았다.

송현자의 얼굴이 일순 어두워졌다.

'단리설이라 했던가? 영인 이 아이의 마음이 그녀에게 크게 기울어진 모양이구나.'

송현자는 걱정이 앞섰다. 정사대전 이후 물과 기름 같은 정파와 사파 간의 관계를 생각했을 때 진영인과 단리설의 인연은 결코 이어질 수 없는, 불가능한 것이기 때문이다. 마도의 하늘이라 일컬어지는 공야휘의 손녀와 앞으로 형산의 미래를 짊어질 진영인의 입장 차이는 극명하게 엇갈린다.

순간 송현자와 운검의 눈이 마주쳤다. 운검은 말없이 고개를 흔들었다. 괜히 이를 내색하여 진영인의 마음에 부담을 지우기 싫었기 때문이다.

고개를 끄덕인 송현자는 진영인의 말을 끝까지 경청했다.

이윽고 진영인의 이야기가 끝나자 송현자가 너털웃음과 함께 입을 열었다.

"허허, 유체이탈을 경험했다고?"

약간은 멋쩍은 웃음을 머금고 진영인이 고개를 끄덕였다.

"황당하게 들리실지 모르지만 분명 제 의식은 몸을 빠져나와 패황과 싸우는 저를 보고 있었습니다."

운검도 웃으며 입을 열었다.

"만약 그 상태에서 돌아오지 못했다면 두 번 다시 너를 보지 못할 뻔했구나. 새로운 검에 눈을 뜨더니 아예 신선이 되고자 했더냐?"

"하하하. 하지만 전 이렇게 사부님과 사형 앞에 서 있지 않습니까?"

너스레를 떠는 진영인을 흐뭇한 눈빛으로 바라보던 송현자가 문득 질문을 던졌다.

"그래, 얻고자 하는 검은 얻었느냐?"

잠시 대답을 망설이던 진영인이 이내 천천히 고개를 저었다.

"시간이 부족했습니다."

"하지만 너는 완전하진 않다고 하나 분명 이기어검을 사용하지 않았느냐?"

"세간에 알려진 것과 달리 신검합일과 이기어검의 경지는 뚜렷하게 구분되는 것이 아니었습니다. 이기어검은 의지가 향하는 곳에 검이 향하는 신검합일을 이루고자 노력하는 과정에서 얻은 부산물일 뿐입니다. 하지만 이조차 완벽하지 않지요."

근심스러운 얼굴로 진영인을 바라보던 송현자가 말끝을 흐렸다.

“그렇다면…….”

“그래도 어느 정도는 제 의지대로 검을 다룰 수는 있습니다. 제게
필요한 것은 시간입니다. 시간만 주어진다면 능히 제 것으로 만들 자
신이 있습니다. 그러니 너무 염려하지 마십시오.”

가슴을 치며 자신있게 말하는 진영인의 모습에 송현자는 비로소 마
음을 놓을 수 있었다.

“아!”

뒤늦게 무언가가 생각난 듯 진영인이 무릎을 치며 송현자를 바라봤
다.

“신풍마유와의 대화에서 사대명왕 중 알려지지 않은 마지막 인물에
대한 이야기를 들었습니다.”

잠시 기억을 더듬던 진영인은 당시 유철악이 언급했던 형산 문하에
대한 이야기를 설명하기 시작했다.

“신풍마유는 제가 ‘그들’과 마찬가지로 형산에 머물지 못할 운명을
지녔다 했습니다. 그리고 나머지 한 명에 대해서는 물어볼 겨를이 없
었지만 신풍마유가 언급한 ‘그 친구’는 분명 형산 문하였고, 그와 마
찬가지로 극마의 경지를 이뤘다 했습니다. 오래전 저는 단리 소저로부
터 사대명왕 중 한 명이 한때 정파의 인물이었다가 마도로 돌아선 사
람이라 들었던 적이 있습니다. 형산파의 무인이 사대명왕 중 한 명이
라니…… 저는 이에 대해 들어본 적이 없습니다. 혹 사부님께서는 이
에 대해 아는 것이 있으십니까?”

세간에 알려지지 않은 마지막 사대명왕의 존재에 대해 궁금함을 드
러냈던 송현자의 얼굴은 진영인의 말이 이어지는 동안 점차 딱딱하게

굳어졌다.

이는 운검 역시 다르지 않아, 그의 얼굴은 어느새 창백하게 변해 있었다.

화기애애하던 방 안의 분위기는 어느새 무겁게 가라앉았다.

"이름은? 그 사람의 이름은 듣지 못했느냐?"

질문을 던지는 송현자의 음색에는 평소와는 다른 조급함이 묻어났다.

진영인이 고개를 젓자 송현자는 암담한 표정으로 운검을 바라봤다.

진영인이 언급한 그가 형산을 몰락하게 만든 현검일지, 아니면 현검을 쫓아 스스로 형산을 등진 진현자인지는 송현자도 알 수 없었다. 그리고 이는 운검 역시 마찬가지인 듯했다. 단편적인 이야기들만으로 판단하기엔 근거가 너무 부족했다.

아울러 송현자는 깊은 고민에 빠졌다.

주화입마에 빠져 사제들을 해치고 달아난 현검과 그런 제자를 척살하기 위해 스스로 형산을 떠난 진현자의 이야기를 설명하기 위해서는 진영인 부모의 죽음과 현검 사이에 얽혀 있는 피의 굴레를 언급하지 않을 수 없었고, 송현자는 이것이 무엇보다 두려웠다. 아니, 정확히 말하자면 잔인한 진실 앞에 충격을 받을 진영인이 걱정되었다.

송현자는 눈을 감았다. 그리고 고심을 거듭했다.

짙은 갈등이 묻어나는 송현자의 모습을 보며 진영인은 자신이 괜한 말을 꺼낸 것이 아닌가 하는 후회가 밀려왔다. 이처럼 괴로워하는 사부의 모습은 그로서는 처음 보는 것이기 때문이다.

그런 송현자와 진영인의 모습을 번갈아 보며 운검은 무거운 한숨을 터뜨릴 뿐이었다.

"으음……."

이윽고 송현자가 신음을 흘리며 눈을 떴다.

진영인은 송현자의 눈에 담겨 있는 결연한 눈빛과 그 사이로 떠오른 한줄기 염려. 그리고 그 이면에 스스로를 책망하는 자괴감을 읽어낼 수 있었다.

'기껏 오랜만에 돌아와서는 사부님을 이처럼 괴롭게 만들다니…….'

진영인은 스스로를 꾸짖었다. 사부인 송현자가 일대제자인 자신에게까지 말하지 않았다면 여기에는 분명 합당한 이유가 있기 때문이리라.

송현자가 입을 열기 전에 진영인이 재빨리 화제를 돌렸다.

"그런데 회의 결과는 어찌 되었습니까? 듣자 하니 각파의 장문인들끼리 이번 일에 대해 논의했다 들었습니다만."

송현자의 눈빛이 한차례 흔들렸다.

이때 송현자를 대신해 운검이 입을 열었다.

"운영표국이 멸문한 것으로 인해 무당이 강력하게 흑무련을 치자 나섰다. 하지만 흑무련으로 인해 직접적인 피해를 입지 않은 타 문파들은 아직 상황을 주시하자는 입장을 고수하고 있다. 실제로 흑무련에 대한 오래된 앙금이 남아 있다고 해도 또다시 정사대전이 벌어진다면 저마다 큰 손해를 감수해야 하는 만큼 그들 역시 섣불리 결정하기 힘든 것이겠지. 실제로 흑무련으로 인해 직접적인 피해를 입은 곳은 무당뿐이니까."

“암류에 대한 언급은 없었습니까?”

“아직까지는.”

고개를 끄덕이는 진영인을 향해 이번엔 운검이 질문을 던졌다.

“그들에 관해 짚이는 건 없느냐?”

“글쎄요.”

말끝을 흐린 진영인은 손안에 쥐고 있던 찻잔을 돌리며 모호한 표정을 지어 보였다.

“정파와 사파를 이간질하는 것으로 보아 그들은 정파와 사파 모두에게 원한이 있는 것 같습니다. 하지만 그런 문파에 대해 짐작하기란 쉽지가 않군요. 그들이 지닌 힘이 결코 가볍지 않다는 것과 당금 강호 정세와 정보를 정확히 꿰뚫고 있다는 것 정도랄까요? 그들의 목적을 알지 못하는 이상 짐작도 한계가 있고요.”

진영인의 대답에 운검 또한 고개를 끄덕였다.

탁자에 찻잔을 내려놓은 진영인이 운검을 바라봤다.

“본 파에 관한 이야기는 없었습니까?”

운검이 쓰게 웃으며 입을 열었다.

“왜 없었겠느냐. 우리를 몹시 경계하고 있는 듯한 느낌을 지울 수 없었다. 호북에서 네가 철산장을 무너뜨린 일과 형산이 속가제자를 거둬 본산 절예를 개방한 것에 대해 심하다 싶을 만큼 우려를 표명하더구나. 화산은 그나마 좀 나았지만 나머지 다른 문파들은 네가 겪어본 것처럼 청성파와 크게 다르지 않았다. 우릴 잡아먹지 못해 안달이었지.”

“암류에 대해 그들에게 알리실 겁니까?”

진영인의 질문에 흘낏 송현자를 바라본 운검은 슬쩍 입가에 웃음을 말아 올렸다.

"그래야 할 이유가 있을까? 그들 역시 정사대전 이면에 감춰진 진정한 이유를 우리에게 감추었고, 자신들을 위해 우리를 이용했다. 물론 나야 제자 된 입장에서 사부님의 결정에 따라야겠지만 개인적으로는 그럴 필요성을 느끼지 않는다. 더구나 이를 잘만 이용한다면 형산에게 큰 반사 이익을 가져올 것이 틀림없는데 먼저 그들에게 저자세로 정보를 갖다 바칠 필요가 어디 있겠느냐?"

그때였다.

"운지예요."

문밖에서 들려온 하운지의 음성에 침묵을 지키고 있던 송현자가 입을 열었다.

"들어오너라."

송현자의 말이 끝나자 하운지가 문을 열고 조용히 들어섰다. 곧장 송현자에게 다가선 하운지는 손안에 쥐고 있던 서신을 공손히 내밀었다.

"속가 상단의 인편을 통해, 사부님으로부터 서찰이 도착했어요."

하운지로부터 서신을 건네받은 송현자가 편지를 펼쳐 그 안에 적힌 내용을 읽어갔다.

"무슨 일입니까?"

진영인의 질문에 송현자는 대답 대신 서찰을 건넸고, 이를 받아 든 진영인은 빙그레 웃으며 입을 열었다.

"서신을 보낸 날짜를 감안하면 늦어도 이틀 후에 이곳에 도착하겠군요.”

운검이 빙그레 웃으며 고개를 끄덕였다.

“드디어 삼대제자들의 수련을 어느 정도 마무리지었나 보군.”

서신은 풍검으로부터 온 것이었다. 삼대제자 중 오십여 명과 함께 이곳 화산으로 출발한다는 내용이었다.

기실 이곳 화산에는 각 문파마다 많게는 백 명에서 적게는 삼십 명까지, 장문인을 수행하기 위한 제자들이 동행했고 형산파만이 여섯 명에 불과한 인원으로 화산을 찾았다. 진영인과 단리정이 합류했다 해도 열 명이 채 되지 않는 조촐한 일행이었다.

이때 하운지가 고개를 돌려 진영인을 바라봤다.

“저…… 사숙!”

진영인이 고개를 돌려 자신을 바라보자 하운지가 화사한 미소를 지어 보였다.

“근처의 객점과 주방을 빌려, 몇 가지 음식을 만들었어요. 사형과 말썽꾸러기 녀석들, 그리고 사숙의 제자도 사숙께서 오시기만을 기다리고 있구요.”

오랫동안 하운지의 음식을 맛보지 못했던 진영인은 그녀의 말에 뱃속의 회가 동하는 것을 느꼈다. 사실 단리정과 함께 칩거하여 수련을 하는 동안 음식다운 음식을 맛보지 못했던 것이다.

진영인이 송현자를 바라보았다.

“더 하실 말씀이 있으신지요.”

“되었다. 그만 들어가 쉬려무나.”

송현자의 대답에 진영인이 웃으며 신형을 일으켰다.

“그럼 제자는 물러가겠습니다.”

돌아서서 막 문을 여는 진영인을 송현자가 불러 세웠다.

“영인.”

“말씀하십시오.”

잠시 흔들리는 눈빛으로 진영인을 응시하던 송현자는 이내 고개를 저었다.

“아무것도 아니다.”

영문을 알 수 없어 의아한 표정을 짓던 진영인은 이내 싱긋 웃으며 송현자에게 절을 올리고 방을 나섰다. 그러나 송현자는 진영인이 문을 열고 하운지와 함께 방을 나서는 동안 자신의 제자에게서 눈을 떼지 못했다.

탁.

가벼운 소리와 함께 문이 닫히고 진영인의 모습도 사라졌다. 그럼에도 불구하고 한참 동안 멀거니 문을 바라보는 송현자의 모습에 운검이 걱정스런 얼굴로 입을 열었다.

“사부님.”

그제야 송현자는 시선을 거둬 운검을 바라봤다.

“신풍마유가 언급했던 사람이 누구라 생각하십니까? 사형…… 일까요? 아니면 제 사부…… 님일까요?”

운검에게 있어 현검은 사형이 분명했다. 하지만 더 이상 사형이라 부르기 어색한 호칭이었다. 진현자 역시 마찬가지였다. 한때는 사부라 불렀지만 자신의 사제인 송현자에게 자신과 풍검을 맡기고 스스로 형산을 버린 이상 운검으로서는 진현자를 사부라 부르기엔 난처한 입장이었다. 그래서 운검은 사형과 사부를 언급하며 말끝을 흐렸던 것이다.

송현자는 운검의 눈빛에 드러난 그리움을 읽어낼 수 있었다. 그리고 이는 그 역시 다르지 않았다. 현검에 대한 증오와 분노는 아직도 가라앉지 않았지만 자신의 사형이었던 진현자를 생각하면 이십 년이 지난 지금도 안타까움과 그리움이 밀려왔던 것이다.

그토록 수소문하던 사형의 소식을, 아니, 사형일지도 모를 사람의 소식을 이십 년 만에 접했다. 하지만 그것이 진현자라 확신할 수 없는 상황에서 송현자의 마음은 매우 심란하기만 했다.

"그가 누구인지, 그리고 흑무련의 사대명왕이 된 이유는 알 수 없으나 나는 오로지 그 사람이 현검이 아니기를 바랄 뿐이다."

송현자의 말에 운검은 잠시 말이 없었다.

한참의 시간이 흘러 이윽고 운검이 다시금 입을 열었다.

"괜찮겠습니까? 저는 오히려 이번 기회에 영인에게 모든 것을 알리는 편이 나을 것이라 생각했습니다만."

이에 송현자는 눈을 들어 천장을 바라봤다. 그리곤 무거운 한숨을 터뜨리는 것으로 대답을 대신했다.

어지러운 송현자의 마음을 짐작한 운검은 더 이상 사부의 심기를 어지럽힐 수 없었다.

"저도 이만 들어가 보겠습니다. 편히 쉬십시오."

운검마저 방을 나서고 홀로 덩그러니 남겨지자 송현자는 나직이 독백을 읊조렸다.

"나라해서 어찌 모르겠느냐. 하지만 영인이 가엾어 차마 내 입으로는 말할 수가 없구나.”

벽에 부딪쳐 힘없이 돌아온 송현자의 음성이 온기를 잃어 다향이 사
라진 찻물 위로 작은 파문을 만들었다.

*   *   *

방 안에 들어선 진영인의 눈에 가장 먼저 들어온 것은 단리정을 둘
러싸고 쉴 새 없이 침을 튀기며 이야기 세례를 퍼붓는 안자명과 안지
명의 모습이었다. 그리고 단리정은 그들의 이야기에 얼굴까지 붉어진
채 깔깔거리며 웃음을 터뜨리고 있었다. 반면 곽범태는 여전히 사람
좋아 보이는 미소를 머금고 식탁 한곳에서 턱을 받친 채 그런 사제들
의 모습을 지켜보고 있었다.

“사부님!”

진영인을 발견한 단리정이 자리에서 일어서자 비로소 곽범태를 비
롯한 안자명과 안지명은 하운지와 함께 들어서는 진영인의 모습을 확
인할 수 있었다.

진영인은 곧장 단리정에게 다가서 제자의 머리를 쓰다듬으며 입을
열었다.

“무엇이 그리 즐겁더냐?”

“자명 사형과 지명 사형의 이야기가 너무도 재미있어요.”

“그래? 무슨 이야기를 했는데?”

“그게…….”

잠시 난처한 표정을 짓던 단리정이 한차례 하운지를 힐끔 바라보더

니 다시 고개를 돌려 안자명과 안지명을 바라봤다. 단리정과 눈이 마주친 안자명과 안지명은 급히 고개를 저어댔다.

이에 하운지는 도끼눈을 뜨고 그들 쌍둥이 형제를 노려봤다.

"또 내 이야기하고 있었지?"

"네? 누가요?"

"우리가 왜 사저 이야기를 해요?"

시치미를 잡아떼는 안자명과 안지명의 모습을 잠시 노려보던 하운지는 이내 무릎을 굽혀 단리정과 눈높이를 맞췄다.

"아정, 저 녀석들이 무슨 이야기를 했는지 말해주겠니?"

"저… 그게……."

말끝을 흐리며 자신을 바라보는 제자를 향해 진영인이 웃으며 고개를 끄덕였다. 동시에 안자명과 안지명의 얼굴이 하얗게 질려갔다.

단리정은 그런 그들을 미안한 표정으로 바라봤으나 진영인까지 거들고 나서자 솔직하게 입을 열었다.

"사형들은 사저가 오뢰정인을 익힐 당시 그 모습이 매우 우스꽝스러웠다고 말했어요. 책을 보며 바느질하듯 허공에 손짓을 하지 않나, 그러다 갑자기 솥 안을 들여다보며 웃질 않나, 그 모양새가 마치 약을 잘못 먹어 맛이 간 사람 같았다고……."

단리정의 말에 웃음을 머금고 있던 하운지의 눈매가 파르르 잔경련을 일으켰다.

"호오, 그랬단 말이지?"

슬금슬금 뒷걸음치던 안자명과 안지명은 천천히 고개를 들어 자신들을 노려보는 하운지의 얼굴에 내려앉은 살얼음 같은 살기에 흠칫하며 신형이 굳어졌다.

"우리 사제들이 많이 심심했던 모양이네?"

낮게 깔린 하운지의 음성에 안자명과 안지명이 급히 고개를 가로 저었다.

"아니에요, 사저. 우리는 전혀 심심하지 않아요. 그렇지 지명아?"

"그래요. 우리는 단지……."

멋쩍은 웃음을 흘리며 변명을 늘어놓는 안지명을 향해 하운지가 싸늘한 미소를 지어 보였다.

"단지, 뭐?"

"에… 또 그게…… 왠지 막내 사제만 보면 웃겨줘야 할 것 같은 의무감이 느껴져서……."

어설픈 그들의 대꾸에 진영인이 고개를 저으며 혀를 찼다.

"쯧쯧, 결국 무덤을 파는구나."

하운지가 걸음을 옮겨 자신들에게 다가서기 시작하자 안자명과 안지명이 사색이 되어 서로를 바라봤다.

하운지가 한 걸음 다가서면 안자명과 안지명 역시 한 걸음을 물러섰다. 그렇게 약간의 시간이 흐르자 탁자를 사이에 두고 하운지와 쌍둥이 형제의 위치가 바뀌었다.

문에 가까워지자 한차례 눈빛을 교환한 안자명과 안지명이 누가 먼저랄 것도 없이 동시에 바닥을 박찼다.

그때였다.

안자명과 안지명이 문을 향해 내달릴 때 공교롭게도 방문이 열리며 누군가가 안으로 들어섰다.

콰앙!

"컥!"

그 순간이 워낙 절묘해 안자명은 열리는 문에 그대로 이마를 들이받으며 비명을 질렀고, 넘어진 안자명의 몸에 발이 걸려 안지명 역시 바닥에 나동그라지고 말았다.

우당탕!

방 안으로 들어선 사람은 다름 아닌 운검이었다.

"대체 이게 무슨 일이냐?"

갑작스런 소란에 운검이 놀라 묻자 안자명과 안지명이 우는소리를 냈다.

"아이고… 운검 사백, 하필이면 지금……."

"누가 아니래."

아픈 이마를 문지르고 일어서던 안자명과 시큰한 발목을 감싸쥐고 있던 안지명의 얼굴이 핼쑥해졌다. 어느새 문 앞을 막아선 하운지가 생글거리며 자신들을 내려다보고 있었던 것이다.

"사제들, 아직 우리 사이에는 나눠야 할 대화가 남아 있는 것 같은데?"

그제야 상황을 짐작한 운검이 피식 웃으며 안자명과 안지명의 머리를 쥐어박았다.

"항상 말썽을 달고 사는구나. 어린 사제 앞에서 창피하지도 않느냐?"

운검의 꾸지람에 안자명과 안지명이 힐끗 눈을 돌려 단리정을 바라봤다. 웃음을 참으라 얼굴까지 붉어진 단리정의 모습에 안자명과 안지명은 쥐구멍에라도 숨고 싶은 심정이었다.

한차례 물고를 트려 했던 하운지는 차마 운검 앞에서는 소란을 떨 수 없어 의미심장한 눈빛으로 안자명과 안지명을 한차례 쏘아보더니 이내 신형을 돌려 주방 안으로 들어섰다.

"어쩐 일이십니까?"

"왜, 내가 못 올 데라도 왔느냐?"

진영인의 질문에 운검이 농담을 건넸다.

이에 진영인은 빙그레 웃으며 빈 의자를 가리켰다.

운검이 의자에 앉자 잠시 후 하운지가 양손에 커다란 접시들을 들고 와 식탁 위에 내려놓았다.

"우와! 충초압설(蟲草鴨舌)!"

"원룡옥잠(原籠玉簪)과 개수백채(開水白菜)까지!"

식탁 위에서 향긋한 내음을 피워 올리는 음식들 앞에 안자명과 안지명이 침을 삼키며 탄성을 터뜨렸다.

인삼, 녹용과 더불어 삼대보약 중 하나로 불리우는 충초(蟲草:동충하초)를 오리와 함께 요리한 충초압설은 맛도 좋을뿐더러 보양식으로 널리 알려져 있었다.

거기에 돼지갈비를 비녀 모양으로 만들어 매운 양념과 함께 쪄낸 원룡옥잠, 그리고 신선한 배추를 재료로 만든 개수백채는 사천요리 중 상등(上等)에 속하는 요리로, 여러 종류의 고기로 맛을 낸 육수와 싱싱하고 깔끔한 야채가 어우러져 진미 중의 진미로 알려져 있었다.

좀처럼 맛 볼 수 없는 귀한 요리 앞에 안자명과 안지명은 재빨리 젓가락을 집어 들었다.

피잉.

이때 하운지의 손을 떠난 젓가락이 날카로운 소리를 내며 안자명과 안지명의 식탁 위에 내리 꽂혔다.

화들짝 놀라 손을 거두는 안자명과 안지명을 향해 하운지가 조용히 웃으며 한쪽을 가리켰다.

"너희들 건 이거."

하운지의 손을 따라 고개를 돌리던 안자명과 안지명의 얼굴이 대번에 구겨졌다. 그도 그럴 것이 식탁 구석에 놓여 있는 것은 작은 그릇에 담겨 있는 소면이 전부였던 것이다.

안자명이 황당한 표정으로 하운지를 바라봤다.

"사저."

"왜?"

"이거 소면 맞죠?"

"그런데?"

반문하는 하운지를 향해 안지명이 투덜거렸다.

"너무 차별하는 거 아니예요? 사저가 어떻게 우리한테 이러실 수 있어요?"

하운지가 빙그레 웃으며 입을 열었다.

"먹기 싫음 말던가."

안자명과 안지명이 울상을 지으며 진영인과 운검을 바라봤다. 하지만 운검은 속으로 웃음을 참으며 젓가락을 집어 들었고, 이내 진영인 등과 더불어 하운지가 마련해 온 진미들을 들기 시작했다.

이에 안지명이 토라진 얼굴로 입술을 삐죽였다.

“쳇, 치사해서 안 먹는다.”

“그래? 알아서 해.”

안지명 앞에 놓인 소면 그릇을 거두며 하운지가 안자명을 바라봤다.

“자명아, 나가자. 널리고 널린 게 음식점인데…….”

막 안자명을 향해 입을 열던 안지명의 표정이 벌레 씹은 듯 일그러졌다. 어느새 입 안 가득 소면을 우겨 넣고는 웅얼거리듯 반문하는 안자명의 모습 때문이었다.

“응? 뭐라고?”

“이 배신자…….”

안지명의 말에도 불구하고 안자명은 순식간에 자신의 소면 그릇을 비우고는 간절한 눈빛으로 하운지를 바라봤다.

이에 하운지는 웃으며 안지명을 향해 묘한 웃음을 지어 보이고는 그의 몫이었던 소면을 안자명에게 건넸다.

안지명과 달리 늦잠을 자느라 아침을 걸렀던 안자명은 허겁지겁 소면을 먹기 시작했다.

“야! 이리 내놔!”

“우우우웁! 싫어!”

자신의 소면을 뺏으려는 안지명과 씹지도 않은 소면을 목으로 넘긴 안자명이 소면을 두고 쟁탈전을 벌였다.

결국 운검이 나섰다.

“둘 다 그만해라. 운지 너도.”

“네.”

마지못해 고개를 끄덕인 하운지는 운검에게 보이지 않도록 안자명과 안지명을 향해 주먹을 들어 보였다. 하지만 당장 눈앞의 음식에 얼굴에 화색이 돌아온 그들에게 그녀의 협박은 통하지 않았다.

분주히 젓가락을 움직이는 쌍둥이 형제를 뒤로하고 하운지는 고개를 돌려 단리정을 바라봤다.

"맛있니?"

"네, 사저의 요리 솜씨는 최고예요."

고개를 끄덕이는 단리정의 모습에 하운지가 미소를 배어 물었다. 예전의 겁 많고, 늘 두려운 얼굴로 어깨를 움츠리고 있던 단리정이 아니었다. 제 또래의 밝은 모습을 되찾은 아정의 모습은 매우 귀엽고 사랑스러워, 하운지는 보고 있는 것만으로도 기분이 좋아졌다.

"사숙께서는……."

막 눈을 돌려 진영인을 향해 입을 열던 하운지가 말끝을 흐렸다. 진영인의 소매 사이로 드러난 팔을 발견했기 때문이다.

"음식 솜씨는 여전한 걸?"

엄지손가락을 치켜들며 건넨 진영인의 칭찬에도 하운지는 말없이 진영인을 바라볼 뿐이었다.

"왜 그래?"

의아한 진영인의 음성이 이어졌다.

하지만 그도 잠시. 진영인에게 다가선 하운지는 다짜고짜 진영인의 소매를 걷어 올렸다.

"……!"

하운지는 할 말을 잃었다. 눈앞에 드러난 진영인의 팔에 새겨진 무수한 상처들. 오래되어 상흔으로 남은 것부터 시작해 채 아물지 않아

피고름이 맺혀 있는 끔찍한 자상들이 그녀의 가슴을 아프게 헤집어놓았다.

"어떻게……."

차마 말을 잇지 못하는 하운지를 향해 진영인은 소매를 내리며 조용히 웃어 보였다.

"별것 아니야."

그러나 하운지는 대뜸 손을 뻗어 진영인의 상의를 거칠게 젖혔다.

아니나 다를까, 끔찍하게 입을 벌린 자상들이 진영인은 가슴과 등, 옆구리까지 가득 메우고 있었다.

놀란 사람은 하운지뿐만이 아니었다. 단리정을 제외한 모든 이가 진영인의 상처에 벌린 입을 다물지 못했다.

"어떻게 그런 상처로 아무렇지도 않게 웃을 수 있어요!"

하운지의 고함 소리에 진영인은 쓴웃음을 머금었다.

"그리 대단한 것도 아니야. 내가 미숙한 탓이지. 실제로 아정은 나보다 더욱 많이 다쳤어. 물론 특이한 체질 때문에 표시는 나지 않지만 말이야."

진영인의 뜬금없는 말에 의아해하던 하운지는 그의 시선을 따라 고개를 돌렸다. 금방이라도 눈물을 떨굴 것 같은 표정으로 고개를 숙이고 있는 단리정의 모습이 눈에 들어왔다.

안자명과 안지명이 동시에 놀라 외쳤다.

"한 달 동안 아정과 비무를 했다는 말이 사실이었단 말이에요?

진영인이 고개를 끄덕이자 그때까지 반신반의하던 그들은 놀란 표정으로 진영인과 단리정을 번갈아 바라봤다.

다시금 상의를 끌어 올리는 진영인을 운검이 제지했다.

"상처를 좀 보자꾸나."

"괜찮아요. 늘 검을 만지는 무인에게 이 정도 상처는 당연한……."

"사숙!"

진영인의 말을 자르며 하운지가 소리쳤다.

그렁그렁한 눈물을 매단 채 자신을 노려보는 하운지의 모습에 진영인은 설레설레 고개를 흔들며 양손을 들어 보였다.

식탁 위에 빈 접시들이 치워지고 대신 실과 바늘, 금창약이 담긴 상자가 올려졌다.

진영인의 온몸에 남겨진 자상을 살피던 운검이 인상을 찌푸렸다.

"흉터가 남겠구나."

"좀 더 사내다워 보이겠죠?"

운검이 피식 웃으며 진영인의 등을 철썩 후려쳤다.

짝!

"이런 상황에서 농담이 나오느냐?"

운검은 진영인의 상처를 치료하기 시작했다.

무려 열일곱 군데에 달하는 크고 작은 자상들을 소독한 다음 낚시바늘처럼 휘어진 바늘을 들어 조심스럽게 봉합했다. 그리고 그 위에 금창약을 바르고 새 살이 돋는 생기산(生氣散)을 뿌린 다음 깨끗한 천으로 감싸 상처가 덧나는 걸 막았다.

반 시진에 걸쳐 치료를 마친 운검이 진영인을 향해 입을 열었다.

"꿰맨 자리가 터지는 일이 없도록 당분간 격렬히 움직이는 건 삼가하도록 해라."

고개를 끄덕인 진영인이 하운지를 바라봤다.

"그런 표정 하지마. 내가 마치 임종을 눈앞에 둔 사람이라도 된 것 같잖아."

그러나 하운지는 몇 번 입술을 달싹이다 신형을 돌려 밖으로 나가 버렸다. 그리고 한참 후에 한 벌의 옷을 가져와 진영인에게 내밀었다.

"오! 바느질 솜씨가 상당히 늘었는데? 고마워, 잘 입을게."

너스레를 떠는 진영인을 향해 하운지가 참았던 눈물을 보이고야 말 았다.

"바보……."

그 말을 끝으로 하운지는 달아나듯 주방으로 모습을 감췄고 한참 동 안 모습을 드러내지 않았다.

어색해진 방 안의 분위기에 서먹함을 느낀 진영인은 곽범태를 향해 시선을 옮겼다.

"신흥 십영 중 한 명인 조수창과 섬전낙영을 연달아 박살 낸 기분이 어때? 자명이와 지명이도 그렇고, 그동안 상당한 무공의 진전을 이룬 것 같던데."

진영인이 통쾌하다는 표정으로 곽범태의 어깨를 두드렸다.

"하하, 앞으로 청성파 장문인은 두고두고 얼굴을 펴지 못하겠군."

이때 방문이 열리며 귀에 익은 사내의 음성이 진영인의 말을 받았 다.

"그것 때문에 진 형은 나에게 벌주를 사야만 하오."

"조 형!"

자리에서 일어난 진영인이 조옥린을 향해 다가섰다.

서로의 손을 맞잡으며 조옥린은 운검을 향해 입을 열었다.

"제가 방해를 한 것은 아닙니까?"

운검은 웃으며 고개를 저었다. 비록 조옥린과의 일면식은 없었으나 이미 진영인에게 그에 관한 이야기를 충분히 들었던 것이다. 더구나 어제 청성파와 점창파와의 시비에서 곽범태 일행을 도와주었기에 그에 대해 호감을 지니고 있었다.

조옥린을 탁자로 이끌며 진영인이 입을 열었다.

"술이라면 얼마든지 사리다. 하지만 이유를 말씀해 주시겠소?"

이에 조옥린이 씁쓸한 웃음을 머금었다.

"따지고 보면 진 형 때문에 영웅연이 내일로 미뤄진 것이 아니오? 만약 영웅연이 계속 진행되었다면 나는 지금쯤 청심투룡과 함께 비무대 위에 있었을 것이오."

"아!"

그제야 진영인은 조옥린이 화산을 오른 이유를 깨닫고 미안한 표정을 지어 보였다.

조옥린은 그런 진영인의 어깨를 툭 치더니 자신을 향해 반색하는 단리정을 향해 고개를 돌렸다.

"검을 다루는 것이 능수능란하더구나. 역시 그 사부에 그 제자. 오전의 비무는 정말 감탄했다."

조옥린의 칭찬에 단리정은 멋쩍은 웃음과 함께 쑥스러운 듯 뺨을 긁었고 조옥린은 그런 단리정의 머리를 한차례 쓰다듬었다.

조옥린이 다시금 입을 열었다.

"네 덕에 눈엣가시 같은 청성파를 보지 않아도 되었으니 일단은 고맙다 해야겠군."

"무슨 말이오?"

의아한 표정으로 자신을 바라보는 진영인을 발견한 조옥린이 오히려 반문했다.

"알지 못하셨소? 청성의 가 늙은이는 제자들을 이끌고 화산을 내려갔소. 벼룩도 낯짝이 있는데, 구대문파 중 하나인 청성이 망신이란 망신을 전부 자처했으니 어찌 강호인들 앞에 얼굴을 들 수 있겠소?"

"흠……."

인상을 찡그리는 진영인과 달리 조옥린은 호탕하게 웃음을 터뜨렸다.

"하하, 진 형이 화산을 내려가는 그들의 모습을 보았다면 나처럼 웃지 않고는 못 배길 거요. 구대문파랍시고 거들먹거리던 자들이 어깨를 축 늘어뜨린 모습이란."

이때 운검이 조옥린을 향해 입을 열었다.

"묻고 싶은 게 있는데 잠시 내게 시간을 내주시겠소?"

잠시 운검을 바라보던 조옥린이 고개를 끄덕이자 운검이 자리에서 일어섰다.

조옥린과 함께 밖으로 나선 운검이 단도직입적으로 입을 열었다.

"산서조가의 멸문에 대해 영인에게 들었소. 당시 흉수를 찾기 위해 서장으로 향했다 하던데……."

가문의 일이 언급되자 조옥린의 표정이 딱딱하게 굳어졌다.

"묻고 싶은 게 뭡니까?"

조옥린의 눈을 똑바로 응시하며 운검이 입을 열었다.

"흉수가 소뢰음사와 관련되어 있다는 것이 사실이오?"

조옥린이 고개를 끄덕였다.

"정확히 말하자면 소뢰음사의 무공과 연관이 있었습니다."

"양인장 외에 다른 무공에 대해 아는 것이 있소?"

"다른 무공이라면?"

조옥린의 반문에 운검은 잠시 대답을 망설였다.

그러기를 잠시. 이윽고 운검이 입을 열었다.

"어쩌면 흉수가 지닌 소뢰음사의 무공은 양인장뿐만이 아닐지 모르오. 예를 들어 대력금황기라던가……."

눈을 감고 기억을 더듬는 조옥린을 바라보며 운검은 자신도 모르게 주먹을 움켜쥐었다. 찰나의 시간이 억겁처럼 길게만 느껴졌고, 운검의 손바닥에는 어느새 땀이 흥건했다.

잠시 후 조옥린이 고개를 저으며 입을 열었다.

"거기에 대해서는 아는 것이 없습니다."

운검의 얼굴에 허탈한 감정이 떠올랐다. 그러나 한편으로는 안도하여 가슴을 쓸어내릴 수 있었다.

풍검이 보낸 서신에는 명검도 대동한다 적혀 있었다. 이번 일에 대해 운검은 명검에게 확실히 따져 물을 생각이었다. 자신뿐만 아니라 형산 전체를 위협할 수도 있는 비밀을 더 이상 묵과할 수는 없었던 것이다. 그래서 그 이전에 조옥린에게 직접 확인을 해야만 했다.

그때였다.

돌연 등 뒤에서 느껴지는 칼날같은 기파를 느끼고 조옥린과 운검이 돌아섰다.

“진영인을 만나러 왔소.”

피풍의를 걸친 장대한 체구의 사내가 입을 열었다. 그와 동시에 조옥린의 눈빛이 차갑게 식었다. 얼음장처럼 차가운 사내의 눈빛과 먼지가 풀썩일 듯한 메마른 음성에서는 그 어떤 호의도 찾아볼 수 없었기 때문이다.

“그를 만나고자 하는 이유는?”

조옥린의 질문에 사내는 말없이 시선을 옮겨 뒤쪽에 있는 객점을 응시했다.

“그에게 빚이 있소.”

사내는 천천히 피풍의를 젖혀 얼굴을 드러냈다.

하나밖에 남지 않은 외눈에서 섬뜩한 안광이 줄기줄기 흘러내렸다.

“그에게 마풍람이 찾아왔다 전해주시오.”

第二十七章

청성혈사(青城血事)

가운평의 얼굴은 몹시 어두웠다. 그리고 이는 가운평의 뒤를 따르는 오십여 명의 청성 문하들 역시 다르지 않았다.

묵묵히 걸음을 옮기던 가운평이 문득 걸음을 멈췄다. 고개를 돌린 그의 눈에 의식을 잃은 채 들 것에 실려 있는 조수창의 모습이 들어왔다. 그의 시선은 이내 그 뒤를 따르는 수레에는 실린 한 개의 관을 향했다.

빠드득.

가운평이 어금니를 으스러지게 깨물었다. 차기 장문인 자리를 물려주려 했던 첫째 제자는 폐인이 되었고, 내심 가장 아끼던 둘째 제자는 시신이 되어버렸다. 하지만 무엇보다 가운평을 괴롭히는 것은 수많은 군중들 앞에서 감내해야 했던 모멸감이었다.

구대문파에도 끼지 못한 한낱 형산 따위의 검에 청성의 검이 무너졌다. 이는 오랫동안 두고두고 세인들의 입에 오르내릴 것이고, 그만큼 지금까지 쌓아온 청성의 명예는 땅바닥으로 곤두박질칠 것이다.

물론 청성은 형산보다 약하지 않았다. 아니, 오히려 형산을 압도하고 있었다. 만약 형산을 무림에서 지우려 마음만 먹는다면 청성이 지닌 힘의 오 할만으로도 충분할 것이다. 비록 마지막에 보였던 진영인의 압도적인 무위가 마음에 걸리긴 했으나 문파의 저력이나 전체적인 고수의 숫자를 따진다면 형산은 청성의 상대가 될 수 없었다. 그러나 늘 그렇듯 세인들의 평가는 눈에 보인 결과만이 전부였다.

결과적으로 일월산은 문파의 이름을 건 비무에서 솜털도 가시지 않은 형산의 애송이에게 패했다. 물론 중간에 진영인이란 놈이 끼어들긴 했으나 그전에 넘지 말아야 할 선을 넘어선 것은 자신의 제자가 먼저였다.

"멍청한 놈!"

차디찬 가운평의 음성에 뒤따르던 청성 문하들은 자신들이 죄를 지은 것마냥 고개를 떨궜다.

다시금 신형을 돌리는 가운평의 뒷모습은 찬바람이 일듯 냉랭하기만 했다.

그렇게 한참을 걷던 가운평이 제자들을 향해 입을 연 것은 한 시진이 지나고 나서였다.

"오늘은 여산(廬山)에서 머문다."

가운평의 말에 청성 문하들은 내심 안도의 한숨을 흘렸다. 여산에는 자신들의 속가 표국인 청룡표국의 섬서 분타가 있는 곳이었다. 분타라고는 하나 섬서지부는 청룡표국에서 사용하는 모든 말들과 물자를 총

괄하는 곳으로, 사천에 있는 본타보다 인력과 물자 면에서 훨씬 중요한 비중을 차지하고 있었다. 몸과 마음이 지친 그들로서는 쉬고 싶은 생각이 간절했던 것이다.

그런 제자들의 모습이 몹시 못마땅한 가운평이었으나 이를 내색치는 않았다. 사실 그가 여산에 머물기로 한 데에는 나름대로의 이유가 있었다.

이번 흑무련 사태에 대해 무당을 제외한 대부분의 문파는 상황을 주시하자는 쪽으로 의견을 몰았으나 그의 생각은 달랐다. 이곳저곳에서 들려온 소문으로 미루어 짐작하건대 머지않아 사태는 걷잡을 수 없이 번질 것이 틀림없었다. 만약 또다시 정사대전이 반발한다면 흑무련을 상대하기 위해 나머지 구대문파는 청성의 힘을 필요로 할 것이다.

가운평이 화산에서 내려온 것은 강호인들의 질책이 껄끄러워서가 아니었다. 오히려 자신들을 필요로 하는 구대문파로 하여금 형산과 자신들을 선택하게 강요하게 하는 일종의 시위였던 것이다.

아무리 형산이 최근에 속가제자들에게 본산의 절기를 개방하여 힘을 키웠다 하지만 그 기간은 불과 다섯 달 남짓. 수백 년의 역사를 지닌 청성의 전력과는 비교가 될 수 없었다.

하지만 그런 그의 생각은 오래가지 못했다. 다급한 제자들의 경악성이 그를 상념에서 일깨웠기 때문이다.

"자, 장문인!"

"무슨 일이길래 이리 호들갑이냐?"

처음 가운평을 불러 세웠던 일대제자가 그의 꾸지람에 흠칫했으나 이내 손을 들어 먼 하늘을 가리켰다.

　제자의 손이 가리킨 방향으로 시선을 옮긴 가운평이 미간이 잔뜩 찡그려졌다. 먼 곳에서 치솟는 짙은 연기를 그 역시 발견할 수 있었던 것이다.

　회색의 연기 기둥이 솟아오르는 방향. 그곳은 분명 자신들이 향하는 청룡표국의 분타가 있는 곳이었다.

　“철웅, 성영, 무슨 일이지 알아봐라.”

　가운평의 말에 호명된 두 제자가 고개를 끄덕였다. 그리고 연기가 솟아오르는 방향으로 바람처럼 쏘아져 나갔다. 그러나 한참의 시간이 지나도 두 제자는 감감무소식이었고, 비로소 가운평은 상황이 심상치 않음을 깨달았다.

　“서둘러라!”

　알 수 없는 불길함이 스멀스멀 피어오르는 것을 느끼며 가운평이 먼저 신형을 날렸다. 그리고 바짝 긴장한 표정으로 그의 제자들이 뒤를 따라 경공을 전개하기 시작했다.

　화르륵.

　거대한 화염이 맹렬한 기세로 전각들을 집어삼키고 있었다.

　이를 지켜보고 있던 노인은 들고 있던 술잔을 입으로 가져가며 희미한 웃음을 머금었다.

　이때 노인의 등 뒤로 흑포를 걸친 사내가 부복하며 입을 열었다.

　“곡주의 명을 완료했습니다.”

　“수고했다.”

　수하의 보고에 등사격(藤思隔)은 흐뭇한 표정을 지으며 돌아섰다. 그리고 타오르는 듯한 붉은 머리카락을 지녀 적발귀(赤髮鬼)라 불리우는 유달(柳狙)을 향해 입을 열었다.

"아름답지 않느냐?"

등사격의 질문에 유달은 고개를 들어 잔인한 화마(火魔) 앞에 힘없이 잿더미로 화하는 건물들을 눈에 담았다.

등사격의 입가에 맺힌 웃음이 더욱 짙어졌다.

"이십 년의 세월은 너무 길었어. 천마성의 늙은이가 두려워 꼬리를 말고 있던 그들 역시 이젠 깨달았을 것이다. 흑무련이라는, 허울뿐인 울타리 안에서 숨죽인 대가로 얻을 것은 아무것도 없다는 것을."

충천하는 화광(火光)을 담은 등사격의 눈에서 일렁이는 광기, 그리고 더없이 음산한 그의 음성에서 느껴지는 짙은 혈향에 유달은 가슴이 뛰는 것을 느꼈다.

그의 말대로였다. 이십 년의 평화는 너무 길었다. 하지만 그것도 이젠 종말을 고할 때가 된 것이다.

이때 등사격을 향해 다가서는 인영이 있었다.

털썩.

들고 있던 두 구의 시신을 아무렇게나 바닥에 던진 사내가 고저가 느껴지지 않는 음성으로 입을 열었다.

"근처에서 정탐을 하고 있었습니다."

"청성파로군."

시신을 가져온 사내, 유달과 더불어 사황오귀(死皇五鬼) 중 한 명인 대력귀(大力鬼) 막굉(寞宏)이 고개를 끄덕였다.

"오십여 명의 청성 문하가 이곳으로 향하고 있다는 수하들의 보고가 있었습니다. 환유귀(幻儒鬼)와 나머지 둘이 수하들을 이끌고 그들을 맞으러 갔습니다."

"공손전(孔孫典)과 유송령(柳松嶺)까지?"

환유귀 하삭(河削)을 비롯한 색명귀(穡命鬼) 공손전과 소면귀(笑面鬼) 유송령까지 나섰다는 말에 등사격은 잠시 의아한 표정을 지었다. 하지만 이어진 막쾡의 보고에 고개를 끄덕였다.

"그들의 선두에서 이끄는 인물이 창영조수라 하더군요."

"호오, 청성 장문인이 직접? 뜻밖의 대어로군."

잠시 생각을 정리하던 등사격이 입을 열었다.

"하삭과 나머지 오귀들을 불러들여라. 내가 직접 그를 맞겠다."

"굳이 곡주께서 나서지 않으셔도……."

등사격이 손을 들어 막쾡의 말을 잘랐다.

"아니, 청성 장문인께서 행차하시는데 직접 맞이하는 게 당연하지. 오랜만에 그의 얼굴도 보고 싶고."

"복명."

부복한 채 무릎걸음으로 물러서는 막쾡을 바라보는 등사격의 얼굴에 더없이 기분 좋은 웃음이 떠올랐다.

"가운평이라…… 전쟁의 시작을 알리기에 부족함없는 제물이로군."

*   *   *

가운평은 인상을 찌푸렸다.

청룡표국을 향해 다가설수록 더욱 짙어지는 매캐한 내음과 바람을 타고 전해지는 희미한 퉁소 소리. 그것은 오랫동안 잊고 지냈던 불길한 기억을 떠올리게 만들었고 가슴속의 불안함을 더욱 증폭시키고 있었다.

"헉!"

청룡표국에 도착한 가운평이 헛바람을 들이켰다. 표국의 건물들을 남김없이 휘어 삼킨 불길 때문이 아니었다.

부서져 나간 대문 사이로 보이는 시신의 산! 족히 이백은 되어 보이는 시체들이 아무렇게나 쌓인 채 살이 타는 지독한 악취를 피워 올리며 화염 속에 잠겨 있었다.

시체들 가운데는 노인과 아녀자를 비롯해 채 걸음을 떼지 못했을 어린아이도 있었다. 한데 뒤엉킨 처참한 시신이 탑처럼 쌓여 있는 잔인한 광경에 가운평은 일순 할 말을 잃고 말았다.

"웩!"

시신이 타는 역겨운 냄새를 처음 겪는 청성문도 한 명이 욕지기를 참지 못해 구토를 하기 시작했다. 이를 시작으로 청성문도 중 비위가 약한 몇몇이 허리를 꺾은 채 뱃속에 든 것을 게워냈다.

경악도 잠시, 가운평의 눈에 짙은 분노가 서렸다.

"누가 감히⋯⋯!"

"오랜만이오, 가 장문인."

음성이 들려온 곳을 향해 시선을 옮긴 가운평은 일렁이는 불길을 등진 채 천천히 일어서는 흐릿한 그림자를 발견했다.

"이런 찢어 죽일⋯⋯!"

뒤늦게 상대가 깔고 앉아 있던 것이 자신이 먼저 보냈던 제자들인

육철웅과 정성영임을 깨달은 가운평이 빠드득 이를 갈아 부쳤다. 하지만 이내 가운평의 두 눈은 격렬하게 흔들렸다. 카랑카랑한 상대의 음성이 낯설지 않았기 때문이다.

"이십 년 만에 만나는 얼굴이라 그런지 더욱 반갑구려."

가운평을 이곳으로 이끈 퉁소 소리는 어느새 그쳐 있었다. 그제야 가운평은 설마 하던 우려가 현실이 되었음을 깨달았다.

"소명산혼(簫命散魂)!"

"껄껄, 아직까지 이 늙은이를 기억하고 계시다니 고마운 일이 아닐 수 없소."

눈앞의 상대가 등사격이 틀림없음을 확인한 가운평이 침음성을 터뜨렸다.

이십 년 전, 지겨웠던 정사대전의 끝자락에서 청성에 가장 큰 피해를 안겨준 장본인을 어찌 잊을 수 있겠는가.

"등사격 네놈이……!"

챙!

가운평이 검을 뽑아 들자 그의 뒤에 도열해 있던 청성 문하들도 일제히 검을 뽑았다. 그러나 등사격은 자신을 향한 오십여 개의 검 앞에서도 태연하기 그지없었다. 오히려 얼굴에 미소까지 띄며 가운평을 향해 입을 열었다.

"급한 성질은 여전하군. 하지만 그 이전에 우리는 이전의 못 다한 이야기를 끝내야 할 것 같은데?"

"닥쳐라, 등사격! 네놈과 할 이야기는 없다."

"그래? 그거 아쉬운 일이로군."

한차례 혀를 차는 등사격을 향해 가운평의 매서운 눈빛이 쏟아졌다.

그런 가운평의 눈빛을 아무렇지 않게 받아넘기며 등사격이 웃음을 머금었다.

"아마도 이십 년 전에 내가 당신을 노려보던 눈빛이 그러했겠지. 하지만 이젠 서로 입장이 바뀌었군."

"무슨 말을 하고 싶은 것이냐?"

"글쎄…… 그냥 그때의 일이 잊혀지지 않아서 말이야."

"등사격……!"

상처입은 짐승처럼 으르렁거리는 가운평의 음성에 등사격의 얼굴에서 처음으로 웃음이 사라졌다.

"분명 그때 청성은 흑무련에 반기를 든 혈랑성(血狼城)을 치기로 했었지. 난 청성의 본산에 기생하는 황실의 간자들을 쓸어버리기로 했고 말이야."

가운평의 눈동자가 급격히 흔들렸다. 등사격이 이처럼 갑자기 정사대전 이면의 진실을 언급할 줄은 예상치 못했기 때문이다.

아니나 다를까, 제자들이 등 뒤에서 술렁이기 시작했다.

제자들 사이에 빠르게 번지는 소요를 가라앉히기 위해 가운평은 버럭 고함을 질렀다.

"닥쳐라! 등사격!"

"왜? 부끄러운가, 사파와 손잡고 서로의 적을 제거했던 우리의 공생 관계가?"

"무, 무슨 소리를 하는 거냐! 나는 전혀 모르는 일이다!"

피식.

실소를 흘린 등사격이 고개를 끄덕였다.

"뭐, 그건 아무래도 좋아. 내가 알고 싶은 건 어째서 혈랑성을 치기로 했던 청성이 나와 오귀를 비롯한 정예가 빠져나간 틈을 노려 사황곡을 쳤냐는 것이지."

부르르.

가운평이 들고 있던 검이 미미하게 흔들렸다.

등사격이 말을 이어갔다.

"당시엔 아군에게 빈집을 털리리라 생각도 하지 못했지. 내가 조금만 늦었어도 사황곡은 아마 그대들 청성에 의해 강호에서 완전히 지워졌을 것이야."

등사격의 눈에서 싸늘한 한광이 뿜어졌다. 동시에 가운평의 얼굴이 딱딱하게 굳어졌다. 등사격의 손에 들려 있는 붉은빛이 감도는 퉁소를 발견했기 때문이다.

"적룡소(赤龍簫)……!"

가운평의 침음성에 등사격은 고개를 끄덕이며 붉은 용이 정교하게 새겨진 퉁소를 들어올렸다. 그와 동시에 가운평의 얼굴에서는 급격하게 핏기가 사라졌다.

흑무련에서 가장 두려운 자를 꼽으라면 대부분이 천마성주나 그 휘하의 사대명왕을 언급할 것이다. 그러나 가운평은 달랐다. 이십 년 전 형산은 전력을 기울여 사황곡을 쳤고, 정예가 빠져나간 사황곡은 무력했다. 청성은 극히 미미한 피해만으로 승리를 목전에 두고 있었다. 그때 어디선가 치솟은 불길과 함께 사황곡을 벗어났던 등사격이 돌아왔고, 그의 손에 들린 퉁소로 인해 절반이 넘는 청성문도가 비명횡사했다. 결국 청성은 등사격 단 한 사람으로 인해 사황곡에서 후퇴할 수밖에 없었다.

무공과 달리 독이나 음공은 처음부터 근본을 달리하는 것이기에 상대하기가 몹시 까다로운 법. 더구나 등사격의 가공할 음공을 눈으로 직접 확인한 가운평은 이십 년이 지난 지금도 뇌리에 깊이 새겨진 그에 대한 두려움을 떨쳐낼 수 없었다.

"원하는 게 뭐냐?"

신음처럼 흘린 가운평의 말에 퉁소를 입으로 가져가던 등사격이 손을 멈췄다.

"내가 알고 싶은 것은 오직 하나."

잠시 말을 멈춘 등사격의 눈에서 자욱한 살광이 흘러내리기 시작했다.

"사황곡을 친 것이 청성의 의지였는지, 아니면 다른 이의 의지가 개입한 것인지를 알고 싶을 뿐이다."

"말해준다면?"

"이대로 돌아가겠다. 물론, 그대는 한쪽 팔을 내놔 당시의 일을 사과해야겠지."

싸늘한 등사격의 음성에 청성문도들의 눈에 분노가 떠올랐다. 그러나 가운평이 손을 들어 제자들을 제지했다.

'이대로라면 나 하나만으로 피해를 최소화 할 수 있다. 지금 이곳에 있는 아이들은 청성의 미래를 짊어진 후기지수. 만약 죽음을 불사하고 싸운다면 등사격을 죽일 수는 있을 테지만 이중에 몇 명이나 살아남을 수 있을지…… 사황곡주를 상대로 팔 하나라면 값싼 대가다.'

생각을 마친 가운평이 고개를 끄덕여 등사격의 제안을 수락했다.

"좋다, 말해주겠다. 그것은……."

말끝을 흐린 가운평이 입술을 달싹이기 시작했다.

전음을 통해 한참 동안 가운평의 설명을 듣던 등사격이 웃으며 고개를 끄덕였다.

"역시…… 그 뒤에 공야 늙은이가 있었군."

"……!"

가운평이 표정을 달리했다. 엄중한 비밀을 요하는 일인지라 전음으로 설명했던 것인데 등사격의 한마디로 인해 모든 청성문도가 이를 알아버린 것이다.

"이놈……!"

으르렁거리는 가운평을 향해 등사격이 이죽거렸다.

"걱정 말게. 이 자리에서 자네들만 사라진다면 비밀은 지켜질 테니."

"무슨 소리냐! 너는 분명……!"

"아, 자네의 팔 하나로 물러가겠는 것 말인가? 물론 거짓말이지."

태연하게 가운평의 말을 자른 등사격이 입가에 미소를 말아 올렸다.

"이로써 서로를 한 번씩 속였으니 공평해졌군."

할 말을 잃은 가운평을 바라보며 등사격이 말을 이어갔다.

"이십 년 전 비명 속에 간 그들의 원혼을 달래기엔 당신만으론 부족하거든. 크크큭!"

살기 자욱한 웃음을 흘리는 등사격의 모습에 잠시 얼빠진 표정을 짓고 있던 가운평이 급히 스스로를 바로잡았다.

"흥! 좋다! 하지만 네놈도 결코 살아남을 수 없을 것이다. 청성의 정
예 오십을 네놈 혼자서 맞서려 하다니, 미쳐도 단단히 미쳤구나."

"과연 그럴까?"

등사격의 얼굴 위로 드러난 자신감을 읽은 가운평은 내심 의아함을
금치 못했다. 하지만 이어진 등사격의 말에 가운평을 비롯한 청성 문
하의 얼굴은 밀랍보다 하얗게 질려 버렸다.

"이곳에 오는 동안 내가 연주한 곡은 잘 들으셨는지? 기탈하(既脫嗬)
란 곡일세. 상대의 진기를 고갈시켜 내공을 쓸 수 없게 만드는 효과가
있지."

"……!"

가운평은 황급히 청성의 독문심법인 건곤신공(乾坤神功)을 운기하여
진기를 끌어올리려 했다. 하지만 단전은 텅텅 비어 있었고, 실낱같은
내력마저 모이지 않았다. 마치 산공독(散功毒)에 당한 것처럼 그 어떤
진기의 흐름도 느껴지지 않았다.

뒤를 돌아본 가운평의 눈에 암담함이 떠올랐다. 자신뿐만이 아니었
다. 모든 청성 문하의 얼굴에 떠오른 당혹감과 두려움을 읽어낸 가운
평은 제자들의 상황 역시 자신과 다르지 않다는 것을 깨달았다.

등사격이 다시금 입을 열었다.

"그리고 나는 내가 혼자라고 말했던 기억이 없는데?"

등사격의 말이 끝나기 무섭게 그의 뒤쪽으로 이백에 달하는 인영이
붉게 드리운 화광을 등지고 속속 모습을 나타냈다.

"사황오귀!"

그들의 선두에 서 있는 다섯 명의 인물을 알아본 가운평은 자신들에게 드리운 절망을 비로소 절감했다.

'사황곡의 정예 전부가 나섰단 말인가? 더구나 우리는 내공을 잃은 상태. 도저히 승산이 없다.'

"쯧쯧, 명색이 구파의 한자리를 차지한 청성의 장문인께서 이 정도에 놀라다니 보기가 안쓰럽군. 제자들 앞에서 위엄은 지켜야 하지 않나?"

등사격의 비웃음에 가운평은 가슴속에서 열불이 치밀어 올랐다. 하지만 얼굴만 붉으락푸르락 할 뿐 섣불리 대꾸할 수 없었다.

이윽고 죽음을 각오한 가운평이 입을 열었다.

"무슨 음모를 획책하고 있는 것이냐, 등사격!"

"글쎄. 특별히 음모라 할 만큼 대단한 계획은 없다네. 자네들을 죽이고 이대로 화산으로 향해 얼빠진 정파 놈들을 뒤흔들 거란 정도?"

"미쳤군. 네놈들의 주군인 공야휘가 너의 미친 짓을 보고만 있으리라 생각하느냐?"

"아니, 그는 당분간 정신이 없을 거야. 이번에 움직이는 것은 비단 사황곡뿐만이 아니거든. 이미 구대문파의 본산은 난리가 났을 거야. 곧 이를 화산에 모여 있는 늙은이들도 알게 될 테고, 이로 인해 발호한 이차 정사대전을 진압하느라 바쁠 게 틀림없거든."

"……!"

"자 그럼 궁금한 건 더 이상 없을 테지? 마지막으로 자네들을 저승으로 인도할 곡명을 알려주지. 탈명음(奪命音)이라고 최근에서야 겨우 완성할 수 있었다네. 그럼 잘 가시게."

그 말을 끝으로 등사격은 적룡소를 들어 입으로 가져갔다.

"귀를 막아라!"

가운평의 외침에 청성 문하들은 일제히 검을 놓고 양손으로 귀를 틀어막았다.

삐이이익!

동시에 날카로운 기음이 청성파 일행의 귓전을 파고들었다. 음악이라기보다 소음에 가까운 음향.

"……?"

가운평의 얼굴에 의아함이 떠올랐다.

하나 이도 잠시.

울컥.

시야에 들어온 모든 사물이 붉게 변하며 비릿한 무언가가 목울대를 타고 넘어왔다.

"왁!"

왈칵 한 사발이 넘는 피를 토해낸 가운평은 핏속에 섞인 내장 조각들을 발견할 수 있었다.

힘겹게 눈을 들어올린 가운평이 제자들을 바라봤다. 눈과 귀, 코를 비롯한 온몸의 칠공(七孔)에서 연신 피를 쏟아내는 제자들의 모습이 실핏줄이 터져 충혈된 그의 눈에 맺혔다.

썩은 짚단처럼 차례대로 무너지는 제자들의 모습. 이렇다 할 반항조차 못해 보고 덧없이 죽어가는 젊은 제자들과 함께 청성의 미래가 쓰러지고 있었다.

"으아아악!"

핏물을 게워내며 절규하던 가운평의 눈에서 점차 생명의 빛이 사그라들었다.

털썩.

가운평은 차디찬 바닥에 쓰러졌다. 그러나 죽음보다 더욱 괴로운 허무함에 가운평은 죽는 순간까지 눈을 감을 수 없었다.

무표정한 얼굴로 가운평의 시신을 바라보던 등사격이 뒤쪽의 사황오귀를 향해 입을 열었다.

"준비는?"

"이미 끝마쳤습니다."

유달의 보고에 등사격은 고개를 끄덕였다.

"보내준 물건은 잘 쓰겠다고 그에게 답신을 띄워라. 그리고 가운평의 시신을 화산으로 보내라. 밤이 깊어지면 화산을 친다."

"복명!"

"크큭, 오늘밤은 지루하지 않겠어."

폐허가 된 청룡표국 위로 살기를 담은 등사격의 카랑카랑한 음성이 울려 퍼졌다.

*　　　*　　　*

"마풍람!"

운검이 경악성을 터뜨렸다.

형산에 나타났던 두 명의 사대명왕. 그중 한 명의 이름이 마풍람임은 진영인에게 들어 알고 있었다. 더구나 진영인을 처음으로 죽음 직전까지 몰고 갔던 자. 그 이름을 잊을 수 없는 것은 당연했다.

"아는 사람입니까?"

조옥린의 반문에 운검은 침음성을 흘릴 뿐이었다. 흑무련의 사대명왕 중 한 명인 그가 이처럼 당당히 진영인을 찾는 이유를 짐작할 수 없었기 때문이다.

그때였다.

문이 열리며 진영인이 밖으로 나섰다.

"역시…… 당신이었군."

자신의 방문을 예상했다는 듯한 진영인의 말에 마풍람의 딱딱한 입매에 처음으로 웃음이 떠올랐다.

"오랫만이오."

진영인이 고개를 끄덕였다. 그리곤 그 역시 웃음을 머금고 입을 열었다.

"단신으로 구대문파가 모여 있는 이곳을 찾다니, 지금까지 당신처럼 담이 큰 사내는 보지 못했소."

조용히 고개를 끄덕인 마풍람은 진영인을 향해 한 걸음 다가섰다.

"내가 당신을 찾은 이유를 알고 있으리라 믿소."

"물론이오. 조용한 곳으로 옮깁시다."

진영인이 이처럼 선선히 응할 줄은 몰랐기에 마풍람의 얼굴에 다소 의외란 표정이 떠올랐다.

이에 진영인은 부드러운 웃음을 머금고 마풍람을 바라봤다.

"어차피 우리는 서로에게 빚을 지고 있으니 머지않아 당신이 찾아오리라 생각했었소."

이때 진영인을 뒤를 따라 객점 밖으로 나선 안자명과 안지명이 마풍람을 발견하고 놀라 외쳤다.

"엇? 저 사람은?"

의아한 표정으로 진영인과 마풍람을 번갈아 보는 그들과 달리 단리정의 얼굴은 근심으로 어두워졌다. 과거 진영인과 마풍람의 무시무시했던 싸움을 지켜본 적이 있던 단리정은 그가 이곳을 찾은 이유를 짐작할 수 있었던 것이다.

안자명은 그런 단리정의 표정을 놓치지 않았다.

"왜 그래, 막내 사제?"

안자명의 질문에 단리정이 입을 열었다.

"저 사람은 사부님과 싸우기 위해 온 거예요."

"엥? 사숙과?"

의아한 음성으로 반문한 안자명이 안지명을 바라봤다. 단리정의 말을 이해할 수 없었던 건 안지명 역시 마찬가지였다. 그도 그럴 것이 진영인과 마풍람의 대화는 다소 딱딱하긴 했지만 마치 오랜 친우를 만난 것처럼 어색함이 느껴지지 않았던 것이다.

그때였다.

"그 몸으로 싸울 생각이냐?"

운검의 말에 진영인은 아무렇지 않게 웃어 보였으나 마풍람은 인상을 찌푸렸다.

"부상을 입었소?"

마풍람의 질문에 진영인은 대수롭지 않다는 듯 고개를 저었다.

“별것 아니오.”

마풍람은 잠시 진영인을 유심히 바라봤다. 그리고 끓어오르는 호승심을 억누르며 끊어 뱉듯 입을 열었다.

“사흘을 기다려 주겠소.”

그러나 진영인은 빙그레 웃으며 단리정을 향해 고개를 돌렸다.

“뇌광을 잠시 빌려주려무나.”

“하지만 사부님……”

걱정스러운 얼굴로 자신의 검을 꼭 끌어안는 단리정의 모습에 진영인은 웃으며 입을 열었다.

“그를 기다리게 하는 것은 예의가 아니다.”

단호한 진영인의 말에 단리정은 어쩔 수 없이 자신의 검을 내밀었다.

뇌광을 건네받은 진영인이 마풍람을 바라봤다.

“미리 봐둔 한적한 장소가 있소.”

잠시 진영인을 응시하던 마풍람은 천천히 고개를 끄덕였다.

“호의에 감사를……”

마풍람의 말에 보기 좋은 웃음으로 답례한 진영인이 운검을 향해 입을 열었다.

“저와 저 친구 사이의 지극히 개인적인 일입니다.”

“알겠다.”

나직한 한숨과 함께 운검이 고개를 끄덕였다. 진영인의 고집을 누구보다 잘 아는 그였기에 더 이상 만류할 수 없었던 것이다.

진영인은 이내 신형을 돌려 걸음을 옮기기 시작했고 마풍람이 그 뒤를 따라 장내에서 사라졌다. 하지만 운검을 비롯한 장내의 인물들은 그들이 사라진 방향을 멀거니 바라볼 뿐이었다. 진영인이 운검에게 남긴 말은 비단 운검에게 국한된 것이 아님을 잘 아는 까닭이다.

약 이각을 걸어 인적이 없는 야산의 공터에 이르러서야 진영인을 걸음을 멈춰 마풍람을 향해 시선을 돌렸다.

마풍람 역시 진영인과 오 장의 거리를 남겨둔 채 멈춰 서자 이들 사이에 흐르던 침묵은 이내 팽팽한 긴장으로 바뀌어 황량한 공터를 가득 메웠다.

진영인은 천천히 검을 들어올려 마풍람을 가리켰다.

"오시오."

당당한 진영인의 모습에 마풍람의 얼굴에 웃음이 떠올랐다. 진심으로 유쾌해져 나오는 그런 웃음이었다.

마풍람이 이와 같은 감정을 맛보는 건 실로 오랜만이었다.

비록 서로의 입장이 달라 적으로 마주한 상황이었지만 이미 그들은 한 번의 생사결을 통해 누구보다 서로를 이해하고 있었다.

말을 주고받을 필요도 없었다. 눈빛만으로도 서로의 마음을 느낄 수 있는 호적수가 같은 하늘 아래 존재한다는 사실에 이처럼 기쁨을 느낄 줄은 자신조차 예상하지 못한 일이었다.

"그럼……."

고개를 끄덕인 마풍람이 자신의 양손을 늘어뜨렸다.

고오오오.

마풍람의 손끝에서 시작한 흑색기류가 그의 팔과 어깨를 휘어 감더니 살아 있는 생물처럼 꿈틀거리며 이내 전신을 집어삼켰다.

순간 진영인의 눈에 이채가 떠올랐다.

오래전 자신과 겨루었을 때보다 마풍람의 성취가 더욱 높아졌음을 깨달았기 때문이다.

마풍람의 모습은 일렁이는 철묵강기가 만들어낸 음영에 가려져 마치 짙은 안개 속에 서 있는 듯했다. 하지만 그 속에서 번뜩이는 그의 강렬한 안광은 철판도 꿰뚫을 것만 같았다.

진영인은 자세를 낮추고 검끝을 비스듬히 기울여 뇌운검결의 기수식을 취했다. 하지만 그뿐이었다.

마풍람은 의아함을 금치 못했다. 자신이 기대하고 있던 검강은커녕 절정에 이른 무인에게서 느껴지는 삼엄한 기파조차 진영인게서 느낄 수 없었던 것이다.

"나를 얕보는 거요?"

마풍람의 질문에 진영인은 고개를 흔들었다.

이에 마풍람의 주위를 둘러싼 흑색 기류가 크게 꿈틀거렸다. 동시에 형형한 안광을 뿜어내는 마풍람의 음성이 더없이 싸늘하게 식었다.

"내가 당신을 과대평가한 것인가? 그렇지 않으면 당신이 나를 과소평가하는 것인가?"

차분한 표정으로 진영인이 대꾸했다.

"검으로 대답하리다."

"좋소."

그 말이 채 끝나기도 전에 마풍람이 움직였다.

콰콰콱!

곧바로 진영인을 향해 짓쳐드는 마풍람의 뒤쪽으로 폭발하듯 비산한 흙더미가 거대한 먼지구름을 만들어냈다.

진영인이 운영미보를 펼쳐 훌쩍 물러섰다.

꽈앙!

귀청이 찢어지는 듯한 굉음과 함께 진영인이 서 있던 바닥이 움푹 꺼졌다.

연이어 들이닥친 압력을 검을 휘둘러 걷어내는 한편 진영인이 마풍람의 오른쪽으로 돌아갔다. 이를 발견한 마풍람은 오른손을 휘둘렀다.

쾌애액!

육중한 파공음과 더불어 그의 주먹을 떠난 강력한 권풍이 대기를 갈랐다.

쩌저적!

바닥을 쓸 듯이 낮게 깔린 권풍이 지나는 곳마다 그 여력을 견디지 못하고 흙바닥이 길게 갈라졌다.

"……!"

순식간에 눈앞으로 짓쳐든 권풍의 위력은 예상을 훨씬 상회하는 것이어서 진영인은 표정을 굳히며 낙뢰토염을 펼쳐 권풍을 와해시키려 했다.

그런 진영인을 향해 마풍람은 연이어 왼손을 휘둘렀다.

쩌엉!

마풍람의 주먹을 떠난 권풍이 먼저 발출된 권풍을 때렸고,

콰르르르!

뒤얽힌 두 개의 권풍은 거대한 용권풍을 만들어냈다.

진영인은 검끝에 느껴지는 압력이 비교할 수 없을 만큼 무거워지는 것을 느꼈다. 실제로 이와 같은 미증유의 위력이 담긴 기공은 공야휘와의 일전 이후 처음 느끼는 것으로, 검을 움켜쥔 진영인의 손에 팽팽한 긴장감이 실렸다.

무시무시한 권풍의 위력에 진영인은 검을 거두며 물러나려 했다. 하지만 기이한 흡입력을 지닌 소용돌이가 검을 놓아주지 않았다.

그 칼날 같은 기류의 폭풍은 가공할 위력을 선보이며 그대로 진영인을 집어삼켜 버렸고, 회오리처럼 격렬히 휘도는 뿌연 먼지 기둥 속에서 몇 개의 검광이 번뜩인 것도 그때였다.

"하아압!"

기합성과 함께 마풍람이 하늘을 떠받치듯 양손을 번쩍 쳐들었다. 그와 동시에 마풍람의 손을 따라 일어난 오 장 높이의 거대한 흑색 강벽(罡壁)이 해일처럼 먼지 기둥을 향해 쇄도했다.

철묵강기 중 가장 파괴적인 수법인 천강마벽이 모습을 드러낸 것이다.

시야를 가린 흙먼지 때문에 앞을 볼 수 없었으나 굉음과 함께 들이닥치는 엄청난 압력을 느낀 진영인은 천강마벽이 시전된 것을 깨달았다.

과연 강기와 권장을 능수능란하게 다루는 멋진 솜씨였다.

언뜻 보기에는 막무가내로 공격을 펼친 것 같았으나 그 순간 진영인은 천강마벽의 영향권으로부터 쉽게 벗어날 수 없음을 느꼈던 것이다.

이는 진영인으로서도 예상치 못한 일이었다. 하지만 승기를 잡고 있음에도 마풍람이 자신의 최고 절기를 펼친 것은 그만큼 자신을 경시하지 않고 있으며 어떠한 일이 있어도 승리하고 말겠다는 그의 의지를 직접적으로 드러낸 것임을 느낄 수 있었다.

하지만 그보다 더욱 진영인을 놀라게 한 것이 있었으니…….

"……!"

진영인의 얼굴에 처음으로 경악에 가까운 감정이 떠올랐다. 거대한 천강마벽 너머로 곧장 공간을 압축하며 다가서는 마풍람을 발견했기 때문이다.

진영인은 성큼 앞으로 한 걸음을 내디뎠다. 그리고 자신의 움직임을 묶어둔 용권풍을 먼저 걷어내기 위해 수중의 검을 수평으로 휘둘렀다.

그다지 빠른 움직임이 아니었음에도 마풍람은 순간적으로 진영인의 검을 놓쳐 버렸다.

찌이이익!

검강은커녕, 검기조차 실리지 않은 검 앞에 강기에 버금가는 마풍람의 권풍은 너무도 수월하게 흩어져 버렸다. 그리고 뒤이어 들이닥친 천강마벽과 진영인의 검이 허공에서 정면으로 부딪쳤다.

하지만 막 천강마벽과 검이 충돌하려는 순간 진영인의 검이 미묘한 변화를 일으켰다.

쩌저저정!

날카로운 충격음과 함께 천강마벽의 가공할 기세가 멈칫하나 싶더니 진영인의 신형이 깊은 족적을 남기며 주르륵 밀려났다.

순간 자신이 펼쳐낸 천강마벽을 뚫고 마풍람이 진영인의 정면으로 튀어나왔다.

"엇!"

마풍람의 입과 코에서는 흘러내리는 핏물을 발견한 진영인은 처음으로 당혹성을 금할 수 없었다. 마도삼대기공 중 하나인 철묵강기가 만들어낸 천강마벽의 위력은 가히 절대적이었다. 아무리 마풍람이라 할지라도 스스로 그 안에 뛰어든 행동은 무모함을 넘어 어리석은 짓이었다.

그의 코와 입에서 흘러내리는 핏물이 이를 반증하고 있었다. 하지만 이를 대가로 마풍람은 처음으로 완벽한 승기를 잡았으며, 반면 진영인은 고스란히 그에게 허점을 드러낼 수밖에 없었다.

순식간에 거리를 좁힌 마풍람의 주먹이 진영인의 가슴을 향해 뚝 떨어져 내렸다.

그 변초(變招)의 신속함은 가히 가공스러울 정도였다.

진영인은 황급히 오른손을 앞으로 끌어당겨 검으로 가슴을 보호했다. 그러자 마풍람의 주먹이 다시 변화를 일으켰다.

이번에는 아래에서 위로 솟구치며 그의 주먹을 휘어 감은 흑색 강기가 요동치듯 마구 흔들리는 것이다. 그 위협적인 강기가 어디를 노리고 있는지는 오직 마풍람만이 알고 있을 뿐이었다.

진영인은 주저없이 손에 들린 검을 앞으로 쭈욱 내뻗었다. 그의 검이 무서운 속도로 회전을 시작하더니 이내 수십 가닥의 검영(劍影)을 뿌렸다.

우우우웅!

검끝에서 마치 수십만 마리의 벌 떼가 날갯짓하는 듯한 소리가 터져 나왔다.

마풍람은 이를 악물었다.

대체 얼마나 검이 빨리 움직이기에 이와 같은 소리가 들린단 말인가?

위력적인 진영인의 검 앞에 순간적으로 갈등이 생겼다. 하지만 결정은 빨랐고, 행동은 그보다 더욱 빨랐다.

마풍람은 물러서지 않고 주먹을 내질렀다. 힘겹게 잡은 승기를 이대로 놓쳐 버릴 수 없다고 판단했기 때문이다.

쾅!

마치 북이 찢어지는 듯한 음향이 터져 나왔다. 그와 함께 두 사람은 누가 먼저랄 것도 없이 방향을 틀어 훌쩍 물러났다.

꽈르르릉!

조금 전 그들이 서 있던 자리에 목표를 잃은 천강마벽이 떨어졌다.

쿵! 쿵!

가볍게 착지한 진영인과 달리 마풍람은 물러설 때마다 깊은 발자국을 남기며 술에 취한 듯 휘청이고 있었다. 미치광이처럼 산발한 머리카락과 밀랍처럼 창백한 그의 얼굴이 그가 받은 충격이 얼마나 강력한 것이었는지를 말해주고 있었다.

마풍람은 비록 쓰러지지는 않았으나 내부의 심맥이 흔들리고 진기가 들끓어 입을 열기만 해도 핏물이 뿜어져 나올 것 같은 고통을 느끼고 있었다. 하지만 그는 웃음을 머금고 있었다.

마풍람과 달리 진영인은 씁쓸한 얼굴로 자신의 검을 바라보았다. 검끝으로 치솟은 두 자 남짓한 검강이 짙푸른 음영을 바닥에 드리우고 있었다.

진영인이 입을 열었다.

"당신이 이겼소."

마풍람은 소매를 들어 입가에 흥건한 핏물을 훔쳐 냈다. 그런 그를 바라보며 진영인이 말을 이었다.

"당신을 얕본 게 아니었소. 다만 검강의 경지는 이루었으나 아직은 미완성인 검으로 당신과 겨루고 싶지 않았을 뿐이오. 하지만 당신의 무위와 투지 앞에 그런 제약이 얼마나 어리석은 것이었는지를 깨달았소. 나로 하여금 검강을 쓸 수 없게끔 몰아붙인 당신의 승리요."

묵묵히 진영인의 말을 듣던 마풍람이 왈칵 한 웅큼의 핏덩이를 토해 냈다. 그리고 천천히 눈을 들어 진영인을 바라봤다.

"고맙소. 이로서 나는 결심을 굳힐 수 있소."

"무슨 말이오?"

진영인의 반문에 마풍람이 허리를 곧게 펴며 짧게 입을 열었다.

"나는 영뢰옥에 들어갈 것이오."

"영뢰옥!"

진영인이 놀라 외쳤다.

이미 영뢰옥에 관해 유철악에게 들어 알고 있던 진영인은 마풍람이 스스로 그곳에 들어서겠다는 이유를 알 수 없었다.

"어째서요?"

우려 섞인 진영인의 반문에 마풍람은 자신의 두 손을 눈앞으로 들어

올렸다.

"이미 나는 철묵강기를 대성을 앞두고 있소. 하지만 한 걸음만 내디디면 십이성의 경지에 접어들 수 있음에도 불구하고 그동안 이를 주저해 왔소. 철묵강기 역시 마공. 그 이면에 도사리고 있는 마성에 사로잡히는 것이 두려웠기 때문이오."

"그렇다면……."

"그렇소. 나는 이제 마인이 되는 것이 두렵지 않소."

"……!"

진영인의 놀란 얼굴을 재밌다는 듯이 바라보던 마풍람이 고개를 저었다.

"걱정 마시오. 내가 철묵강기의 마지막 관문을 넘는 것은 영뢰옥에 들어간 이후가 될 것이니…… 피에 굶주린 악귀가 강호에서 날뛰는 일은 없을 것이오."

"음……."

침음성을 흘리는 진영인을 향해 마풍람이 웃음을 건넸다.

"내가 다시 당신 앞에 다시 설 때, 당신은 극마의 경지를 이룬 나와 완성된 철묵강기의 진정한 위력을 확인할 수 있을 것이오."

결국 진영인은 고개를 끄덕였다. 마풍람의 음성에서 그의 강한 열망을 느낄 수 있었기 때문이다.

잠시 말없이 마풍람을 바라보던 진영인이 품속을 뒤져 한 알밖에 남지 않은 치상단을 꺼내 그에게 던졌다.

이를 허공에서 잡아챈 마풍람은 의아한 표정을 지었다.

"치상단이오. 내상을 다스리는 데 도움이 될 것이오."

"분명히 말하지만 우리는 적이오."

마풍람의 말에 진영인이 고개를 끄덕였다.

"알고 있소."

선선히 대답하는 진영인의 모습에 마풍람은 실소를 터뜨렸다. 하지만 이내 신형을 돌려 걸음을 옮기기 시작했다. 하지만 몇 걸음을 채 옮기기도 전에 마풍람이 돌아섰다.

"유철악을 조심하시오."

진영인은 일순 황당함을 금치 못했다. 무례하게도 자신의 사부를 이름으로 언급하는 마풍람의 행동을 이해할 수 없었기 때문이다.

"그는 당신의 사부가 아니오?"

한차례 고개를 끄덕인 마풍람은 품속에서 작은 목갑을 꺼내 진영인을 향해 던졌다. 느리게 날아드는 목갑을 받아 든 진영인은 이를 열어 내용물을 확인했다.

"이건?"

목갑 안에 들어 있는 것은 불에 그슬려 일부밖에 남지 않은 종잇조각이었다. 하지만 그 안에 적혀 있는 내용은 간단하지 않았다.

'태극검혜요결(太極劍解要訣)?'

진영인은 자신의 눈을 의심했다. 하지만 그뿐만이 아니었다. 십단금과 양의 검법, 그리고 일부이긴 했으나 비급의 내용 일부가 적힌 불탄 종이가 상자 안에 들어 있었다.

이때 마풍람이 입을 열었다.

"사부의 벽난로 속에서 발견한 것이오. 그는 내 사부지만 속을 알 수 없는 사람이오."

"이것이 사실이라면 당신은 정말 무서운 사부를 두었구려."

금방이라도 쓰러질 것 같던 마풍람이 두 눈에서 차가운 한광을 쏟아냈다.

"판단은 당신의 몫이오. 하지만 그가 무언가를 꾸미고 있다는 것은 분명하오. 유철악은 무서운 인물. 그자의 웃음 속에 감춰진 비수를 발견하지 못한다면 당신과 내가 조우하는 곳은 저승이 될 것이오."

마풍람이 자신을 오해한 듯하여 진영인은 급히 손을 저었다.

"아니, 나는 당신을 믿소."

너무나 선선히 고개를 끄덕이는 진영인의 모습에 오히려 마풍람이 인상을 찌푸렸다.

"어째서 적의 말을 그렇게 순순히 믿는지 알 수 없군. 대담한 것인가, 아니면 어리석은 것인가?"

진영인이 씨익 웃으며 입을 열었다.

"당신이 마풍람이니까."

"……!"

이윽고 하나뿐인 마풍람의 눈가가 가늘게 접혔다.

"알기 어려운 사람이군, 당신은."

"그래서 늘 손해를 본다오. 그건 피차 마찬가지인 것 같지만."

잠시 서로의 눈빛을 마주하던 그들이 동시에 돌아섰다.

"다음에 만날 때까지 죽지 마시오."

등 뒤로 멀어지는 마풍람의 음성에 진영인도 웃으며 입을 열었다.

"다시 만날 날을 기대하리다."

두 사람의 모습은 이내 장내에서 사라졌고, 결코 순탄치 않을 그들

의 앞날을 예견하는 듯한 혹독한 추위가 격전의 흔적이 가득한 장내를
가득 메울 뿐이었다.

　객점 안은 몹시도 어수선했다. 운검으로부터 마풍람이 사대명왕 중
한 명임을 전해들은 일행은 내심 솟구치는 불안함을 억누를 수 없었던
것이다.
　그때였다.
　객점의 문이 열리며 진영인이 들어섰다.
　"시숙!"
　가장 먼저 진영인을 향해 다가선 사람은 객점 안을 서성이며 안절부
절못하던 하운지였다.
　먼지를 잔뜩 뒤집어쓰고 있었으나 의외로 담담한 진영인의 모습에
하운지는 비로소 마음을 놓을 수 있었다.
　"그는 돌아갔느냐?"
　운검의 질문에 진영인이 고개를 끄덕였다.
　"결과는 어찌 되었소?"
　뒤이은 조옥린의 질문에 진영인이 슬쩍 웃음을 머금었다. 질문을 한
것은 조옥린이었으나 다른 이들의 시선 역시 마풍람과의 비무 결과를
몹시 궁금해하는 눈치였기 때문이다.
　그러나 진영인은 이에 대해 언급하지 않았다. 대신 조옥린을 향해
미안한 표정으로 입을 열었다.
　"조 형, 잠시 자리를 비켜주시겠소?"
　물끄러미 진영인을 바라보던 조옥린은 별말없이 고개를 끄덕였다.

그리곤 탁자에 기대어 놓았던 자신의 도를 허리에 맨 뒤 운검을 향해 정중히 포권을 취했다.

"그럼 다음에 뵙겠습니다."

다른 이들과도 가볍게 인사를 교환한 조옥린이 객점을 떠나자 진영인은 손짓으로 사질들을 불러 모았다.

곽범태를 비롯해 안자명과 안지명, 하운지, 그리고 단리정까지 자신의 앞에 앉자 진영인은 눈을 들어 그들을 바라보았다.

진영인의 눈빛은 담담하고 차분하게 가라앉아 있었다. 하지만 그 시선을 마주한 이들은 한결같이 알 수 없는 전율을 맛보았다. 특히 그 느낌은 점차 강해져, 마치 수백 개의 날카로운 침으로 전신의 피부를 찌르는 것만 같았다.

그 느낌은 이내 씻은 듯이 사라졌으나 그것이 무공의 최절정에 오른 고수만이 발출할 수 있다는 전설의 무형지기임을 깨닫고 그들은 마음이 크게 격동되었다.

멀찍이 떨어져 있던 운검마저 놀라움을 감추지 못했다.

'영인의 무공이 무형지기(無形之氣)를 발출할 수 있는 수준에까지 이르렀구나…….'

당금의 강호에서 무형지기를 발출할 수 있는 고수는 손가락으로 꼽을 정도일 것이다. 운검의 경륜으로도 불과 두세 사람만을 떠올릴 수 있을 뿐이었다.

진영인은 물처럼 고요한 시선으로 자신 앞에 모인 이들을 응시하더니 먼저 곽범태를 향해 입을 열었다.

"오전의 비무를 지켜보니 네가 이룬 성취가 놀랍더구나. 네가 익힌 도법에 대해 자세히 설명해 주겠느냐?"

진영인의 질문에 잠시 생각을 정리한 곽범태는 뇌룡개안(雷龍開眼)의 기수식을 시작으로 뇌룡출해(雷龍出海), 뇌룡탐일(雷龍眈日), 뇌룡사일(雷龍射日), 뇌룡섬단(雷龍剡旦), 뇌룡전척(雷龍電擲), 뇌룡거첨(雷龍炬濟)의 순서대로 뇌룡도법의 초식명을 언급한 다음 그에 따른 내공의 운용법과 변초뿐만 아니라 초식의 연환에 따른 자세한 무리를 더듬거리며 설명했다.

이윽고 곽범태의 말이 끝나자 진영인이 고개를 끄덕였다.

"아침을 쏘아 떨어뜨고, 벼락을 던져 대지를 태우다라…… 몇몇 초식명이 지극히 패도적이군."

말이 끝나기 무섭게 진영인은 하운지를 향해 시선을 옮겼다.

"이전보다 날카로운 기도가 느껴지는구나. 산매장만으로는 이처럼 위협적인 기파를 지닐 수 없는데, 그간 새로운 무공이라도 얻은 것이냐?"

"네, 실은……."

하운지는 진영인이 형산을 떠난 이후 십오대 조사인 철무산인의 부인인 미령이라는 여인이 남긴 오뢰수공집이라는 책자를 통해 오뢰정인의 초식을 익히고, 우연히 얻은 무쇠솥에 새겨진 핵심 요결을 통해 오뢰정인을 자신의 것으로 만들 수 있었음을 설명했다.

"흠……."

생각에 잠긴 진영인의 모습에 하운지의 얼굴이 어두워졌다. 잊혀졌던 형산의 무공을 다시 부활시킨 자신의 노력과 수고에 칭찬을 해도 모자랄 판에 오히려 마뜩잖은 기색이 가득한 진영인의 표정에 내심 서

운함을 느꼈던 것이다.

이를 눈치챈 안자명과 안지명이 하운지를 거들고 나섰다.

"장법으로만 따진다면 당금 후기지수들 중에서 사저를 따라올 사람은 아무도 없을 거예요."

"사형 정도면 모를까 자명이나 저는 상대도 되지 않는걸요. 물론 우리 둘이 합격술을 펼치면 이야기가 달라지지만."

그러나 진영인의 표정은 여전히 시큰둥했다.

잠시 생각을 정리하던 진영인이 눈을 들어 하운지를 바라봤다.

"그 미령이라는 분이 그처럼 은밀하게 오뢰정인을 남긴 이유가 무엇 때문인지 아느냐?"

"그분은 당시의 장문인과의 약속에 묶여 강호와의 발길을 끊었고, 무공을 타인에게 전수할 수도 없어 편법으로 오뢰정인을 남긴다고 했어요."

진영인이 고개를 끄덕였다.

"그 부분이 마음에 걸리는구나. 오뢰정인은 훌륭한 무공이 분명하다. 하지만 어째서 장문인은 그녀에게 오뢰정인을 후인에게 전수하는 걸 금했을까?"

한번도 그 부분에 대해 의구심을 가져 본 적이 없던 하운지는 진영인의 반문에 무슨 말을 해야 할지 몰라 일순 할 말을 잃었다.

그런 그녀를 뒤로 한 채 진영인은 안자명과 안지명을 향해 입을 열었다.

"지명의 창법은 비무대회를 통해 봤다. 자세가 잡힌 걸 보니 수련을 게을리 하지 않은 것 같더구나. 틀림없이 같이 수련해 왔을 테니 자명이의 부법도 비슷한 성취를 이뤘겠지?"

　그때까지 말없이 차를 마시던 운검이 찻잔을 탁자 위에 올려놓으며 진영인을 바라봤다.

　"무엇을 말하려 하기에 이처럼 뜸을 들이느냐?"

　그제야 진영인은 자신의 마음속에 담은 이야기를 꺼내 놓았다.

第二十八章

풍전등화(風前燈火)

"**뇌**정단공은 마공에 근원을 두고 있습니다."

"……!"

진영인의 말에 운검을 제외한 모두의 눈이 더없이 크게 흡떠졌다.

"자세히 설명해 주겠느냐?"

운검의 질문에 한차례 고개를 끄덕였다.

"정확히 말하자면 기존의 내공심법과 마공이라 불리우는 흑도의 내공심법이 융화하여 만들어진 것이 지금의 뇌정단공입니다."

운검은 고개를 끄덕였다. 이미 진영인을 통해 형산의 개파 조사인 뇌공 하원일과 명교의 태상호법 사이에 얽힌 비사를 들었기에 어느 정도 일리가 있다 생각했던 것이다. 하지만 곽범태를 비롯한 하운지 등은 영문을 몰라 크게 당황한 것처럼 보였다.

진영인은 다시 한 번 그들을 위해 단리설로부터 들었던 형산의 비사에 대해 설명했다.

진영인의 이야기가 끝나자 안자명이 몽롱한 눈빛으로 감탄성을 터뜨렸다.

"와! 우리 개파 조사께서 그렇게 멋진 분이셨어요?"

안지명 역시 고개를 주억이며 신이 나서 외쳤다.

"따지고 보면 그분이 당시의 천하제일고수셨군요. 구대문파가 그분을 두려워하여 함부로 간섭을 하지 못했다니!"

"지금 그것이 중요한 게 아니다."

차분한 음성으로 진영인이 말을 이어갔다.

"당금 정파의 어느 곳에서도 뇌정단공만큼 패도적인 심법은 찾아보기 힘들다. 하지만 무당의 태청강기나 화산의 자하진기에 비하면 부족함이 있지. 그 이유가 무엇 때문일 것이라 생각하느냐?"

"그건……."

안자명과 안지명이 우물쭈물 대답을 망설이며 곽범태와 하운지를 바라봤다. 하지만 답을 내놓지 못하는 것은 그들 역시 마찬가지였다.

진영인이 막 자신이 겪은 사실을 토대로 유추한 내용을 설명하려는 순간, 객점 밖이 갑자기 소란스러워지기 시작했다. 시간이 지나도 소요는 가라앉지 않았고, 어딘가를 향해 몰려가는 사람들의 발자국 소리와 웅성거림은 더욱 높아졌다.

결국 궁금함을 참지 못한 안자명이 벌떡 일어나 객점 문을 열었다.

"이게 무슨 일이야?"

산문 방향으로 우르르 달려가는 사람들의 모습에 당황한 표정을 짓던 안자명은 문득 인파를 헤치며 다가서는 송현자를 발견할 수 있었다.

객점 안으로 들어서는 송현자의 모습에 운검은 의아함을 금치 못했다. 좀처럼 평정심을 잃지 않은 송현자가 당황스러운 표정을 감추지 못하고 있었던 것이다.

"무슨 일입니까?"

"장문인과 화산으로 떠났던 청성 일행이 시신으로 돌아왔다."

"……!"

충격적인 송현자의 말에 장내의 일행은 일순 할 말을 잃었다.

이윽고 운검이 진영인을 향해 입을 열었다.

"이야기는 나중으로 미루고 일단 산문 쪽으로 내려가 보도록 하자."

고개를 끄덕인 진영인은 일행과 더불어 객잔을 나섰고, 정파의 무인들이 향하는 곳을 향해 걸음을 옮기기 시작했다.

약 일각쯤을 걸어 그들이 산문에 당도했을 때는 이미 몰려든 사람들로 인해 발 디딜 틈도 없을 만큼 매우 혼잡스러웠다.

"음……."

인파를 헤치며 산문에 가까이 다가선 진영인은 아무렇게나 던져져 있는 시신들을 발견하고 인상을 찌푸렸다. 칠공에서 피를 흘린 채 절명한 그들의 끔찍한 모습 때문이 아니었다.

시신에는 이렇다 할 상흔이나 격렬한 싸움의 흔적이 느껴지지 않았다. 비록 인간성은 어떠할지 모르나 가운평은 무시할 수 없는 고수. 더구나 그와 함께한 젊은이들은 청성이 키워낸 정예였다. 그런 그들이 반항 한번 제대로 하지 못하고 절명하다니……!

'이들은 방심한 상태에서 당한 것이 아니다.'

시신들은 한결같이 죽어서도 검을 놓지 못하고 있었다. 이는 분명 그들이 적과 조우했음을 뜻하는 것이었고, 진영인은 이것이 마음에 걸렸다.

구대문파의 한 축을 지탱하고 있는 청성이었다. 제아무리 당금 강호의 최고수가 직접 나섰다 해도 가운평을 비롯한 오십여 명의 청성 문도를 이처럼 단숨에 격살하기란 불가능한 일이었다. 이미 공야휘와 일전을 치러봤던 진영인이었기에 이점은 확신할 수 있었다.

대체 적의 무위가 얼마나 가공하기에 장문인인 가운평조차 검 한번 휘둘러보지도 못했단 말인가.

문득 진영인은 주위의 분위기가 이상함을 느끼고 고개를 들었다.

이미 청성파 사람들의 시신 주위에는 각 문파의 수좌급 인물들이 서 있었는데, 대부분이 곱지 않은 시선으로 진영인 일행을 바라보고 있었다.

진영인은 이내 그 이유를 알 수 있었다. 청성이 화산을 내려간 이유는 자신들로 인한 것. 자세한 연유야 어찌 되었든 구대문파로서는 자신들이 달가울 리 없었다.

그들의 시선을 담담히 받아넘기며 운검이 나섰다.

"제가 시신을 좀 살펴봐도 되겠습니까?"

"그럴 필요 없네."

시신을 향해 다가서던 운검은 날카로운 인상을 지닌 중년인을 바라봤다.

"하지만 사인을 알아야 흉수에 대해서도 알 수 있을 것 아닙니까?"

운검의 대꾸가 기분 나빴는지 종남파 장문인인 상조운(商朝云)이 못마땅한 표정으로 그의 말을 잘랐다.

"그들은 음공에 당했네. 강력한 음공이 내부를 뒤흔들어 내장이 끊어지고, 기혈이 들끓면서 심맥이 뒤엉켜 진기가 역류했지. 이 정도의 음공을 지닌 고수는 강호를 통틀어 몇 명 되지 않아. 더구나 청성파와 원한이 있는 음공의 고수라면 한 명밖에 없어."

"혹시 흉수에 대해 아십니까?"

그러나 상조운은 고개를 돌려 운검의 물음을 무시해 버렸다.

쓸쓸한 표정을 짓는 운검에게 흉수의 정체를 말해준 것은 뒤늦게 장내에 도착한 악원홍이었다.

"아마도 사황곡이 나선 모양이야."

"사황곡이라면?"

"사황곡주인 등사격만이 이처럼 무서운 음공을 다룰 수 있지."

악원홍의 설명에 장내에 모인 인물들은 하나같이 표정이 어두워졌다. 사황곡은 귀왕곡과 더불어 흑무련의 주축인 이곡 중 하나. 이미 흑염방이 무당과의 전면전을 선포한 상황에서 그 지닌바 의미는 결코 간단하지 않았다.

이때 진영인이 운검에게 다가서며 말을 건넸다.

"사형, 시신의 사인을 다시 살펴봐 주십시오."

고개를 끄덕인 운검은 허리를 숙여 가운평의 시신을 살피기 시작했다. 하지만 약간의 시간이 흘러 운검은 고개를 끄덕이며 진영인을 바라봤다.

"어떻습니까?"

"상 장문인의 말씀대로야. 내장이 아예 녹아버린 것과 다름없어."

하지만 진영인은 눈빛을 빛내며 악원홍을 향해 질문을 던졌다.

"사황곡주가 지닌 무서움은 음공뿐입니까?"

"무슨 뜻인가?"

악원홍의 반문에 진영인은 주위 사람들이 모두 들을 수 있도록 일부러 크게 입을 열었다.

"그는 혹시 독을 다루지 않는지요?"

"말도 되지 않는 소리."

진영인의 말을 비웃은 사람은 두 명의 공동파 장로 중 한 명인 우일기였다.

이에 진영인은 차분한 음성으로 자신의 생각을 밝혔다.

"모든 가능성을 염두해야 한다 생각합니다. 만약 강력한 독이라면 음공과 사인이 비슷해 보일 수도 있습니다. 내장이 파열되고 칠공을 통해 피를 쏟는 증상은 쉽게 구분하기가 힘드니까요. 더구나 이것이 누군가 고의적으로 사황곡과 정파 사이를 이간질하기 위한 것일 수도 있다면……."

"자네 말은 틀렸네."

진영인은 고개를 돌려 점창파 장문인인 송자원(宋自元)을 바라봤다.

제자의 일로 인해 형산을 향한 감정이 곱지 않았던 송자원은 한차례 곽범태를 노려보더니 다시금 진영인을 향해 설명을 이어갔다.

"사황곡주가 쓰는 것은 분명 음공뿐일세. 사황곡은 사파의 무리. 따라서 약간의 독은 쓸 수 있을지 모르나 이처럼 수십 명을 순식간에 몰살시킬 강력한 독을 지닌 문파는 아닐세. 당문 정도라면 모를까."

"당문이라 하셨습니까?"

진영인의 생각을 읽었음인지 송자원이 조소를 머금고 입을 열었다.

"당문은 오랜 역사를 지닌 명문세가. 사황곡 따위의 흑도 문파와 결탁할 리 만무하네."

우일기가 송자원을 거들고 나섰다.

"당연하지. 더구나 사황곡주는 이십 년 전의 일로 청성을 비롯한 모든 정파에 이를 갈고 있었을 터, 당문처럼 당당히 정도를 걷는 문파와 어찌 손을 잡겠는가?"

"이십 년 전의 일이라면 정사대전을 말씀하시는 겁니까?"

"그건……."

주변 사람들의 눈치를 받고 우일기가 황망히 말끝을 흐렸다.

진영인은 의아한 표정으로 우일기를 바라봤으나 그는 시선을 돌려 입을 다물었다. 구대문파 내에서도 수좌급의 인물들만 아는 기밀을 누설할 뻔했던 것이다. 하지만 이미 정사대전 이면에 감춰진 진실을 아는 진영인이었기에 능히 그 사유가 당당히 밝히기 꺼림칙한 일임을 짐작하고 있었다.

주위에 내려앉은 어색한 침묵을 깬 것은 화산파 장문인인 악조량이었다.

"일단 수습이 먼저일 것 같습니다."

각파의 장문인을 비롯한 장로들이 고개를 끄덕이자 악조량은 화산 제자들을 향해 차례대로 지시를 내리기 시작했다.

"일단 시신을 수습하고 근처의 군중들을 해산시켜 더 이상 소란이 퍼지는 것을 막아라. 그리고 청성에 서신을 넣어라. 마을에 연락해 관을 조달해 오고 시신들을 안치할 서현동(瑞現洞)에 향을 피워 놓아라."

악조량의 말에 따라 화산제자들이 기민하게 움직였다. 분주히 오가는 그들에 의해 시신들이 수습되고 장내의 혼란도 빠르게 진정되었다.

그때였다.

"조, 종리 사질!"

하얀 수염이 헝클어지는 것을 마다 않고 헐레벌떡 산문을 향해 달려오는 노인이 있었다. 우일기의 사제이자 공동파의 또 다른 장로인 금시계(金翅鷄)였다.

말없이 장내 한켠에 서 있던 종리악(鍾里鄂)의 얼굴이 굳어졌다.

대외적으로 나설 때엔 금시계는 자신을 늘 장문 사질이라 불렀다. 하지만 지금은 얼마나 다급했던지 수많은 사람들의 눈을 염두하지 않고 평소처럼 자신의 성을 부르고 있었다. 정확한 이유는 알 수 없으나 종리악은 그처럼 당황한 금시계의 모습을 본 적이 없었다.

"무슨 일이십니까?"

서로의 거리가 좁혀지자 종리악이 입을 열었고, 금시계는 밭은 숨을 몰아쉬며 쥐고 있던 서신을 그에게 건넸다.

"이건?"

"헉헉… 바, 방금 본산으로부터 전서구를 통해 당도한 서신일세."

의아한 눈으로 서신을 읽어 내려가던 종리악의 얼굴이 순식간에 핼쑥해졌다. 어찌나 놀랐던지 종리악은 말까지 더듬고 있었다.

"저, 전서구는…… 언제 도착했습니까?"

"일각 전일세."

딱딱하게 굳어진 종리악의 표정에 구대문파의 인물들은 한결같이 놀란 표정을 지었다. 철혈무심(鐵血無心)이라는 별호에 걸맞게 늘 냉정함을 잃지 않았던 종리악이었다. 그가 이처럼 격동한 모습은 그들로서 처음 보는 것이라 그 만큼 서신의 내용이 궁금해졌다.

"무슨 일이오? 장문인?"

참다못한 우일기의 질문에 종리악은 부들부들 떨리는 손으로 그에게 전서구를 건넸다.

아니나 다를까.

입을 떡 벌린 우일기는 서신의 내용을 믿을 수 없다는 듯이 연신 같은 말을 반복했다.

"믿을 수 없다. 믿을 수 없어…… 본 파가…… 공동이……."

"공동파에 무슨 일이 생긴 것입니까?"

조심스러운 악조량의 질문에 종리악이 침음성을 흘리며 무겁게 고개를 끄덕였다.

"일단의 무리에게 본 파가 공격을 당했소. 천조각(天早閣)을 비롯한 여덟 개의 전각이 소실하고 절반이 넘는 이백서른두 명의 제자들이 목숨을 잃었소."

"그런!"

종리각의 말에 장내에 모인 이들은 저마다 경악성을 터뜨렸다. 천조각은 공동이 생겨났을 당시 처음에 세워진 문설주였다. 비록 낡고 오래되어 볼품은 없었으나 이는 수백 년간 공동파의 상징적인 건물로 인식되어 왔다. 그런 천조각이 불타 사라졌다는 것은 그만큼 공동의 피해가 컸다는 것을 반증하고 있었다.

"누가 감히 구대문파를 건드린단 말이오?"

"역시 흑무련이?"

너나 할 것 없이 입을 여는 통에 장내의 분위기는 몹시 어수선했고 이에 악조량이 직접 나서 사람들을 진정시켰다.

"누구의 소행인지 짐작 가는 바가 있으십니까?"

종리악이 고개를 들어 악조량을 바라봤다.

"서신에는 단지 괴인들이라 적혀 있을 뿐이오."

"그들의 숫자는 얼마나 됩니까?"

"그게……."

종리각이 당황스러운 얼굴로 말끝을 흐렸다. 그러나 말없이 바라보는 악조량의 무언의 독촉에 마지못해 탄식을 터뜨렸다.

"열다섯……."

악조량이 놀라 반문했다.

"불과 열다섯 명에게 절반이 넘는 본 파의 제자들이 살해당했단 말입니까?"

참담한 마음에 더 이상 입을 열기도 힘들었던지 종리각은 우일기로부터 서신을 빼앗아 악조량에게 건넸다.

"으음……."

서신을 읽어가던 악조량의 얼굴이 어두워졌다.

"열다섯 명이 하나같이 검강을 다루고 있었다니……."

그렇다면 충분히 납득이 갔다. 하지만 한편으로 짙은 의구심을 금할 수 없었다.

당금의 구대문파 통틀어 검강을 다룰 수 있는 사람은 아무리 많이 쳐도 스무 명 남짓에 불과할 것이다. 그것도 은거한 전대 고수를 포함한 숫자였다. 화산파에서는 자신의 조부인 악원홍과 두 명의 장로가 이기생형의 막바지 단계인 검강의 초입에 들어서 있었고, 대외적으로 알려지진 않았으나 자신과 첫째 제자인 강남영만이 얼마 전에서야 검강의 단계에 접어들 수 있었다.

검강을 사용한다면 개개인이 절정고수 이십 명에 필적하는 무위를 지니고 있을 터. 그런데 검강을 다루는 열다섯 명의 무인이라니…… 전서구의 내용이 사실이라면 흉수들의 힘은 구대문파 중 한곳이 감당할 수 없는 것이었다.

송자원이 어이없다는 얼굴로 입을 열었다.

"지금 그게 말이 된다고 생각하시오? 하늘에서 떨어지지 않고서야 검강을 다루는 열다섯 명의 고수가 나타났음에도 우리가 모를 리가 없지 않소?"

"그렇다면 이를 어찌 설명하시렵니까? 그들이 공동산을 휘젓고 간 시간은 일각에 불과하답니다. 거의 일방적인 도살이었지요. 만약 종남이 전력을 기울여 공동을 친다고 했을 때 일각 안에 이백이 넘는 공동파 사람들을 죽일 수 있다고 생각하십니까?"

악조량의 반문에 송자원은 입을 다물었다. 솔직히 말해 공동파가 종남에 비해 약간 뒤처진다곤 하나 전력상으로 절정고수 열 명 정도의 차이가 있을 뿐이었던 것이다.

이때 무엇을 발견했음인지 악조량이 심각한 얼굴로 한곳을 응시했다. 그의 시선을 따라 고개를 돌린 이들은 창백한 안색으로 황급히 달려오는 종남 제자를 바라봤다.

"무슨 일이냐?"

"으허헝! 사부님!"

설마 하는 심정에 송자원이 다그쳐 묻자 일대제자인 종남 문하가 대번에 대성통곡을 터뜨렸다.

"무슨 일이냐고 묻지 않았느냐?"

"종남산이…… 종남산이……!"

입술을 깨문 송자원은 암담한 심정에 질끈 눈을 감았다. 제자의 말을 듣지 않아도 상황이 좋지 않다는 것을 알 수 있었기 때문이다.

이윽고 천천히 눈을 뜬 송자원이 자신의 제자를 향해 입을 열었다.

"흉수는 몇 명이냐? 피해는 얼마나 되지?"

"적은 아홉 명이라 했습니다. 백여든아홉의 제자들이 목숨을 잃었고, 그중 일대제자 스물네 명이 포함되어 있었습니다. 그리고 조원전장(遭願錢莊)과 하정표국(河正鏢局) 역시 크게 당해 손을 쓸 수 없을 지경에 처했다고 합니다."

"왁!"

제자의 보고에 송자원은 안색이 급격히 창백해지나 싶더니 급기야 한움큼의 피를 토하고 말았다.

언뜻 공동에 비하면 피해가 작아 보였으나 서른 명의 일대제자 중 스물네 명이나 잃은 종남으로서는 그 미래가 암울할 수밖에 없다. 더구나 섬서를 기반으로 하는 곳 중 가장 큰 수입원인 두 곳을 잃은 것은 문파의 기반을 송두리째 뒤흔드는 타격이나 다름없었다.

그러나…….

이것이 끝이 아니었다. 반 시진에서 한 시진 간격으로 새로운 구대 문파의 본산에서 전서구와 서신들이 날아들기 시작했다. 그리고 그 내용은 대동소이(大同小異)했다.

소림은 지객당(知客堂)을 비롯한 선대 고승들의 유골과 유품을 모아 놓은 조사전(祖師殿)이 크게 파괴되었고, 백마흔두 명의 승려가 삭풍 앞의 고혼이 되었다. 심지어 무공보다는 불법을 수도하는 계지원(戒持院)과 양심당(養心堂)의 학승들까지 횡액을 면치 못해 흉수들의 더없이 잔인한 손속을 여실히 증명하고 있었다. 그나마 방장실을 앞뒤로 에워싸고 있는 팔대호원(八大護院)의 무승들과 나한전(羅漢殿)의 십팔나한(十八羅漢)이 힘을 합쳐 소림의 핵심이라 할 수 있는 장경각(藏經閣)을 지키긴 했으나 그 과정에서 장로원 격인 장생전(長生殿)의 다섯 명에 이르는 고승들이 목숨을 대가로 치러야만 했다. 이십 년 전 정사대전으로 인해 큰 피해를 입었던 소림에게 있어 이는 돌이킬 수 없는 재앙과도 같았다.

점창 역시 상황은 크게 다르지 않았다. 전체 제자의 삼분의 일에 해당하는 이백여 명의 제자가 목숨을 잃었고, 점창의 중요한 수입원이 되어 왔던 차 밭과 상단이 불에 타 크나큰 경제적 손실을 입었다.

이십 년 전 정사대전으로 인해 근근히 명맥만을 이어왔던 아미는 다섯에 불과한 흉수들로 인해 멸문에 가까운 타격을 받았으며, 죽은 이보다 살아남은 이의 숫자를 헤아리는 것이 훨씬 빠를 만큼 인명 피해가 컸다.

이미 무당은 흑염방과의 싸움으로 수많은 희생을 치른 상태이고 형산 역시 기련십마의 일로 인해 적지 않은 타격을 입은 상태여서 사실상 피해를 입지 않은 곳은 화산과 곤륜 정도에 불과했다.

구대문파 전부를 합치면 죽은 이가 팔백여 명, 부상자는 삼백에 달했다. 부상자가 사망자보다 적은 것은 그만큼 그들의 손속이 잔인했다는 것을 뜻하며 이로 인해 구대문파는 엄청난 충격에 휩싸였다.

우르르릉.

멀리 하늘에서 천둥을 동반한 먹구름이 몰려오기 시작했다. 그리고 돌연 드리운 암운(暗雲) 앞에 장내의 상황은 걷잡을 수 없는 혼란의 소용돌이 속으로 치닫기 시작했다.

*　　　*　　　*

하늘은 온통 구름에 뒤덮여 있어 달도 별도 보이지 않았다. 간혹 은은한 뇌성과 함께 낙뢰의 불빛만이 어둠 속에서 번쩍일 뿐이었다.

그 어두운 하늘을 응시하며 송현자는 근심 어린 한숨을 내쉬었다. 언제 형산으로부터 불길한 전서구가 날아올지 알 수 없는 일이었다. 더구나 구대문파를 비롯한 수많은 정도의 문파들이 알 수 없는 세력에 의해 큰 피해를 입은 마당에 언제까지 이곳 화산도 안전하다 장담할 수 없었다.

이 때문일까.

구대문파와 관련된 속가의 무인들과 호기를 잃지 않은 삼백여 명의 무인만이 화산에 남아 있을 뿐, 영웅대회를 보기 위해 구름같이 몰려들었던 무인들 상당수가 짐을 꾸려 분분히 화산을 떠났다.

하지만 송현자에게 무엇보다 걱정스러운 것은 형산을 떠나 이곳으로 향한 풍검과 명검을 비롯한, 그들이 이끄는 제자들의 안위였다.

"사부님."

자신을 부르는 음성에 송현자가 돌아섰다.

"왔느냐."

진영인이 빙그레 웃으며 송현자에게 다가섰다.

"사형과 사제는 무사할 것입니다. 너무 심려치 마십시오."

"그랬으면 좋겠구나."

고개를 끄덕이는 송현자였으나 그의 얼굴에 드리운 그림자는 쉽게 걷히지 않았다. 하지만 이내 애써 불안함을 억누르며 송현자는 진영인을 향해 입을 열었다.

"무슨 일이냐?"

"이것을……."

진영인은 대답대신 품속에서 작은 종잇조각을 꺼내 송현자에게 내밀었다. 마풍람으로부터 받은 무당의 비급 일부였다.

"이건 무당의?"

"맞습니다."

고개를 끄덕인 진영인을 바라보는 송현자의 눈에 의아함이 서렸다. 하지만 이어진 진영인의 말에 송현자는 놀라움을 금치 못했다.

"암류에 관련된 인물은 아무래도 신풍마유 같습니다."

"확실한 것이냐?"

"짐작일 뿐입니다. 하지만 그것은 신풍마유의 방에서 발견된 것으로 그의 제자인 마풍람이란 자가 제게 건넨 것입니다."

"하지만 그는 흑도 사람이다. 그가 만약 다른 꿍꿍이가 있어 네게 접근했다는 생각은 해본 적이 없느냐?"

송현자의 질문에 진영인은 조용히 웃으며 자신의 생각을 밝혔다.

"그는 그렇게 교활한 인물이 되지 못합니다. 더구나 신풍마유가 암류라고 가정하면 상당 부분 맞아떨어지는 것이 있습니다."

"네 생각을 듣고 싶구나."

고개를 끄덕인 진영인은 단리정과 더불어 죽산에서 단리설을 만났을 때를 떠올렸다.

"당시 아정과 제게는 미행이 붙지 않았습니다. 그자들의 무위는 저보다 뒤처지는 것이었고, 그들이 우리를 추적했다면 제가 먼저 이를 눈치챘을 것입니다. 하지만 그들은 저와 호약란이 자리를 비운 사이 기다렸다는 듯이 움직였고, 이는 흑무련 내부에서 정보가 샜다는 것을 뜻합니다. 하지만 공야휘의 움직임은 흑무련 내에서도 중요한 기밀에 속할 터, 같은 사대명왕의 한 명이자 호약란의 사부인 신풍마유라면 충분히 이에 대해 인지하고 있었을 것입니다. 그리고……."

"계속하거라."

"그가 제게 일부러 모습을 보일 만큼 철산장의 일은 중요하지가 않았습니다. 그리고 저를 만나 그가 건넸던 정보들은 그다지 실속이 없는 말장난에 불과했습니다. 사대명왕이라면 은밀히 움직여야 하는 어둠 속의 존재들. 이미 마풍람과 호약란의 모습을 아는 제게 그는 더욱 모습을 숨겨야 옳았습니다. 저는 그가 자신의 모습을 보인 것 자체가 일종의 연막이 아니었을까 생각합니다."

"네 말이 무슨 뜻인지 모르겠구나. 자세히 설명해 주겠느냐?"

진영인은 잠시 고민하는 듯하더니 이내 눈빛을 빛내며 말을 이어갔다.

"낮의 일이 있고 난 후 운검 사형과 이야기를 나누었습니다. 처음 제가 언급했듯 청성 장문인의 사인이 어쩌면 독일 수도 있다는 의견에 운검 사형도 동의했습니다. 하지만 그처럼 시신이 훼손된 상태에서 사인이 독으로 인한 것인지, 아니면 음공으로 인한 것인지를 구분하기가 모호했고, 당시에 이의를 제기하기 전 각문파로부터 전서구가 도착함으로써 그의 사인은 사황곡주의 음공으로 인한 것이라 마무리되었지요."

"그래서?"

"죽산에서 흑무련의 호위무사들은 독에 의해 살해되었습니다. 그 시신들의 모습은 한결같이 청성 장문인의 시신처럼 내장이 녹아 칠공에서 피를 흘린 채 죽어 있었습니다. 청성장문인의 사인이 독인지 음공인지 확인되지 않은 상태에서 저는 신풍마유를 의심하지 않을 수 없었습니다."

"어째서냐?"

"처음 그를 만났을 때 그가 가공할 음공을 사용하는 것을 본 적이 있기 때문입니다."

"……!"

너무 놀라 잠시 동안 말을 잇지 못하던 송현자는 이내 안색을 추스르며 질문을 던졌다.

"그렇다면 네 말은 신풍마유의 진정한 정체가 사황곡주라는 뜻이냐?"

진영인이 고개를 끄덕였다.

"어디까지나 예상일뿐이지만, 그렇습니다."

진영인은 단편적인 정황들을 하나하나 추려 일목요연하게 설명하기 시작했다.

"강호에 음공의 고수가 그리 흔치 않다는 것은 사부님께서도 잘 아실 것입니다. 하지만 신풍마유의 음공은 능히 검강의 위력에 필적하고 있었으며, 그 정도라면 사황곡주만큼 음공에 대해 명성을 날리고 있을 것입니다. 하지만 대부분이 이를 모르고 있지요. 신풍마유가 사황곡주이며, 그가 자신의 신분을 숨기고 음공으로 보일 수 있는 강력한 독으로 무장한 대리인을 내세웠다면? 더구나 죽산에서 흉수들이 사용했던 무당의 무공이나 흑염방의 후계자를 살해해 지금의 분쟁을 촉발시킨 자가 사용한 무당의 정종무공이 신풍마유로부터 전해진 것이라면?"

"으음……."

침음성을 흘리던 송현자가 진영인을 바라봤다.

"혹시!"

"뭔가 짐작가는 것이 있으십니까?"

천천히 고개를 끄덕이는 송현자의 얼굴에 짙은 의혹의 감정이 떠올랐다.

"오래전부터 의아했던 것이 있다. 정사대전 당시 공야휘와 상호 불가침을 약조했던 이는 무당의 명도 진인. 하지만 그는 다른 사형제들과 달리 속가 출신이었으며 무당에서 가장 뛰어난 고수로 알려지긴 했으나 배분상으로 그의 사형들에게 밀려 있었지. 어째서 공야휘는 당금 무당의 장문인인 태허가 아닌 명도와 상호 불가침을 약조했을까? 더구나 그의 실종 이후 이 모든 사태가 촉발되었다는 것은 너무나도 시기가 공교롭구나."

그때였다.

"큰일났어요!"

헐레벌떡 숨을 몰아쉬며 월동문 사이로 뛰어든 안지명의 모습에 송현자와 진영인은 뭔가 심상치 않은 일이 벌어졌음을 직감했다.

"무슨 일이냐?"

송현자의 물음에 한차례 숨을 고른 안지명이 재빨리 입을 열었다.

"흑무련의 무인들이 산문 앞까지 이르렀어요. 지금 화산을 비롯한 구대문파 사람들이 황급히 그쪽으로 향하는 것을 봤습니다."

서로를 바라보는 송현자와 진영인의 얼굴이 차갑게 굳어졌다.

진영인이 안지명을 향해 질문을 던졌다.

"다른 사람들은?"

"사형은 운검 사백께 알리러 갔고, 사저와 자명이는 아정을 데리러 갔어요."

"알았다. 산문에서 보자."

고개를 끄덕인 진영인은 신형을 솟구쳐 곧장 산문 방향으로 달리기 시작했다.

"크큭, 벌 떼처럼 모여 우리들을 환영해 주는 구나."

비웃음을 담은 등사격의 말에 좌측에 시립해 있던 유달은 화산파의 산문에 앞에 도열한 팔백이 넘는 무인들을 바라봤다.

서로의 거리는 이백 장 남짓.

“생각보다 많군요.”

나직이 읊조린 유달의 말을 받은 사람은 대력귀라 불리우는 막굉이 었다.

“흐흐흐, 그만큼 시체가 늘어날 뿐이지.”

환유귀 하삭이 고개를 끄덕였다.

“운좋게 살아남는다 해도 사황곡의 진정한 두려움을 평생 간직하게 해줘야지.”

“흐흐. 이십 년 만인가… 모처럼 제대로 싸워보겠군.”

색황귀 공손전의 음산한 웃음에 늘 얼굴에 웃음이 떠나지 않아 소면 귀라 불리우는 유송령이 자신의 병기인 태감도를 꺼내 들며 살기를 피 워 올렸다.

숫자의 차이는 극명했다. 더구나 상대는 구대문파의 정예. 하지만 유달을 비롯한 사황오귀의 눈빛은 한 점 흔들림도 찾아볼 수 없었다. 그만큼 그들은 이번 싸움에 자신이 있었고, 자신들의 주군인 사황곡주 에 대한 절대적인 믿음을 지니고 있었다.

한참 동안 전면의 정파 무인들을 노려보던 등사격이 유달을 향해 눈 으로 신호를 보냈다.

이에 유달은 뒤쪽의 수하들에게 뭔가를 지시했고, 잠시 후 이백에 달하는 사황곡의 수하들이 분주히 움직이기 시작했다.

챙그랑!

화산을 둘러싼 수목 곳곳에서 항아리 깨지는 소리가 요란하게 들려 왔다.

“시작해라.”

등사격의 말이 떨어지는 것과 동시에 수풀 곳곳에서 화염이 치솟았다.

화르르륵!

항아리 속에는 기름이 가득 들어 있었다. 한겨울의 건조한 날씨에 기름까지 뒤집어쓴 나무는 순식간에 매캐한 연기를 피워 올리며 순식간에 타 들어가며 장내를 불바다로 만들었다.

"대체 저들은 무슨 생각으로……."

생각지도 못한 적들의 행동에 악조량은 의아함을 금치 못했다. 이백에 불과한 숫자로 구대문파의 정예가 집결한 화산을 침범하다니, 그것도 스스로 숲에 불을 놓아 퇴로를 차단한 이유는 아무리 생각해도 알 수 없었다.

"아무래도 필사적으로 싸우기 위해 스스로 물러설 곳을 없앤 모양이네."

종남파 장문인인 상조운의 말에 악조량은 고개를 저었다.

"저들이 이처럼 무모한 생각으로 화산을 올랐다고 생각하지 않습니다. 더구나 저들의 기세는 마치……."

악조량이 말끝을 흐렸다. 적들의 선두에 있던 노인이 점차 거리를 좁혀 산문을 향해 다가섰기 때문이다.

서로의 거리가 백여 장에 이르자 공동파 장문인인 종리악이 눈을 부릅떴다.

"소명산혼! 소명산혼이다!"

종리악의 좌우에 나란히 서 있던 금시계와 우일기가 이를 갈아 부쳤다.

"역시 청성 장문인 일행을 살해한 것은 사황곡주였군!"

뒤쪽에서 상황을 살피던 진영인이 급히 악원홍을 향해 질문을 던졌다.

"저자가 사황곡주가 틀림없습니까?"

"조금 늙기는 했지만 그자가 확실하네."

"음……."

악원홍의 대답에 진영인이 침음성을 흘렸다. 송현자와 나눈 자신의 예상이 틀렸다 생각한 것이다.

이때 카랑카랑한 등사격의 음성이 허공에 울려 퍼졌다.

"이십 년 만이라 그런지 반가운 얼굴들이 꽤 많군. 그간 잘들 지내셨소?"

이에 격분한 구대문파의 수좌들을 제지하며 악원홍이 앞으로 나섰다.

"등사격! 이게 무슨 짓이냐? 상호 불가침의 약조는 아직 유효할 터!"

"오! 이게 누구신가? 화산검절(華山劍絶) 악 장문인 아니시오? 아니, 지금은 태상장로시던가?"

"말 돌리지 마라. 당장 수하들을 데리고 물러서라. 그렇지 않으면……."

등사격이 크게 웃음을 터뜨려 악원홍의 말을 잘랐다.

"껄껄. 결코 살려서 돌려보내지 않겠다? 예나 지금이나 당신의 엄포는 무시무시하구려. 하지만 어쩐다? 이대로 돌아서기엔 사황곡에서 여기까지 이른 여정이 너무 아깝구려."

“……!”

표정이 굳어진 악원홍을 향해 등사격이 조소를 던졌다.

“언제까지 공야휘의 이름으로 우리를 협박할 수 있으리라 생각하셨소? 생각해 보시오. 만약 상호 불가침이 유효했다면 어찌 구대문파의 본산이 쑥대밭이 되었겠소?”

등사격의 말에 구대문파 수좌들의 얼굴에는 한결같이 노여움이 떠올랐다. 구대문파 본산이 괴인들에게 습격당한 것을 등사격이 알고 있다는 것은 그가 그들과 모종의 연관이 있음을 암시하고 있었기 때문이다.

“이놈 등사격!”

만류할 틈도 없이 노기를 참지 못한 우일기가 앞으로 뛰쳐나갔다. 그의 손에는 어느새 시퍼런 날을 드리운 한 자루 검이 들려 있었고, 격분한 공동파 제자 이십여 명이 각자 검을 움켜쥔 채 그 뒤를 따라 등사격을 향해 신형을 날렸다.

“멈추십시오!”

장문인인 종리악이 우일기의 뒤를 따르려는 금시계의 소매를 붙들었다.

“무슨 짓이냐! 당장 돌아오지 못할까?”

종리악의 일갈에 십여 명의 공동 제자는 흠칫하여 제자리에 멈춰 섰으나 우일기를 비롯한 나머지 제자들은 이를 듣지 못한 듯 등사격을 향해 검을 휘두르고 있었다.

“죽엇!”

우일기의 폭갈과 함께 자신을 향해 떨어지는 십여 개의 검날 앞에서도 등사격은 태연하기 그지없었다.

등사격의 손이 품속으로 들어갔다.

"적룡소!"

등사격이 꺼내든 자줏빛 피리를 발견한 종리악의 입에서 경악성이
터져 나왔다.

그와 동시에 자욱한 살기를 피워 올리며 등사격이 적룡소를 입으로
가져갔다.

삐익!

귓전을 파고드는 날카로운 소리가 울려 퍼졌다. 등사격을 향해 떨어
지던 우일기의 검이 허공에 멈춰선 것도 그때였다.

우일기뿐만이 아니었다. 그를 따라 등사격을 공격하던 십여 명의 공
동 제자들과 종리악의 명령에 제자리로 돌아가던 나머지 제자들 역시
한순간 석상이 된 듯 움직임이 멎었다.

"겨우 이 정도인가? 시시하군."

풀썩.

등사격의 비웃음이 채 사라지기도 전에 공동 제자들의 신형이 썩은
짚단처럼 무너지기 시작했다.

주륵.

부릅뜬 우일기의 두 눈에서 선홍색 핏물이 흘러내렸다.

"이… 이건……!"

왈칵.

말을 채 끝맺지도 못한 채 우일기는 시커멓게 죽은 피를 토해냈다.
그런 그를 보며 등사격이 입가에 잔인한 미소를 말아 올렸다.

"역시, 공동파의 장로는 거저 얻은 것은 아니었다 보군, 내 탈명음에
아직까지 살아 있다니……."

써컥!

가볍에 휘두른 등사격의 수도(手刀)에 우일기의 목이 허공으로 떠올
랐다.

등사격은 바닥에 떨어진 우일기의 머리를 발로 차서 종리악과 금시
계에게 보냈다.

그 잔인한 행동 앞에 중인들은 할 말을 잃어버렸다.

"사… 사제……!"

금시계가 떨리는 손으로 우일기의 머리를 집어 들었다. 그때까지도
우일기는 억울한 듯 눈을 감지 못하고 있었다.

"우아악! 이 노옴!"

검을 들고 뛰쳐나가려는 금시계를 종리악이 붙들었다.

종리악 역시 분노를 금치 못하고 있었다. 하지만 그는 일파의 장문
인. 섣불리 적의 도발에 넘어갈 만큼 가벼운 인물이 아니었다.

이때 등사격이 다시 한 번 입을 열었다.

"아직도 흥이 나지 않는 것인가? 그 미적지근한 태도는 정말 신물이
나는군."

등사격은 자신의 뒤쪽에 도열해 있는 수하들을 향해 손짓을 했다.
그러자 열 명의 인물이 앞으로 걸어나오더니 등사격을 지나 정파 무인
들이 집결해 있는 산문 쪽으로 빠른 속도로 접근해 왔다.

순간 진영인의 눈이 차갑게 빛났다.

동공이 없는 흐릿한 눈동자와 감정이 느껴지지 않는 무표정한 얼굴.

그들이 오래전 단리정과 단리설을 형산까지 추적해 왔던 위호상의 명령에 따라 움직이던 금강동인임을 알아봤기 때문이다.

"조심하십시오! 그들은 도검과 검기가 통하지 않는……!"

진영인의 말이 끝나기도 전에 전면의 무인들과 금강동인들이 어지럽게 뒤얽혔다.

까가가강!

"헉!"

"뭐야?"

무인들의 입에서 당혹성이 터져 나왔다. 그도 그럴 것이 무방비 상태로 달려드는 적을 향해 검을 찔러 넣었으나 부러진 건 자신들의 검이었고, 금강동인의 몸에는 생채기 하나 내지 못했기 때문이다.

"크악!"

뒤이어 소름끼치는 비명 소리가 터져 나왔다. 당황한 무인들 틈을 헤집으며 금강동인들은 닥치는 대로 손과 발을 휘둘렀다. 그러나 그 안에 실린 힘은 결코 가볍지 않아, 마구잡이인 듯한 그들의 공격에 정파의 무인들은 피를 뿌리며 나가떨어지고 있었다.

더 이상 지켜보고만 있을 수 없어 진영인은 신형을 뽑아 올렸다. 그리고 가장 가까운 금강동인의 가슴에 일장을 내갈겼다.

퍼엉!

산매장에 가슴을 얻어맞은 금강동인이 바닥을 굴렀다. 하지만 별다른 타격을 입지 않았는지 비틀거리며 신형을 일으키고 있었다.

진영인은 뒤쪽으로 손을 뻗었다. 그와 동시에 십 장쯤 떨어져 있던 종남파 제자의 허리춤에서 검이 뽑히더니 진영인의 손을 향해 빨려 들어 가듯 날아들었다.

"잠시 빌리겠소."

검을 빼앗긴 종남 제자는 얼빠진 표정으로 고개를 주억일 뿐이었고 검을 움켜쥔 진영인은 그대로 금강동인들을 향해 신형을 날렸다.

"엄청난 격공섭물!"

뒤늦게 누군가의 입에서 놀란 외침이 터져 나왔다. 하지만 그들은 이내 경악을 금치 못했다.

서걱!

산매장에 얻어맞고 비틀거리며 일어서던 금강동인 옆을 진영인이 스치듯 지나가자 날카로운 음향과 함께 금강동인의 머리가 허공으로 솟구쳤던 것이다.

쿵!

머리를 잃은 금강동인이 바닥에 넘어지자 진영인의 다시금 쉬지 않고 검을 움직였다.

쓰칵!

진영인의 검을 휘두를 때마다 허공에는 자욱한 피보라가 튀어올랐다. 그리고 바닥엔 금강동인들의 팔다리가 후두둑 떨어져 내렸다.

어찌나 놀랐는지 중인들은 할 말을 잃었다. 검기조차 튕겨 내는 동피철골(銅皮鐵骨)의 괴물들이 진영인 앞에서는 일검을 버텨내지 못하고 있었다.

"거… 검강!"

이때 진영인에게 검을 뺏긴 종남 제자가 놀란 얼굴로 소리쳤다.

이에 중인들의 시선은 너나 할 것 없이 진영인의 검끝으로 모아졌다.

아니나 다를까.

검끝으로 짙푸른 서기를 뿜어내는 한 자 남짓한 검의 형상. 누가 봐도 틀림없는 검강이었다.

"형산파다! 저 사람은 형산파의 제자다!"

진영인을 알아본 누군가의 외침을 시작으로 장내는 떠나갈 듯한 환호성에 휩싸였다. 단리정과 일월산의 비무를 지켜본 무인들은 당시 마지막에 선보였던 진영인의 압도적인 무위를 잊지 못하고 있었던 것이다.

진영인의 검은 신속하고도 날카로웠다. 운영미보를 밟으며 금강동인들 속으로 뛰어든 진영인은 거침없이 뇌운검결을 시전했고, 그의 검이 한번 움직일 때마다 팔다리를 잃은 금강동인들이 힘없이 나가떨어지고 있었다.

츄릿!

진영인의 검끝으로 흐릿한 청색서기가 뭉치더니 한줄기 벼락처럼 튀어올라 마지막으로 남아 있던 금강동인의 가슴을 꿰뚫었다.

픽!

가슴에 커다란 구멍이 난 금강동인은 이내 둔중한 소리를 내며 바닥에 쓰러졌다.

"와아!"

엄청난 환호성에 고개를 돌린 진영인은 그것이 자신에게 향한 것임을 깨닫고 멋쩍은 표정을 지었다.

그때였다.

"클클, 제법이로군."

진영인은 노한 눈으로 등사격을 바라봤다. 금강동인으로 인해 등사격이 정파와 사파를 이간하기 위해 움직이는 암류 세력의 한 사람이라는 것이 확실해졌기 때문이다.

등사격의 신호에 또다시 그의 뒤에서 여덟의 금강동인이 걸어나왔다.

"쳐라."

음산한 등사격의 음성이 떨어지자 금강동인들이 일제히 진영인을 향해 신형을 솟구쳤다.

자신의 전면으로 달려오는 금강동인을 바라보는 진영인의 눈빛이 싸늘하게 식었다.

우우우웅.

진영인의 검이 나직한 울음을 토하더니 한 자 길이의 검강이 더욱 늘어나 석 자에 이르렀다.

"오오!"

누구나 꿈에서도 바라 마지않는 경지인 검강이기에 이를 바라보던 중인들의 입에서 탄성이 터져 나왔다.

서로의 거리가 일 장 정도 남았을 때 진영인은 엎드리듯 자세를 낮췄다. 동시에 바닥을 쓸어내듯 검을 휘둘렀다.

쑤웅!

검강에 의해 갈라진 대기가 크게 요동치는 듯싶더니, 눈에 보이지 않는 진공의 칼날이 무서운 속도로 금강동인의 발목 어림을 훑고 지나갔다.

콰콱!

발이 잘려 나간 금강동인들이 달려오던 기세를 이기지 못하고 요란한 충격음과 함께 앞으로 쓰러졌다.

순간 진영인은 무언가가 타는 듯한 매캐한 내음이 바람을 타고 코끝으로 파고드는 것을 느꼈다.

'화약?'

진영인이 의아해하고 있을 때였다.

툭. 데구르르.

금강동인의 손에서 떨어져 바닥을 구르는 작은 물체가 진영인의 눈에 들어왔다.

마치 까만색 철구와 같은 물체 위로는 작은 심지가 연결되어 있었고, 하얀 연기와 함께 심지는 점차 물체 안으로 숨어들고 있었다.

"홍화뢰(弘火雷)다!"

진영인의 등 뒤로 비명과도 같은 송자원의 경악성이 터져 나왔다.

이십 년 전 정사대전 당시 종남은 흑무련의 삼방 중 하나인 벽력방을 상대한 적이 있었다. 그리고 그들이 앞세운 벽력탄에 큰 피해를 입은 적이 있었기에 대번 금강동인이 떨어뜨린 홍화뢰를 알아볼 수 있었던 것이다. 더욱이 홍화뢰는 수십 종에 달하는 벽력탄 중 진천뢰(振天雷)와 더불어 가장 위험한 물건이었다.

송자원은 극도의 두려움에 휩싸여 몸이 굳어졌다. 금강동인과의 거리는 불과 십 장 남짓. 비록 호두알만한 크기였으나 한 알만으로도 능히 산 하나를 날려 버린다는 홍화뢰가 여덟 명에 달하는 금강동인들의 양손에 하나씩 쥐어져 있었기 때문이다.

홍화뢰에 대해 한번쯤 들어봤던 정파의 무인들 역시 마찬가지 극도

의 공포와 절망 앞에 물러설 생각도 못한 채 멍하니 심지가 타 들어가
는 홍화뢰를 바라볼 뿐이었다.
　순간, 홍화뢰라 불리운 폭뢰가 폭발했다.

第二十九章

형산신위(衡山神威)

파앗!

처음엔 섬광이었다.

꽈아아아앙!

그리고 이어진 것은 지축을 흔들고 대기를 찢는 엄청난 굉음이었다.

화아악!

뒤이어 쇠마저 녹여 버릴 듯한 지독한 열기와 함께 말로는 설명하지 못할 만큼의 엄청난 압력이 들이닥쳤다.

그 지독한 폭발력에 검기로 생채기 하나 남기지 못했던 금강동인의 몸이 넝마처럼 갈가리 찢겨졌고, 그들의 뼛조각과 살점은 무시무시한 암기가 되어 중인들을 향해 쇄도해 왔다.

“……!”

본능적으로 위험을 직감한 진영인은 순간적으로 스물네 번, 연달아 검을 휘둘렀다.

츠츠츳!

처음엔 단순히 위아래로 움직이던 그의 검이 어느 순간 진동의 폭을 넓혀갔다. 그리고 종국에는 폭발하듯 터져 나가는 검영(劍影)과 함께 전면에 푸르른 벽을 생성했다.

검막(劍幕)이 시전된 것이다.

쾅쾅쾅쾅쾅!

동시에 가공할 속도로 날아든 돌조각과 파편들은 검막과 부딪치기 무섭게 가루가 되어 흩날렸다. 그러나 지독한 열기는 완전히 흩어내지 못해 진영인은 머리카락과 소매 일부를 그슬리고 말았다.

그럼에도 불구하고 연이어 들이닥치는 압력은 조금도 줄어들지 않았다. 오히려 후폭풍(後爆風)이 실려 더욱 무시무시한 기세로 진영인을 찍어누르고 있었다.

진영인은 뇌정단공을 극성으로 끌어올려 검에 실었다.

우우웅.

묵직한 울음을 토하는 그의 검 위로 푸른 물줄기가 솟는 듯싶더니 흩어졌던 검강이 다시 모습을 드러냈다.

콰아아아!

그 상태로 진영인은 계속해서 검을 휘둘렀다. 전신의 내력을 모두 쏟아 넣자 급기야 검강은 길이가 일 장에까지 이르렀고, 엄청난 위력이 담긴 검강으로 펼쳐진 검막은 마치 거대한 성벽처럼 홍화뢰의 화염과 부딪쳤다.

검막과 검강을 뛰어넘어 검벽(劍壁)이 시전된 것이다.

"세상에… 검벽이라니……!"

뒤늦게 이를 발견한 구대문파의 수좌들은 너무 놀라 말을 잇지 못했다.

다만 물결처럼 일렁이는 푸른 잔영에 막힌 거대한 화염과 먼지로 화해 부서지는 무수한 돌무더기를 멍하니 바라볼 뿐이었다. 하지만 언제까지 그러고 있을 수만은 없는 일이다.

비록 진영인이 전면에서 홍화뢰의 염화(炎火)를 막아내고 있다곤 하나 오십 장에 달하는 공간을 집어삼킨 화염의 파도가 자신들에게도 들이닥쳐 왔기 때문이다.

츠츠츠츠츠!

누가 먼저랄 것도 없이 구대문파의 수좌들이 검막을 펼치기 시작했다.

정파 무인들의 전면에는 어느새 각기 다른 형형색색의 검막이 둘러졌다.

콰콰콰콰쾅!

지옥의 불길과도 같은 홍화뢰의 불꽃은 진영인을 지나며 눈에 띄게 약해졌고, 다시 한 번 정파무인들의 검막과 충돌하며 지축을 뒤흔드는 굉음과 함께 사방으로 튀어올랐다.

나란히 도열한 검막에 흩어져 허공으로 비산하는 화염. 더없이 엄청난 장관이 아닐 수 없었다.

휘이이잉.

이윽고 거대한 먼지구름을 몰고 후폭풍이 물러가자 진영인은 검을 거두었다.

"하아… 하아……."

거친 숨을 토하던 단리명의 신형이 한차례 휘청였다. 급히 검으로 바닥을 짚어 간신히 신형을 유지한 진영인은 연달아 기침을 토했다.

"사숙!"

비명과도 같은 하운지의 외침에 진영인은 천천히 신형을 바로잡았다. 그러나 그의 입가와 턱에서는 가느다란 핏줄기가 흐르고 있었다. 홍화뢰의 위력은 예상을 훨씬 뛰어넘어 진영인 역시 내상을 입고 말았던 것이다.

허공으로 높이 솟구쳤던 화염과 먼지가 바람에 쓸려가자 폐허가 되어버린 장내가 모습을 드러냈다.

지독한 열기에 반쯤 녹아 흘러내린 바위의 모습은 마치 굳어진 용암을 보는 듯했고, 풀 한 포기 남지 않은 황폐한 대지에는 그 어떤 생명의 흔적도 찾아볼 수 없었다.

그 피해의 범위는 무려 백여 장에 달하고 있어 홍화뢰라 불렸던 폭뢰가 지닌 가공할 위력을 새삼 깨닫게 해주었다.

진영인은 걱정스러운 얼굴로 고개를 돌렸다. 비록 자신이 전면에서 거대한 불길과 폭발력을 막아내긴 했으나 이를 완전히 해소할 수 없었다. 자신을 비껴간 열기와 압력도 상당한 것이어서 진영인은 이로 인한 피해가 크질 않기만을 바랄 뿐이었다.

하지만 이내 진영인의 얼굴에 안도의 감정이 떠올랐다. 어느새 전면으로 나선 이십여 명의 무인을 발견했기 때문이다. 그들은 검막을 펼쳐 위력이 약해진 홍화뢰의 폭풍을 막아내고 있었다.

화산은 악원홍과 악조량 부자, 그리고 처음 보는 두 명의 청년고수
가 나서 일행을 보호하고 있었다. 무당은 장문인인 태허 진인과 그와
동행해 화산을 방문한 태륭, 태강 진인, 그리고 청심투룡이 나섰으며,
점창 장문인인 송자원도 가세해 있었다.

종리악과 더불어 장로인 금시계도 공동파 전면에 나서서 제자들을
보호했다. 소림의 승려들과 아미파의 무인들, 곤륜의 도사들은 상대적
으로 뒤쪽에 위치해 있어 피해가 크지 않았다.

다만 종남파만은 피해가 유독 심했다. 다른 구대문파 수좌들에 비해
다소 무공이 뒤떨어지는 상조운이었기에 홍화뢰의 열기를 완전히 걷어
내지 못한 것이다. 보기 좋던 그의 수염은 열기에 그슬려 온데간데없
이 사라졌고, 상의는 재로 변해 맨몸을 드러내고 있었다. 더구나 그의
피부는 화상으로 인해 검붉게 변해 있어 매우 고통스러워 보였다. 그
럼에도 불구하고 자신의 부상을 무릅쓰고 제자들을 지킨 그의 모습은
종남파 장문인으로서의 위엄을 잃지 않고 있었다.

"괜찮으십니까?"

진영인의 질문에 그들은 얼떨떨한 표정으로 고개를 끄덕였다. 홍화
뢰의 위력을 직접 확인하는 것이 처음인 사람들이 대부분인지라 그들
의 얼굴에는 경악한 기색이 역력했다. 그리고 진영인을 바라보는 그들
의 눈빛은 처음과 확연히 달라져 있었다.

그들 역시 절정에 이른 무인.

만약 진영인이 선두에서 대부분의 압력을 와해시키지 않았다면 자
신들이 아무리 검막을 펼쳤다 해도 지금처럼 온전히 서 있지 못했으리
란 것을 깨닫고 있었다.

그제야 진영인은 시선을 돌려 가장 오른쪽에 위치한 형산 문하들을
바라봤다.

피식.

진영인은 자신도 모르게 실소를 머금었다. 그도 그럴 것이, 다른 문
파들과 달리 유독 형산파가 있는 곳만이 폐허를 방불케 했기 때문이다.
군데군데 파헤쳐진 한 자 깊이의 구덩이들은 아마도 하운지의 오뢰정
인이 만들어낸 것일 테고, 그 뒤로 남겨진 깊이를 짐작키 어려운 균열
은 안자명의 대부와 안지명의 연자창이 만들어낸 솜씨가 분명했다. 그
리고 운검과 송현자의 정면을 막아선 곽범태의 전면에는 오 장에 달하
는 바닥이 아예 송두리째 주저앉아 있었다.

'저건 틀림없이 우공이산의 흔적이로군.'

진영인의 시선을 따라 고개를 돌린 구대문파 사람들 역시 패도적인
형산파의 무공에 표정을 달리했다.

"사숙 괜찮아요?"

걱정을 담은 하운지의 음성에 진영인은 대답 대신 슬쩍 웃으며 고개
를 끄덕였다.

그때였다.

"온다!"

누군가의 외침에 고개를 돌린 진영인은 전면에서 짓쳐드는 사황곡
의 고수들을 노려봤다.

"아정!"

진영인의 외침에 안자명과 안지명 뒤에 있던 단리정이 재빨리 뛰어
나왔다.

진영인이 커다란 목소리로 입을 열었다.

"혼전 중에 일행과 떨어지지 않도록 거리에 신경 써라. 그리고 검에 쓰는데 있어 결코 주저하지 마라! 적에게 베푼 너의 자비가 아군을 죽이는 칼로 되돌아오는 것을 명심해라!"

비단 단리정에게만 하는 말이 아니었다.

이에 단리정뿐만이 아니라 곽범태를 비롯한 안자명과 안지명, 하운지 역시 고개를 끄덕였다.

소매를 들어 입가에 묻은 피를 훔친 진영인은 사황오귀를 선두로 파도처럼 밀려오는 사황곡의 무인들에게 맞서갔다.

"아악!"

"크아아악!"

순식간에 양측의 무인들이 어지럽게 뒤얽혔다. 그리고 사방에서 비명과 함께 피가 튀고 살이 찢기는 참극이 벌어졌다.

"아정!"

진영인의 외침에 단리정이 퍼뜩 정신을 차렸다. 그제야 자신의 목을 향해 날아드는 한 자루의 창을 발견한 단리정은 안색이 창백해졌다.

까앙!

순간 단리정의 눈앞에서 새파란 불꽃이 튀어올랐다. 어느새 단리정 앞을 막아선 진영인이 단리정을 노리던 중년인의 창을 쳐낸 것이다.

비록 진영인과 몇 달 동안 실전을 방불케 하는 수련을 겪어온 단리정이었으나 아직 어린아이였다. 더구나 이처럼 잔혹한 죽음을 직접 대면하는 것은 처음이어서 당황한 기색이 역력했다.

푸욱.

"끄어억!"

진영인의 검에 의해 가슴이 꿰뚫린 중년인은 단말마의 비명과 함께 황천으로 떠났고, 진영인이 검을 뽑자 피분수가 숫구쳐 단리정의 의복에 뿌려졌다.

새파란 얼굴로 덜덜 떠는 단리정에게 진영인이 호통을 쳤다.

"아정! 정신 차리지 못하겠느냐!"

어찌할 바를 몰라 허둥대던 단리정은 진영인의 준엄한 꾸짖음에 비로소 자신이 치열한 전장 한가운데 서 있음을 깨달았다.

"사… 부님."

진영인은 단리정을 옆구리에 끼고 훌쩍 뒤로 물러섰다. 적들의 공격권으로부터 벗어난 진영인은 단리정을 바닥에 내려놓고 허리를 숙여 눈높이를 나란히 했다. 그리고 싸늘하게 식은 단리정의 손을 주무르며 입을 열었다.

"괜찮으냐?"

손을 통해 전해지는 따스한 온기에 흔들리던 단리정의 눈동자가 제자리를 찾았다.

"화를 내서 미안하다. 하지만 그렇게 넋을 놓고 있다간 두 번 다시 너의 목숨을 장담하지 못할 것이다. 만약 이 자리에서 네가 죽는다면 두 번 다시 네 누나를 만나지 못한다. 그리고 너의 죽음은 큰 슬픔이 되어 이 자리에 있는 형산 제자들을 위험하게 할 수도 있다."

"사부님……."

"어떤 상황이 벌어질지 모른다. 이곳이 바로 전장이다."

진영인이 웃으며 단리정의 뺨을 꼬집었다.

"네가 누구의 제자라고?"

그제야 단리정의 눈빛이 제자리를 찾았다.

"진자 영자 인자 되시는 분의 제자입니다."

"좋다!"

진영인의 외침에 단리정은 쥐어진 검을 움켜쥐며 호기롭게 외쳤다.

"이제 사부님의 발목을 잡는 일은 없을 것입니다."

단리정의 말에 진영인은 비로소 마음을 놓을 수 있었다. 자신과의 혹독한 수련을 거친 단리정은 일류고수 못지않은 실력을 지니고 있었다. 검강을 다룰 정도의 고수가 아니라면 아정을 쉽게 해치지 못할 것이다

진영인은 고개를 돌려 혼전을 거듭하고 있는 전장을 바라봤다.

비록 예상치 못한 사황곡의 선공에 크게 흔들렸으나 이 자리에 모여 있는 자들은 구대문파의 정예. 더구나 숫자에서 월등히 앞선 정파의 무인들은 이내 사황곡의 무인들을 압도하기 시작하고 있었다.

순간 진영인의 눈이 이채를 발했다. 비명과 피보라가 난무하는 전장을 향해 산책이라도 하듯 여유롭게 걸어오는 등사격을 발견했기 때문이다.

'이해할 수 없군. 어떻게 저리 태연할 수 있단 말인가.'

타오르는 숲의 불길을 등진 채 잔인한 웃음을 피워 올리는 등사격의 모습은 전혀 수하들의 불리함을 염두에 두지 않는 듯했다.

"아정, 네 사형들을 도와주거라."

"네."

고개를 끄덕이는 아정을 남겨둔 채 진영인이 등사격을 향해 신형을

뽑아 올렸다. 이 싸움의 열쇠를 쥐고 있는 이가 등사격이기 때문이다.

시위를 떠난 화살처럼 곧장 등사격을 향해 달리는 진영인을 향해 사방에서 적들의 칼이 떨어졌다.

"하압!"

기합성을 터뜨린 진영인은 오히려 속도를 배가시켜 소나기처럼 쏟아지는 칼날 속으로 뛰어들었다.

카가가가강!

"크헉!"

"으악!"

진영인의 손을 따라 움직이는 검극 위로 화려한 청색 서기가 피어올랐고, 그때마다 어김없이 비명이 터져 나오고 핏물이 솟구쳤다.

그야말로 만부막적(萬夫莫敵)!

이미 전력을 쏟아내기 시작한 진영인을 막아설 수 있는 것은 아무것도 없었다.

그 압도적인 무위에 질려 사황곡의 무인들은 진영인을 피해 분분히 물러섰고, 그 한 명으로 인해 사황곡의 진영이 썰물처럼 갈라졌다. 사황곡 무인들의 눈에서 한결같이 두려움이 떠올랐고, 반대로 정파의 무인들은 선망 어린 눈으로 진영인의 뒷모습을 응시하고 있었다.

자신을 향해 거리를 좁혀오는 진영인을 발견한 등사격이 감탄한 듯 고개를 끄덕였다.

"호오! 정파에도 아직 저런 무인이 남아 있었던가? 그것도 약관을 막 지났을 법한 젊은 놈이."

등사격은 자신의 손에 들린 적룡소를 들어 입으로 가져갔다.

“하지만…….”

주름 가득한 등사격의 눈매가 살기를 담아 가늘게 접혔다.

삐이이익!

지금까지와는 비교도 되지 않는 날카로운 소리가 장내에 울려 퍼졌다. 그리고 믿을 수 없는 일이 벌어졌다.

“컥!”

“우웩!”

등사격과 가장 가까운 곳에 위치한 무인들을 시작으로 마치 파문을 일으키듯 차례대로 정파의 무인들이 핏물을 토하며 쓰러지기 시작했던 것이다.

“등사격의 음공이다!”

“모두 내공을 끌어올리고 귀를 막아!”

구대문파 수장들의 놀란 외침이 허공을 울렸다. 그들의 명령에 정파의 무인들은 자신들이 전장 한가운데 있는 것도 망각한 채 두려움에 질려 자신들의 귀를 막았다.

그러나…

“헉!”

“커헉!”

계속되는 등사격의 음공에 정파의 무인들이 차례대로 피를 토하며 쓰러졌다. 하지만 사황곡의 무인들은 음공에 영향을 받지 않는 듯 쉬지 않고 정파의 무인들을 공격했다.

귀를 막느라 무방비인 정파의 무인들 역시 계속되는 사황곡 무인들의 공격에 속수무책으로 당하고 있었고, 시간이 갈수록 사황곡 측의 공격은 더욱 거세졌다.

이에 진영인은 짙은 의혹을 지울 수 없었다.

'어째서인가? 어째서 사황곡의 무인들은 무사한 것이지? 더구나…….'

음공의 원리는 소리의 진동을 이용한 것. 신풍마유의 음공을 이미 견식한 적이 있던 진영인은 눈앞의 상황을 이해할 수 없었다.

신풍마유의 탄금 소리에 주위 오 장에 달하는 물체들이 동시에 가루가 되어 흩날리는 광경과 지금처럼 파도를 타듯 차례대로 쓰러지는 무인들의 모습은 어딘가 괴리감이 있었다.

하지만 생각은 잠시였다. 일단은 신풍마유의 음공을 차단하는 것이 먼저였다.

진영인은 내력을 끌어올려 검에 흘려 넣었다.

우우우웅!

묵진한 진동을 토하며 요동치는 검을 들어올린 진영인은 있는 힘을 다해 손가락으로 검신을 때렸다.

째애애애앵!

검신으로부터 터져 나온 무시무시한 음향이 대기를 뒤흔들었다.

"왁!"

동시에 진영인 주변의 무인들이 정파, 사황곡 할 것 없이 피를 토하며 바닥에 주저앉았다.

"……!"

진영인의 대응에 놀란 듯 등사격이 적룡소를 입에서 떼고 진영인을 바라봤다. 하지만 그 순간에도 정파의 무인들이 피를 토하며 쓰러지고 있었다.

진영인의 눈에서 섬전과 같은 안광이 번뜩였다.

'저자가 쓰는 것은 결코 음공이 아니다!'

만약 등사격이 음공을 사용한다면 진영인 자신이 펼친 음공과 상쇄반응을 일으켜 더 이상 음공에 당하는 이가 없어야만 했다. 그래서 약간의 피해를 감수하고 검으로 음공을 펼친 것인데, 여전히 정파 무인들의 피해가 속출하고 있었다. 더구나 등사격을 진원지로 물결의 파형(波形)처럼 퍼지는 사상자들의 흔적은 소리만큼이나 빠른 전달 속도를 지닌 음공의 성격과는 판이하게 달랐다.

진영인은 가슴속으로부터 끓어오르는 분노를 느꼈다.

새파란 한광이 이글거리는 진영인의 눈빛과 시선이 마주하는 순간 등사격은 얼음물을 뒤집어쓴 듯한 오한이 등줄기를 훑고 지나는 것을 느꼈다. 그리고 뒤늦게 자신의 실수를 깨달았다.

등사격은 누가 볼세라 재빨리 적룡소를 입으로 가져갔다. 하지만 진영인을 속일 수는 없었다. 이미 그의 적룡소가 만들어낸 소리가 실제로 사람을 해칠 수 있는 힘이 없다는 것을 깨달았기 때문이다.

"등사격!"

꽈르르르릉!

진영인의 손을 떠나 허공으로 솟구친 검이 벼락처럼 등사격을 향해 내리 꽂혔다.

"헉!"

꽈앙!

헛바람을 삼키며 황급히 물러선 등사격은 간신히 뇌전을 피할 수 있었다. 하지만 자신의 발치 앞에 박힌 채 하얀 연기를 피워 올리는 검을 바라보는 그의 눈은 짙은 두려움을 드러내고 있었다.

"이… 이기어검?"

믿을 수 없다는 표정으로 중얼거리던 등사격은 이내 한줄기 빛살처럼 자신을 향해 쇄도하는 진영인을 발견하고 흠칫하며 물러섰다. 주위를 두리번거리던 등사격은 재빨리 불을 등지며 진영인을 마주했고, 적룡소를 입으로 가져갔다.

삐이이익!

적룡소가 또다시 기음을 토했다.

"왁!"

"컥!"

진영인의 주위의 정파 무인들이 피를 토하며 쓰러졌다. 하지만 진영인은 이렇다 할 피해를 느끼지 못하고 있었다. 여전히 내공은 단전 안에서 충만했고, 내상은커녕 기침 하나 나지 않았던 것이다.

순간 진영인은 가슴 어림이 뜨거워지는 것을 느꼈다. 그리고 그것이 죽산에서 자신의 손에 죽은 청년에게서 얻은, 당문의 물건이 확실한 벽옥이 발산하는 열기임을 느꼈다.

'당문? 그리고 불… 그렇군!'

진영인은 비로소 모든 것을 깨달았다.

급히 걸음을 멈춘 진영인은 내력을 끌어올려 급히 소리쳤다.

"독이다! 호흡을 멈춰!"

등사격은 심장이 털컥 내려앉는 것만 같았다.

"어떻게 네놈이……!"

하지만 대부분이 귀를 막은 채로 사황곡 무인들의 공격을 피하기 바빴던지라 진영인의 말을 제대로 듣지 못했다. 진영인을 주시하고 있던 형산파 일행만이 진영인의 말에 호흡을 멈췄을 뿐이었다.

"부상자들을 뒤로 물려!"

진영인의 외침에 곽범태를 비롯한 하운지, 안자명, 안지명이 전면으로 나섰다. 하지만 이미 대부분이 음공으로 위장한 등사격의 산공독에 당한 상태여서 거침없는 사황곡의 공격에 속수무책으로 쓰러지고 있었다.

진영인은 한없는 분노를 담아 등사격을 노려봤다. 하지만 이내 미련 없이 등을 돌려 혼전 속으로 뛰어들었다.

퍽퍽!

진영인 주변으로 그의 손과 발에 걸어 채인 사황곡 무인들이 폭죽처럼 튀어올랐다. 동시에 진영인은 쓰러져 있는 정파 무인들을 산문 쪽으로 집어 던졌다.

"아군과 사황곡 무인들을 떼어 놔!"

진영인의 외침에 곽범태를 비롯한 형산 문하들의 움직임이 바빠지기 시작했다. 하지만 승기를 잡은 사황곡의 무인들 역시 쉽게 물러서지 않았다.

주위를 둘러보던 진영인이 양손을 뻗었다.

휘리릭!

두 자루 검이 허공을 가르며 진영인의 양손으로 빨려 들어갔다.

쌍검을 거머쥔 진영인은 그대로 사황곡 무인들 속을 헤집기 시작했다.

츠츠츠츠츳!

"크아아악!"

진영인 주위로 오 장에 달하는 공간 안에서 비명 소리가 이어졌다. 무시무시한 기세가 담긴 검기 앞에서 사황곡 무인들은 엄청난 두려움에 휩싸였다.

그 틈을 놓치지 않고 진영인이 구대문파의 수좌들을 향해 내공을 실어 소리쳤다.

"지금 뭐 하는 거요!"

"……!"

그제야 정신을 차린 구대문파의 수좌들이 정신없이 부상자들을 수습하기 시작했다. 혼란스럽던 장내는 어느새 진영인을 사이에 두고 정파무인들과 사황곡이 갈라섰다. 그리고 잠시 후 양측이 대치하는 상황으로 이어졌다.

"사숙!"

진영인을 부르며 그의 사질들이 좌우로 늘어섰다. 좌측에는 곽범태가 커다란 도를 비껴든 채 막강한 기파를 뿜어내고 있었고, 우측으로는 하운지와 안자명, 안지명이 위치했다.

"상황은?"

진영인의 질문에 하운지가 한숨을 흘리며 고개를 저었다.

"틀렸어요. 대부분이 검을 들기는커녕 움직이지도 못해요. 처음 검막을 펼쳤던 사람들은 무사한 것 같지만 그들도 자신들의 일행을 보호하는 데 벅찰걸요."

"그렇다면 지금 싸울 수 있는 것은 우리뿐인가?"

진영인의 말에 안자명과 안지명이 자신의 가슴을 두드리며 호기롭게 외쳤다.

"사형이 저 흉측한 늙은이만 맡아준다면 우리만으로도 충분해요!"

"단번에 쓸어버리자구요!"

고개를 끄덕인 진영인은 전면의 사황곡 무인들과 그 너머의 등사격을 노려보며 입을 열었다.

"사황곡주는 음공을 사용하는 것이 아니다. 그는 내공을 흩어버리는 산공독과 치명적인 독을 적당히 섞어 쓰는 것 같다."

"근데 어떻게 아셨어요?"

안자명의 반문에 진영인이 검을 들어 불타는 숲을 가리켰다.

"저자는 항상 불을 등지고 싸운다. 거대한 불길로 인한 상승기류 때문에 그는 바람을 등에 업은 형국이고, 따라서 독을 다루기엔 더없이 좋은 조건을 갖추지. 더구나 그가 음공을 사용했다면 적아 구분없이 그의 피리 소리에 모든 이가 쓰러져야 했다. 그리고 피해 범위가 일방적인데다 쓰러지는 무인들과 바람의 속도가 일치했지."

진영인이 다시금 말을 이었다.

"그가 음공을 사용하는 것으로 알고 있기에 대부분은 청각에 신경을 집중하지. 그리고 불길 때문에 시선도 빼앗겨 상대적으로 후각은 둔감해지기 마련이다. 코끝에 느껴지는 미미한 독연(毒煙)조차 대부분이 매캐한 연기 냄새로 착각할 테니 말이야."

"어? 그런데 사숙은 어떻게 무사할 수 있었죠? 냄새를 맡았다는 건 독을 들이마셨다는 말과 같잖아요?"

안지명의 질문에 진영인은 품속에서 국화가 새겨진 벽옥을 꺼내 들었다.

"아무래도 이 물건 때문인 것 같구나. 당문의 신물답게 피독(避毒)의 효과를 지닌 모양이다."

"아하!"

고개를 끄덕이는 안지명과 달리 안자명은 인상을 찡그리며 입을 열었다.

"정말 간교한 늙은이로군요."

한차례 고개를 끄덕인 진영인은 이윽고 자신의 장포를 벗어들며 입을 열었다.

"등사격은 내가 맡겠다. 그동안 너희들은 구대문파 사람들이 산공독으로부터 벗어날 수 있도록 시간을 벌어라. 그들 역시 일류무인. 반 시진, 아니, 이각만 버티면 될 것이다."

"저 늙은이가 또다시 독을 쓰면 어떡해요?"

하운지의 질문에 진영인이 빙그레 웃음을 머금었다.

"방법을 생각해 두었다."

진영인은 어느새 진열을 정비하고 자신들과 거리를 좁혀오는 사황곡을 무인들을 바라봤다.

"준비해라!"

진영인의 짧은 외침에 곽범태는 자신의 도를 늘어뜨리며 금방이라도 달려나갈 듯한 자세를 취했고, 안자명과 안지명은 자신의 도끼와 창을 거머쥔 채 전면을 노려봤다. 하운지 역시 오뢰정인을 끌어올려 푸른 뇌전과 같은 서기를 양손에 맺은 채 진영인의 명령이 떨어지기만을 기다렸다.

"선두의 선 다섯 명을 주의해라. 그들에게서 느껴지는 기파로 미루어 보건대 그들은 결코 기련십마의 아래가 아니다."

진영인의 말에 일행은 고개를 끄덕였다.

서로의 거리가 이십 장 정도에 이르렀을 때 진영인이 입을 열었다.

"지금이다!"

진영인을 필두로 네 명의 형산 문하가 시위를 떠난 화살처럼 사황곡의 무인들을 향해 쏘아졌다.

자신들을 향해 달려오는 형산 문하의 모습에 사황오귀 중 한 명인 하삭이 비웃음을 터뜨렸다.

"흥! 미친놈들. 겨우 다섯 명이서 무얼 할 수 있다는 것이지? 가운데 녀석이 저들의 우두머리인 듯한데 내가 그놈을 맡지."

"하삭! 조심해라. 그자는……."

유달이 급히 외쳤으나 환유귀라는 명호에 걸맞게 하삭의 신형은 이미 진영인의 지척에 이르러 있었다.

신법으로 따지자면 사대명왕 중 한 명인 신풍마유에게도 뒤지지 않는다 내심 자부하던 하삭이었다. 더구나 사황오귀 중 누구보다 공명심이 강한 자도 그였다.

하삭이 웃음을 머금었다. 이번 기회에 유달에게 밀려 빛을 보지 못했던 자신의 위치가 제자리를 찾으리라 믿어 의심치 않았다. 가공할 무위를 선보인 진영인만 꺾으면 이번 화산행의 모든 공은 자신에게 쏠릴 것이고, 단번에 사황오귀 중 첫 번째 자리를 차지할 수 있으리라.

아니나 다를까, 희뿌연 환영만을 남기는 자신의 신법 앞에 상대는 당황하는 기색이 역력했다.

"하하하. 어림없다."

어깨와 배를 향해 날아드는 진영인의 검을 가볍게 피한 하삭은 재빨리 진영인의 등 뒤로 돌아갔다.

"흐흐흐. 죽어라!"

허점을 고스란히 드러낸 진영인의 뒷덜미를 향해 하삭은 손에 든 짧은 칼을 내려쳤다.

"사숙!"

진영인의 위기 앞에 오 장의 거리를 유지한 채 뒤따르던 하운지가 비명을 질렀다.

하운지는 다급히 허공을 때리듯 양손을 펼쳤다.

우르르릉!

은은한 뇌성음과 함께 허공에서 뭉쳐진 푸른 뇌전의 강기가 하삭을 향해 발출되었다. 하지만 하삭은 이에 개의치 않고 자신의 소도로 진영인의 목을 찔러갔다.

'흐흐. 느려. 네년의 공격이 이곳에 당도할 때쯤이면 이미 이놈은 피를 뿌리며 쓰러져 있을 것이다!'

귀신같은 자신의 신법이라면 충분히 피하고도 남을 것이다. 하지만 그 순간의 방심으로 인해 하삭은 다시는 돌아오지 못할 강을 건너고 말았다.

찌지지직!

"엇?"

소도 끝에 무언가가 걸리나 싶더니,

짜자자자작!

이내 엄청난 충격이 소도를 타고 올라왔다.

'검기?'

궤도는커녕 어디에서부터 시작되었는지도 모르는 살인적인 검기 앞에 하삭의 두 눈이 더없이 크게 흡떠졌다.

"큽!"

본능적으로 위험을 느낀 하삭이 용수철처럼 튕겨 올랐다. 하지만 이미 그의 팔은 보이지 않는 검기에 갈가리 찢겨 새하얀 뼈를 드러내고 있었다.

"크아악!"

처참한 비명과 함께 하삭은 연이어 자신을 향해 달려드는 검기를 피하기 위해 몸을 굴렸다. 하지만 알 수 없는 기류가 전신을 얽어매고 있어 이마저도 불가능했다.

그와 동시에 하운지가 뿌린 오뢰정인이 하삭의 등을 후려쳤다. 눈앞의 상대를 얕보고 섣불리 경거망동하여 얻은 대가는 죽음뿐이었다.

뼈엉!

가죽북이 터지는 듯한 소리와 함께 그의 등짝이 폭발했다.

후두두둑!

비명조차 지르지 못하고 하삭은 고깃조각이 되어 핏물과 함께 바닥에 쏟아졌다. 그리고 형체조차 알아볼 수 없는 그의 시신에서는 새하얀 연기가 뭉클거리며 피어오르고 있었다.

"어리석은 녀석."

스스로 죽음을 자초한 하삭의 어리석음에 유달이 인상을 찌푸렸다.

죽는 순간까지도 하삭은 모르고 있었을 것이다, 허공을 가른 진영인의 검기가 짧게 선회하여 그 주위를 맴돌고 있었다는 사실을.

정녕 무서운 상대가 아닐 수 없었다. 한 번 뿌린 검기의 궤도를 자유자재로 바꾸다니…… 마치 이기어검을 보는 듯한 그 수법은 사십 평생 무공에 매달려 온 그로서도 본 적이 없는 전율스러운 검공이었다.

유달은 나머지 사황오귀 중 세 명을 향해 입을 열었다.

"길을 터서 저놈을 지나가게 해라. 그는 곡주님께서 처리해 주실 것이다. 우리는 저자를 따르는 네 놈을 맡는다."

평소라면 유달의 말에 거세게 반발했을 그들이었지만 이미 자신들과는 차원이 다른 진영인의 무위를 눈으로 확인했기에 말없이 고개를 끄덕였다.

"지금!"

유달의 외침에 막굉을 비롯한 공손전과 유송령의 신형이 급격히 양쪽으로 갈라졌다. 진영인은 그 텅 빈 공간을 지나 곧장 등사격을 향해 내달렸다.

진영인이 자신들을 스쳐 지나가자 그들은 다시금 진열을 정비했고, 그대로 곽범태 일행을 향해 달려들었다.

콰콰콰쾅!

등 뒤에서 들려오는 충격음에 진영인은 자신의 사질들과 사황오귀가 격돌했다는 것을 알 수 있었다.

분분히 자신의 앞을 막아서는 사황곡의 무인들을 향해 진영인은 서슴없이 양손에 쥐어진 검을 휘둘렀다.

츠츠츠츠춧!

파앗!

"크아아악!"

폭발하듯 짙어진 검강과 함께 진영인 주변의 오 장 안에서는 자욱한 혈우(血雨)와 비명이 끊임없이 이어졌다.

마치 진공 상태가 된 듯 진영인의 검격 안에서는 그 모든 것도 온전한 형체를 유지할 수 없었고, 이를 바라보는 등사격의 얼굴은 경악으로 물들어 있었다.

"저 애송이가 설마…… 절대검격(絶對劍擊)을 이루었단 말인가?"

눈으로 보고 있으면서도 도저히 믿을 수가 없었다. 분명 진영인은 혼자였다. 하지만 그로부터 전해지는 무시무시한 압력은 수십 명의 절정고수가 펼쳐낸 검진(劍陣)의 위력에 필적하고 있었다.

그야말로 일인검진(一人劍陣)!

"이노옴!"

노호성과 함께 등사격이 양손을 세차게 휘둘렀다. 진영인의 양손에 들려 있는 두 자루 검으로 인해 수하들이 죽어나가는 꼴을 더 이상 두고볼 수만은 없었던 것이다.

이미 속임수가 들통났기에 등사격은 더 이상 적룡소를 쓰지 않았다.

휘류류릉!

그의 양손에서 피어오른 희뿌연 독연이 불길을 등진 뜨거운 바람을 타고 진영인을 덮쳐 갔다.

진영인의 눈빛이 차갑게 가라앉은 것도 동시였다. 이미 당문의 벽옥패를 지니고 있었기에 진영인은 독이 통하지 않는 상태였다. 하지만 곽범태를 비롯한 형산 문하는 독으로부터 자유로울 수 없었고, 일단 독에 중독되면 사황오귀의 손에 의해 죽음을 면치 못할 것이 틀림없었다.

등사격이 노린 것도 그 점이었다. 아무리 두려운 무공을 지닌 진영인이라 하더라도 일행의 죽음 앞에 흔들리지 않을 수 없을 것이고, 상승절학을 지닌 고수들의 싸움에서는 작은 동요가 생사를 가르는 경계가 된다.

일단 형산의 떨거지들을 쓸어내고 나머지 사황오귀와 힘을 합친다면 충분히 진영인을 제압할 수 있으리라 등사격은 믿어 의심치 않았다. 하지만 얼마 지나지 않아 등사격은 그것이 착각임을 깨달아야만 했다.

펄럭!

진영인이 미리 벗어뒀던 장포를 허공에 던졌을 때만해도 등사격은 그것이 무엇을 의미하는지 알지 못했다. 하지만 진영인이 휘두른 검을 따라 지금까지완 다른 부드러운 성질의 검기가 장포를 떠받친 채 허공에 넓게 퍼지자 비로소 표정을 달리했다.

푹.

바닥에 검을 꽂아 넣은 진영인이 그대로 뛰어올라 장포 앞에 섰다. 그리곤 충만한 내력이 담겨 있는 장포를 향해 일장을 내질렀다.

두웅!

마치 거대한 북소리가 울려 퍼지는 듯했다. 그와 동시에 대기가 급격히 출렁이는가 싶더니, 반대쪽에서 불어오는 뜨거운 바람과 충돌해 소용돌이와 같은 돌개바람을 생성했다.

휘이이이잉!

독연을 쓸어 삼킨 소용돌이가 하늘 높이 치솟아올랐다. 그리곤 대기 중에 흐르는 삭풍을 따라 엉뚱한 방향으로 흩어져 버렸다.

“……!”

진영인의 임기응변 앞에 자신의 독공이 무위로 돌아가자 등사격의 안색이 급격히 창백해졌다.

“온다!”

곽범태의 외침에 하운지는 대지를 박차며 공손전을 향해 마주 쏘아졌다.

곽범태는 사황오귀의 우두머리 격인 유달과 맞서갔고, 안자명은 막굉을 상대로 자신의 도끼를 휘둘렀다. 안지명 또한 연자창을 휘두르며 유송령과 맞닥뜨렸다.

가장 먼저 공격을 교환한 사람은 색명귀 공손전과 하운지였다.

쩌엉!

그들은 한차례 뒤엉켰다 다시금 거리를 두고 서로를 노려봤다.

병장기를 쓰는 이들과 달리 하운지는 적수공권(赤手空拳). 칼날처럼 기다란 손톱을 무기로 하는 공손전에 비해 불리함이 없지 않았다. 그러나 강기덩어리나 다름없는 오뢰정인을 자유롭게 다룸으로써 그 불리함을 충분히 극복해 내고 있었다.

“치잇, 이년이…….”

공손전에게 있어서 여자와 싸워야 하는 입장은 몹시 껄끄러운 일이었다. 비록 흑도인이라곤 하나 그는 어린아이와 여인은 해치지 않는다는 신조가 있기 때문이다. 더구나 이제 막 약관을 넘은 듯한 하운지는 이십 년 이상 흑도무림에 명성을 떨쳐 온 자신의 상대로는 적합지 않다고 생각했다.

"방심하지 마라, 색명귀. 하삭처럼 되고 싶은가?"

유달의 외침에 공손전은 잔뜩 미간을 찌푸렸다. 하지만 이내 눈빛을 달리하며 하운지를 바라봤다.

발끝으로 조금씩 하운지와 거리를 좁히는 한편 신중한 태도로 공손전이 입을 열었다.

"운이 없었다고 생각해라, 계집."

"흥! 나도 기르지 않는 손톱을 계집애처럼 기른 꼴이라니. 오히려 당신을 계집애라고 불러야 할 것 같군요."

자신의 말을 받아치는 하운지의 조롱에 공손전은 빠드득 소리나게 이를 갈아 부쳤다. 사십이 넘은 나이에도 불구하고 유달리 선이 가는 그의 얼굴로 인해 그는 여인도, 사내도 아닌 중성적인 외모를 지니고 있었다. 그리고 이는 누구도 건드려서는 안 될 그의 역린(逆鱗)이었다. 이것은 같은 사황오귀조차 언급하지 않는 것으로, 지금까지 그의 외모를 빗대어 조롱한 사람 중 살아 있는 이는 아무도 없었다.

찌지지직.

공손전이 손가락에 진기를 불어넣자 살이 찢어지는 소리와 함께 그의 손톱이 더욱 길어졌다. 한 자에 이르는 그의 손톱은 칼날처럼 예리한 경기를 뿜어내고 있었다. 더구나 전신을 에워싼 살기와 잔인하게 일그러진 얼굴은 마치 무덤에서 튀어나온 귀신처럼 을씨년스러운 분위기를 지니고 있었다.

돌연 그 어떤 기척도 없이 공손전이 손을 휘둘렀다.

취익!

매섭게 허공을 찢으며 목으로 날아드는 핏빛 손톱은 날카롭기 그지

없었다. 하지만 하운지는 침착하게 이를 피하며 미령이 남긴 책자에서 얻은 보법을 펼쳐 좌측으로 크게 휘돌았다.

파지직!

동시에 그녀의 손에서 새파란 뇌전이 구체의 형태로 뭉쳐졌다. 오뢰정인의 기운을 한곳에 집중하여 파괴력을 높이는 뇌정벽파(雷霆壁破)의 수법이었다.

자신의 옆구리를 향해 날아드는 심상치 않은 기운을 느낀 공손전은 그것이 하삭을 단번에 저승으로 보내 버린 수법임을 단번에 알아봤다.

끼긱!

귀에 거슬리는 음향과 함께 공손전의 양손이 교차했다.

쾅!

굉음과 함께 하운지와 공손전이 주르륵 밀려났다.

그물처럼 겹친 손톱으로 간신히 하운지의 공격을 막아낸 공손전은 가슴이 서늘해지는 것을 느끼며 목을 타고 넘어오는 핏물을 간신히 삼키고 있었다. 저릿한 충격의 여파가 손가락을 타고 올라와 어깨에까지 이르더니 급격히 양팔이 마비되고 있었던 것이다.

"흥! 호언장담하더니 겨우 이 정도인가요?"

좀처럼 공손전이 공격해 올 기미를 보이지 않자 이번엔 하운지가 먼저 몸을 날렸다.

이에 공손전은 침음성을 삼키며 딱딱하게 굳어진 얼굴로 주위의 상황을 살폈다. 자신의 키만한 한 자루 거검(巨劍)을 무기로 하는 유달은 붉은 얼굴에서 연신 땀을 흘리고 있었다. 하지만 그 상대인 도를 사용하는 장대한 체구의 사내 역시 힘겨워하는 기색이 역력했다.

누구의 승기도 점칠 수 없는 백중세!

하지만 다른 쪽은 상황이 달랐다. 이 장에 달하는 사슬낫을 무기로 사용하는 소면귀의 얼굴은 처음과 변함없이 여유로운 웃음을 머금은 채 창을 휘두르는 청년을 압박해 가고 있었다.

대력귀 막큉 역시 무지막지한 힘을 바탕으로 하는 한 자루의 방천화극(方天畵戟)을 휘둘러 자신보다 불리한 대부 청년을 농락하다시피 압도하고 있었다.

오로지 밀리는 것은 자신뿐. 하지만 조금만 더 버틴다면 막큉과 유송령이 상대를 쓰러뜨리고 자신을 도우러 올 것이 틀림없었다.

'버티는 것쯤이야……!'

공손전은 하운지가 뿌린 권경(拳勁)을 피해 이리저리 달아나며 간혹 갈퀴처럼 양손을 휘둘러 위협적인 공격만을 걷어내기 시작했다.

이에 하운지는 마음이 다급해졌다. 안자명과 안지명이 적에게 휘둘리고 있다는 것은 그녀 역시 알고 있었다. 게다가 공손전이 수비에 전념하면서 더욱 그를 상대하기가 어려워졌다.

이대론 결국 그들의 손에 차례대로 쓰러질 것이 불을 보듯 뻔했다.

"이 멍청이들아! 똑바로 안 할래?"

하운지의 일갈에 안자명과 안지명이 앓는 소리를 냈다.

"아이고, 누군 안 그러고 싶은지 알아요?"

"나도 미치겠다구요. 히익!"

숨넘어가는 소리와 함께 안지명이 나려타곤의 수법으로 바닥을 굴렀다.

피잉!

안지명이 서 있던 자리를 서슬 퍼런 낫이 스치고 지나갔다.

벌떡 일어난 안지명은 유송령의 입가에 맺힌 비웃음을 발견하고 얼굴이 붉어졌다.

'젠장! 저놈의 사슬낫!'

미치고 환장할 노릇이었다. 비록 사슬낫의 간격이 창보다 우위를 점하고 있다곤 하나 이미 이기생형의 경지에 이른 안지명에게 그 정도는 문제가 되지 않았다. 하지만 정작 무서운 것은 사슬낫이 지닌 특성이었다.

창으로 찌르면 어느새 사슬이 창을 감아 진로를 차단하고, 사슬을 떨쳐내려 하면 무서운 속도로 낫이 떨어졌다. 물러서서 거리를 두려하면 사슬 끝에 매달린 추가 움직임을 방해하여 이조차 쉽지 않았다. 더구나 암기처럼 쏘아져 오는 추에는 잘못 맞으면 그대로 뼈가 부러질 것 같은 육중한 힘이 실려 있었다. 하지만 무엇보다 무서운 것은 사슬 양끝에 연결된 추와 낫이 일으키는 변화였다. 손짓 한 번에 자유자재로 허공에서 궤도를 바꾸는 사늘낫의 움직임은 도저히 예측할 수가 없었다.

촤륵!

다시 한 번 눈앞으로 짓쳐드는 사슬을 발견한 안지명은 오기가 치밀어 오르는 것을 느꼈다.

"에잇!"

콰앙!

한차례 바닥을 때린 안지명의 창이 살아 있는 생물처럼 꿈틀거리며 허공으로 솟구쳤다. 물속의 물고기가 밖으로 튀어 오르는, 이어번신(鯉

魚鰡身)의 신법에서 착안한 맹룡탄(猛龍彈)이라는 수법이었다.

맹렬한 속도로 시슬낫을 때리는 자신의 창을 보며 안지명이 득의 어린 표정을 지었다. 하지만 유송령의 차가운 미소를 대하는 순간 뭔가가 틀어졌음을 직감했다.

"훗, 어리석은……."

"엇?"

챙! 휘리리릭!

시슬 중간 부분을 창이 때리는 순간 갑자기 시슬 끝에 달린 낫이 뚝 하고 떨어지더니 창을 휘어 감기 시작했다. 게다가 유송령이 시슬을 잡아당기자 회전을 거듭할수록 시슬낫은 더욱 빨라졌고, 그대로 안지명의 미간을 향해 살벌한 기세로 날아들었다.

"헉!"

도저히 피할 방법이 없었다.

암담한 심정에 안지명은 질끈 눈을 감았다.

픽!

그 순간 등 뒤로 육중한 충격이 느껴지며 안지명이 바닥으로 나동그라졌다.

"야! 사람 잡을 일 있어?"

"어?"

안자명의 고함 소리에 고개를 돌린 안지명은 상대의 공격을 피해 물러서던 안자명이 자신과 부딪쳐 넘어진 것을 발견했다.

그야말로 하늘이 도운 셈이다. 두 사람이 부딪치고 넘어지는 시점이 너무도 공교로워 유송령의 시슬낫은 헛되이 땅에 박혔고, 안자명을 목을 취하기 위해 휘둘렀던 막굉의 방천화극 역시 허공을 꿰뚫었을 뿐이었다.

"흐흐. 운이 좋은 놈들이군. 하지만 두 번의 요행은 없다."

살기 어린 웃음을 흘리는 유송령의 모습에 안지명이 인상을 찌푸렸다.

"치잇, 저놈의 이상한 병기만 아니라면……."

그 순간 안지명의 눈이 반짝였다.

"자명아!"

"왜?"

"바꿔 싸우자!"

"뭘?"

"내가 저 무식한 놈을 맡을 테니 니가 저 사마귀 같은 놈을 맡아."

쌍둥이답게 안자명은 곧바로 안지명의 말이 무엇을 뜻하는지 깨달았다.

"좋아!"

파팍!

대답이 떨어지기 무섭게 안지명과 안자명이 자리를 바꿨다.

"흥! 그래 봐야 뾰족한 수가 생길 것 같으냐?"

막굉의 조소에 안지명은 씨익 웃으며 자신의 연자창을 거머쥐었다.

"글쎄, 과연 그럴까?"

근거없는 안지명의 자신감에 막굉은 인상을 찌푸렸다. 얼추 보아도 안자명과 안지명의 무위는 우열을 가늠하기 힘들만큼 비슷했다. 그런데도 창끝으로 자신을 가리키는 안지명의 모습에서는 이유 모를 자신감이 넘쳐 나고 있었고, 이것은 이내 알 수 없는 불쾌함이 되어 막굉을 자극하고 있었다.

"홍!"

쐐액!

차가운 비웃음과 함께 막굉의 방천화극이 허공을 찢었다. 순간 안자명의 창이 꿈틀거렸다.

"하압!"

기합 소리와 동시에 제비꼬리처럼 두 갈래로 갈라진 연자창이 막굉의 방천화극과 충돌했다.

쩌엉!

"……!"

손아귀가 저릿한 충격을 느낀 막굉이 표정을 달리할 때 안지명의 창이 연이어 움직였다.

붉은 섬광이 번뜩이나 싶더니 순식간에 공간을 가로지른 안지명의 창이 어느새 막굉의 허리 어림을 쓸어 오고 있었다.

휘우웅!

창에서 들려오는 묵직한 파공음에 막굉은 놀라움을 금치 못했다.

맞받아치기엔 창에서 느껴지는 기파가 예사롭지 않았다.

"큭!"

다급히 뒤로 물러선 막굉은 눈에 보이지도 않는 빠르기로 허공을 쓸고 지나가는 붉은 궤적을 발견할 수 있었다.

'설마, 이 정도라니!'

방천화극 역시 창에서 발전한 무기. 기본적인 응용법은 창과 크게 다르지 않았다. 그래서 막굉은 이 정도 무위를 지닌 안지명이 어째서 유송령에게 고전했는지 이해할 수가 없었다.

반면 승기를 잡은 안지명이 본격적으로 연자창을 휘두르기 시작했다. 그동안 쌓였던 분노를 한꺼번에 털어버리려는 듯 광풍노도와도 같이 매서운 기세로 막굉을 몰아붙였다.

이번에도 막굉은 물러설 수밖에 없었다.

카라라락!

안지명의 창은 그대로 바닥을 두드리며 흙먼지를 휘말아 올렸다. 하지만 막굉의 움직임을 예상하고 있던 터라 안지명은 그가 반격할 틈도 주지 않고 거칠게 공격을 이어가기 시작했다.

"타핫!"

쩌렁한 기합성과 함께 안지명의 손에 들린 연자창의 움직임이 돌변했다. 청석판을 깨뜨린 창날의 자색 그림자가 채 사라지기도 전에 그의 장창은 격렬하게 떨리며 일곱 개의 빛줄기로 화했다. 그리고 먹이를 노리는 독사처럼 일곱 개의 붉은 창영(槍影)이 순식간에 막굉을 덮쳤다.

따다다다당!

예리한 창극이 바닥을 찍으면 연달아 하얀 불꽃을 토했다. 하지만 이번에도 그의 창에 걸리는 것은 없었다. 하지만 안지명은 회심의 미소를 머금었다.

'걸렸어!'

콰르르르!

창에 실린 진기를 감당하지 못해 깊은 균열이 새겨졌던 바닥이 안지명이 창을 튕겨 들어올리자 벽처럼 일어나 막굉을 덮쳤다.

반격을 준비하던 막굉은 무지막지한 흙벽이 자신을 막아서자 흠칫하며 당황하는 기색이 역력했다.

'제길!'

막굉은 내심 침음성을 삼키며 이어질 공격에 대비했다. 언제 어디서 창이 날아들지 예상할 수 없었기 때문이다.

촤악!

공기를 찢는 날카로운 파공음에 막굉은 급히 허리를 꺾었다. 하지만 안지명의 공격은 여기서 그치지 않았다. 일단 막굉의 움직임을 봉쇄하고 나자 눈에 띄게 공격이 거세졌고, 수비를 제외한 공격 일변도의 초식으로 전환하여 숨 쉴 틈도 주지 않고 막굉을 압박해 갔다.

"크흡!"

아차 하는 순간에 수세에 몰리게 된 막굉이 신음을 터뜨렸다. 안지명의 창이 지닌 현란한 변화는 자신의 방천화극의 움직임을 능가하고 있었던 것이다. 더구나 창끝에서 뿜어지는 서늘한 예기는 점차 날카로워지고 있었으며 무수한 창의 그림자는 어느덧 빽빽한 그물처럼 여덟 군데의 방위를 모두 뒤덮고 있었다.

비로소 막굉은 상황의 불리함을 절실히 깨달았다. 뒤로 물러설수록 수세에 처한다는 것 역시 뒤늦게 절감한 것이다.

콰직!

막굉의 양발이 바닥에 한 치 깊이로 파고들었다.

"하압!"

기합성을 터뜨린 막굉은 피하기만 했던 지금까지완 달리 격렬히 방천화극을 휘두르기 시작했다.

까가가가강!

창과 방천화극이 뒤엉키며 허공에 새파란 불꽃이 튀어올랐다.

막굉은 방천화극을 휘둘러 빽빽이 뒤덮은 붉은 창 그림자를 걷어내
며 조금씩 안자명과 거리를 좁혀갔다.

찌이익!

그러나 변화로는 안자명의 창을 능가할 수 없었기에 비껴 맞은 창으
로 인해 막굉의 팔은 순식간에 붉게 부어 올랐고 날카로운 예기에 휩
쓸린 그의 피부는 곳곳이 길게 찢어져 핏물을 내비치고 있었다.

'됐다!

이윽고 간신히 안지명과의 거리를 좁힌 막굉은 전력을 기울인 방천
화극을 전면으로 찔러 넣었다. 완성한 지 십 년이 넘었으나 처음으로
사용하는 기술인 흑룡포(黑龍砲)라는 초식이었다.

쾌애애액!

"……!"

엄청난 속도로 회전하는 방천화극이 가슴을 향해 날아들자 안지명
의 얼굴이 긴장으로 굳어졌다. 쇄도해 오는 방천화극의 칼날 쪽으로
주변에 흐르던 기류가 순식간에 빨려들어 가는 것을 느꼈기 때문이다.

'젠장! 저기에 스치기만 해도 걸레가 되겠군!'

안지명은 가슴이 서늘해지는 것을 느꼈다.

안지명은 순식간의 정방향에서 역방향으로 창을 휘둘러 창의 기운
을 품어 몸을 보호했다. 그리고 방천화극의 칼날이 창영의 틈을 헤집
으며 날카롭게 파고드는 순간, 손을 번갈아 바꿔 쥐며 창에 실린 힘과

방향을 조절하기 시작했다. 그러자 방천화극이 비집고 들어올 만한 공간이 사라졌다.

'지금이다!'

회오리처럼 휘도는 방천화극의 칼날과 창날이 충돌하기 직전, 안지명은 혼신의 힘을 다해 회전하는 방천화극의 정중앙을 향해 창을 찔러 넣었다.

쩌엉!

금속과 금속이 부딪치는 충격음과 함께 안지명은 창을 들고 있던 팔이 저릿해지는 것을 느꼈다. 그러나 방천화극의 방향을 틀어놓는 데는 성공했다.

콰르르르!

안지명을 비껴 나간 막굉의 방천화극은 그대로 근처의 암벽을 가루로 만들어 버렸다.

"……!"

최후의 절초인 흑룡포를 안지명이 흘려내자 막굉은 크게 당황했다.

반면, 안지명의 얼굴에서는 웃음이 짙어졌다.

안지명의 손에 들린 연자창이 당황한 막굉의 상하좌우를 압박하며 다시금 거센 공격으로 변환했다.

쉬지 않고 쏟아지는 연강휘창식(軟剛揮槍式)에 이은 승양휘창식(昇揚揮槍式)의 연환기(連環技) 앞에 막굉은 정신을 차릴 수 없었다.

'젠장!'

이대로 승산이 없음을 깨달은 막굉은 막무가내로 방천화극을 창영 속으로 밀어 넣었다. 그러나 눈먼 수에 당할 만큼 호락호락한 안지명이 아니었다.

방천화극이 부딪쳐 오는 순간 안지명은 강하게 손목을 뒤틀었다.

피잉!

창신에 실린 거대한 회적력이 방천화극을 튕겨냈다.

"끝이다!"

이때를 기다려 온 안지명은 창을 똑바로 눕히며 막굉을 향해 창날을 기울였다.

이는 발창식(拔槍式)과 진창식(進槍式)의 극의에 이른 수법으로 창의 출수와 동시에 막강한 기세의 창기(槍氣)를 퍼붓는 기술이었다. 몸이나 창이 나가는 것이 아닌, 창의 방향을 따라 기를 발출하는 고등 기술인 것이다.

카앙!

"크윽!"

날카롭기 이를 데 없는 창의 기운을 간신히 피하긴 했으나 방천화극을 놓친 막굉은 더 이상 안지명을 상대할 수 없었다.

콰드득!

끔직한 소리와 함께 막굉이 옆구리를 감싸며 바닥에 주저앉았다. 하지만 이미 연환기에 들어간 수십 줄기의 예리한 기운은 하늘에서 쏟아지는 우박처럼 쉴 새 없이 막굉을 향해 쏟아졌다.

콰콰콰콰쾅!

이제까지와 비교되지 않을 거대한 폭음과 함께 장내는 온통 풀썩이는 먼지로 인해 한 치 앞도 볼 수 없었다.

"콜록!"

연신 기침을 토하며 뽀얀 먼지를 뒤집어쓴 안지명이 걸어나왔다.

"자명아, 멀었어?"

"쳇, 잘난 척은."

안지명의 물음에 안자명이 나직이 툴툴거렸다. 하지만 안자명과 싸우고 있던 유송령은 얼마나 놀랐던지 들고 있던 사슬낫을 떨어뜨릴 뻔했다. 먼지가 걷히는 안지명의 뒤쪽으로 참혹한 모습으로 누워 있는 막꿩을 발견했기 때문이다.

"슬슬 지겨워지네. 우리도 이만 끝내 볼까?"

"이노옴!"

씨잉!

폭갈을 터뜨린 유송령의 양손으로 낫과 추가 무서운 소리를 내며 회전하기 시작했다.

반면 안자명은 커다란 도끼를 정면에 세운 채 미동조차 하지 않고 유송령을 노려볼 뿐이었다.

지루한 대치를 두고 볼 수 없었는지 안지명이 입을 열었다.

"자명아, 도와줄까?"

"됐어. 필요없……!"

쐐액!

안자명이 입을 여는 순간 유송령이 날린 유성추가 안자명의 미간을 향해 날아들었다.

터엉!

안자명이 들어올린 도끼에 튕겨 난 유성추를 회수하며 그 반동을 이용해 유송령이 거리를 좁혔다.

"죽엇!"

쉬쉬쉭!

정수리를 향해 떨어지는 낫을 보면서도 안자명은 씨익 웃음을 머금었다.

"싫은데?"

카각!

"……!"

늘 얼굴에서 웃음을 지우지 않아 소면귀라 불리던 유송령이다. 하지만 이미 그의 얼굴에서는 웃음이라곤 찾아볼 수 없었다. 거대한 도끼 끝에 걸린 자신의 낫이 눈에 들어왔기 때문이다.

"치잇!"

"어딜!"

물러서는 유송령을 안자명이 바짝 따라 붙었다.

유송령은 이를 악물었다. 처음 상대가 바뀌었을 때는 크게 신경 쓰지 않았으나 이는 자신의 오판이었다. 안지명을 상대로 그가 우위를 점할 수 있었던 것은 사슬낫이 지닌 장점 때문이었다.

기병(奇兵) 중에 기병에 속한 쇄겸(鎖鎌)과 유성추를 연결한 사슬낫은 창과 같은 무기를 구속하는데 효과적이다. 하지만 중병기(重兵器)에 속하는 도끼, 그것도 백 근에 달하는 도끼라면 이야기가 달라진다.

상대를 서로 바꾼 이후 전세는 순식간에 뒤집혔고, 그 이후로 유송령은 안자명을 상대로 단 한 번도 승기를 잡지 못하고 있었다.

유송령은 바닥을 쓸 듯이 사슬을 휘둘렀다.

좌르르륵!

사슬이 도끼의 손잡이 부분을 휘감자 유송령은 이를 잡아당겼다. 애초부터 무거운 도끼를 빼앗는 건 기대도 하지 않았다. 단지 무기를 봉쇄하여 안자명의 공격을 늦추려 함이었다. 하지만 어이없게도 안자명은 오히려 도끼를 밀어버리는 것이 아닌가?

"헛!"

당기는 힘에 던지는 힘이 더해지자 안자명의 도끼는 무서운 기세로 유송령을 덮쳐왔고, 이에 당황한 유송령은 사슬을 놓아버리고 훌쩍 물러섰다.

쾅!

바닥에 틀어박힌 도끼를 보며 유송령은 식은땀을 흘렸다. 하지만 이내 그의 입매에 잔혹한 웃음이 떠올랐다. 사슬을 밟은 채 도끼를 주워드는 안자명의 모습이 눈에 들어왔기 때문이다.

'멍청한 놈.'

비록 사슬을 놓치긴 했으나 그 끝에 매달려 있는 유성추는 아직 자신의 손에 들려 있었다. 그리고 안자명이 밟고 있는 사슬 뒤쪽으로는 낫이 위치하고 있었다.

"끝이다!"

고함 소리와 함께 유송령은 손에 들린 유성추를 흔들었다.

좌좌좌좌좌악!

유성추와 연결된 사슬이 뱀처럼 꿈틀거리며 물결 같은 파동이 낫으로 전해졌다. 그리고 한순간 낫이 튀어올라 안자명의 사각인 뒷덜미를 찍어갔다.

"이럴 줄 알았지."

슬쩍 옆으로 피한 안자명은 그대로 도끼를 들어 사슬 부분을 내려쳤다.

챙!

파란 불꽃과 함께 회전이 더욱 커진 낫은 그대로 유송령의 정수리를 향해 직각으로 떨어졌다.

퍼헉!

"끄르르륵!"

피거품을 물며 유송령은 그대로 절명하고 말았다.

"소면귀!"

유송령의 죽음을 목도한 공손전은 더욱 마음이 다급해졌다. 사황오귀중 살아 있는 사람은 자신과 유달뿐이었고, 처음 자신들과 마주했던 형산의 애송이들은 한 명도 줄지 않은 상태였다.

더구나 팽팽한 균형을 이루고 있는 유달과 달리 자신은 수비에 급급한 것이 사실이었다.

'이런 개 같은 일이…… 한낱 계집 따위에게…….'

내심 욕설을 삼키는 공손전이었으나 하운지의 막강한 공세 앞에서는 이렇다 할 방법이 없었다.

마음이 급했던 탓일까, 동료들의 죽음에 마음이 어지러워졌고, 그로 인해 공손전의 움직임은 많은 부분에서 파탄이 드러났다. 그리고 이를 놓칠 하운지가 아니었다.

치지지직!

하운지의 양손을 휘감은 푸른 뇌전이 더욱 짙어지는 것을 발견한 공손전은 전신의 털이 곤두서는 듯한 두려움을 느꼈다.

'일단 살고 볼 일이다!'

공손전은 모든 내공을 끌어올려 양손에 흘려 넣었다. 하운지가 권경을 발출하는 순간 전력을 기울여 이를 막아내고, 그 반탄력을 이용하여 도주하려 마음먹은 것이다.

이대로는 승산이 없었다. 깔보고 있던 계집의 무위가 이 정도 일진데 이들의 사숙이라 불리우는 청년은 얼마나 무서운 무공을 지니고 있을지 생각만 해도 몸서리가 쳐졌다. 아무리 사황곡주가 맞서고 있다하나 무너지는 것은 시간문제였다.

"와라!"

속내를 감추며 공손전이 호기롭게 외쳤다.

이에 하운지는 무거운 물체를 끌어 올리듯 느리게 양손을 들어올리더니 그대로 공손전을 향해 휘둘렀다.

하운지의 손에 맺혀 일렁이는 오색 서기에서 심상치 않은 기운이 느껴지긴 했으나 공손전은 양손을 풍차처럼 휘두르며 전면으로 짓쳐드는 오색 뇌전을 강하게 후려쳤다.

픽.

예상과 달리 손을 통해 전해지는 충격이 의외로 적어 공손전은 의아함을 금치 못했다. 하지만 이내 헛바람을 들이켰다.

치이이익!

철판조차 가볍게 뚫어버리는 그의 손톱이 하얀 연기를 피워 올리며 녹아내리기 시작했던 것이다.

"헉!"

공손전이 급히 양손을 휘두르며 뒤로 물러섰다. 하지만 뇌전은 떨쳐낼 수 없었다. 그 순간 하운지가 뿌렸던 권경이 폭발하듯 짙어졌다.

뚝!

공손전의 손톱이 수수깡처럼 부러졌다.

콰드드드득!

그러고도 여력이 줄지 않은 권경은 끔직한 소리와 함께 공손전의 팔을 짓이기더니 그대로 그의 어깨를 후려쳐 버렸다.

퍼엉!

어깨가 송두리째 뜯겨 나간 공손전은 연기가 솟아오르는 자신의 몸을 바라보며 믿을 수 없다는 표정을 지었다. 하지만 그것도 잠시,

쿠웅.

뇌전의 화기(火氣)에 심장이 녹아버린 공손전은 절명한 채 바닥에 쓰러졌다.

"크으…… 고기 타는 냄새. 결국 자오뇌정추(紫烏雷霆墜)를 썼어."

"그러게 말이야. 그런데도 눈 하나 깜짝하지 않는 것 봐."

획.

하운지가 고개를 돌려 자신들을 노려보자 안자명과 안지명이 언제 그랬냐는 듯이 딴청을 피웠다. 하지만 이내 하운지는 신형을 돌려 팽팽히 맞서고 있는 곽범태와 유달을 향해 다가섰다.

"어? 사형을 도와주려구요?"

"사형이 싫어할 텐데……."

안자명과 안지명의 만류에 하운지가 빽 소리를 질렀다.

"빨리 저자를 쓰러뜨리고 사숙을 도와줘야 할 거 아냐?"

하운지의 뾰족한 음성에 자라목이 된 안지명이 진영인 쪽을 힐끗거

리며 입을 열었다.

"글쎄요, 누가 봐도 사숙이 압도적인 상황인걸요?"

안지명의 시선을 따라 하운지가 고개를 돌렸다.

아니나 다를까.

진영인이 검을 움직일 때마다 쩔쩔매며 달아나기 바쁜 등사격의 모습이 눈에 들어왔다.

이때 안자명이 입을 열었다.

"그나저나 참 대단한걸. 사형을 상대로 전혀 밀리지 않고 있어."

"그러게. 저 사람은 최소한 이자들보다 두 배는 강해 보이네."

그들 쌍둥이 형제의 감탄성에 하운지 역시 동의하여 고개를 끄덕였다.

이때 안자명이 손뼉을 치며 입을 열었다.

"분명 저 싸움이 끝나 있을 때쯤 사형은 틀림없이 지쳐 있을 거야."

"그래서?"

안지명의 반문에 안자명은 어지럽게 뒤섞여 싸우고 있는 구대문파 사람들과 사황곡 무인들을 향해 시선을 던졌다.

눈이 마주친 사황곡 몇몇 인물의 굳어지는 얼굴이 눈에 들어왔다. 사황곡에서 가장 강하다는 사황오귀 중 네 명이 이미 고혼이 된지라 그들의 사기도 크게 꺾여 있었고, 그들을 저승으로 보낸 당사자인 안자명의 시선을 받자 기가 질린 것이다.

"사형이 조금이라도 손을 덜 쓰게 만들어줘야지."

그제야 안자명의 생각을 읽은 안지명은 자신의 창을 거머쥐며 사황곡의 무인들을 향해 신형을 뽑아 올렸다.

그 뒤를 따라 안자명과 하운지도 신형을 날렸고, 잠시 후 양 떼 속을 휘젓는 이리처럼 사황곡 무인들 틈을 누비기 시작했다.

"헉헉!"

턱까지 차오른 숨을 애써 가다듬으며 유달은 천천히 거검을 치켜들었다. 상황은 절망적이었다. 하지만 여기서 무릎을 꿇기엔 그의 자존심이 용납하지 않았다.

상대는 기껏해야 약관을 넘긴 듯싶었다. 하지만 자신은 이미 삼십 년 넘게 무공을 연마한 사람.

모든 수단을 총동원했으나 눈앞의 상대를 쓰러뜨리는 데 실패했다.

흘러내리는 땀을 닦을 생각도 하지 않고 유달이 입을 열었다.

"대단하군."

"당신 역시."

곽범태의 짧은 대답에 유달의 입매에 웃음이 걸렸다.

"이제 나에게 남은 것은 단 일격(一擊)뿐일세. 받아주겠는가?"

묵묵히 고개를 끄덕이며 도를 움켜쥐는 곽범태의 모습에 유달의 눈매가 가늘게 접혔다.

"고맙네."

말을 마치기 무섭게 유달의 주위에 흐르던 기류가 급변했다.

'이자는 두고두고 본 곡의 방해가 될 것이다. 나의 목숨을 바쳐서라도 반드시 이자만은 제거해야 한다.'

이미 곽범태와의 사투에 모든 신경을 집중한 유달은 장내의 상황을 인지하지 못하고 있었다. 그만큼 곽범태는 지금껏 그가 만나온 무인들 중 가장 강한 사람이었다.

쾌액!

치켜든 유달의 거검이 곽범태를 향해 떨어졌다.

평범하기 그지없는 태산압정(泰山壓頂)의 초식. 하지만 그 안에 실린 힘은 결코 평범하지 않았다.

유달은 필사적이었다. 그의 목표는 오직 한 가지, 곽범태를 쓰러뜨리는 것뿐이었다.

쾅!

곽범태의 도와 유달의 거검이 충돌했다.

쩌저저적!

곽범태가 딛고 있는 대지에 균열이 가며 발목까지 땅속으로 파고들었다. 수비를 도외시한 무지막지한 유달의 공격에 곽범태는 어깨가 부서지는 듯한 충격을 느꼈다.

뿌득!

곽범태의 팔뚝에서 굵은 힘줄이 솟아올랐다.

"하압!"

우우웅!

곽범태의 기합 소리와 함께 그의 손에 들린 도가 웅홍한 울음소리를 토했다.

카앙!

동시에 유달의 거검이 반 동강 나며 곽범태의 도가 그의 옆구리로부터 가슴까지 가르고 지나갔다.

쿵!

무릎을 꿇은 유달이 반 동강 난 검으로 몸을 지탱하며 힘겹게 고개를 들어올렸다.

"도강(刀罡)… 인가……."

한 치쯤 길어진 듯한 곽범태의 도. 희미하긴 했으나 그 끝에 뚜렷이 도의 형상을 갖춰 일렁이는 서기는 도강이 분명했다.

유달의 얼굴에 더없이 만족스러운 웃음이 떠올랐다.

"강하군… 자네는……."

그 말을 끝으로 유달은 힘없이 고개를 떨구었다.

곽범태는 한참 동안 그 자리를 떠나지 못했다. 비록 적이었으나 끝까지 무인으로서의 기개를 잃지 않은 유달의 죽음 앞에 왠지 모를 숙연함을 느꼈기 때문이다.

하지만 이도 잠시.

도를 어깨에 걸친 곽범태가 장내의 상황을 주시했다.

예상대로 진영인은 상당히 여유있게 등사격을 몰아붙이고 있었다.

반면, 사황곡의 무인들과 혼전을 거듭하는 구대문파 쪽으로 시선을 돌린 곽범태는 일순 할 말을 잃었다.

가히 무인지경(無人之境)이었다. 한 자루 창과 도끼를 휘두르는 쌍둥이 형제의 모습은 거칠 것이 없었다.

이미 기세가 꺾인 사황곡의 무인들은 수십 배에 달하는 머릿수에도 불구하고 안자명과 안지명이 내뿜는 살기에 기가 질려 분분히 몸을 빼기 바쁠 뿐이었다.

하운지도 살기에 있어서는 전혀 뒤지지 않았다. 평소엔 쾌활하던 그녀였으나, 일단 피를 보자 그야말로 광분의 경지를 보여주고 있었다.

병장기를 사용하는 안자명이나 안지명과 달리 하운지는 장법을 바탕으로 한 권각 위주의 박투술을 펼치고 있었다. 박투란 그야말로 뼈가 부러지고 살이 터져 나가는 거친 싸움. 피를 잔뜩 뒤집어쓴 그녀의 모습은 지옥의 나찰을 연상케 했다.

도저히 여인의 손속이라고는 믿을 수 없는 그녀의 공격에 사황곡 진영에서는 어김없이 피가 튀고 비명이 이어졌다.

이백에 달하는 사황곡의 무인들을 몰아가며 분전(奮戰)을 거듭하는 사제들의 신위에 감탄하던 곽범태는 이내 신형을 날려 사제들과 합류했다.

여기에 등사격의 독으로부터 피해를 입지 않은 구대문파의 무인들이 뛰어들며 장내는 새로운 국면으로 접어들고 있었다.

第三十章

절명마검(絶命魔劍)

등사격은 정신을 차릴 수 없었다.

처음의 여유롭던 표정은 온데간데없이 사라지고 주름투성이인 그의 얼굴에는 초조한 기색만이 가득했다.

급반전된 장내의 상황도 상황이었지만 자신의 앞을 가로막은 청년 검수의 끝을 짐작키 어려운 무위는 그를 절망의 구렁텅이로 몰아가고 있었다.

양손에 들린 두 자루의 검, 그리고 두 개의 검극 위로 선명하게 형태를 갖춘 검강. 게다가 전신을 찍어누를 것 같은 압박감. 이는 칠십 평생 칼날 위를 걸어온 그로서도 처음 접하는 무시무시한 위험을 담고 있었다.

이윽고 등사격의 입술을 비집고 쥐어짜는 듯한 음성이 흘러나왔다.

"너는…… 대체 누구냐?"

"형산의 일대제자요."

진영인의 짧은 대답에 등사격의 눈이 격하게 흔들렸다.

"형산? 형산이란 말인가……."

중얼거리던 등사격이 진영인을 바라봤다.

"그렇다면 너는 뇌공의 검을 얻은 것이냐?"

진영인이 인상을 찡그렸다. 뇌공의 검이라니… 그로선 금시초문의 이야기였다. 설마 형산의 개파조사인 하원일이 검공을 남겼단 말인가? 그렇다면 어째서 자신이 모르고 있었을까?

"뇌공의 검? 그게 뭐요?"

"뇌공의 검을 모른다고?"

오히려 반문한 등사격이 의심스러운 눈길로 진영인의 얼굴을 살폈다. 하지만 진영인의 얼굴엔 의아함이 가득할 뿐 무언가를 감추고 있는 것 같지는 않았다.

등사격이 눈동자를 굴렸다.

'이자는 뇌공의 검에 대해 모르고 있다. 그렇다면 절대검격 역시 이루지 못했을 터. 단지 예상을 훨씬 웃도는 무위로 인해 내가 착각을 한 것뿐이다. 그렇다면 아직 승산이 있다!'

간교한 등사격의 눈빛을 읽은 진영인이 인상을 찌푸리며 입을 열었다.

"충고하건대 쓸데없이 화를 자초하지 마시오. 당신은 절대 이곳을 벗어날 수 없소."

"과연 그럴까?"

입을 열기 무섭게 등사격이 양손을 풍차처럼 휘둘렀다.

파앗!

동시에 그의 양 소매 속에서 하얀 가루가 쏟아져 나오더니 그가 발출한 장력과 뒤엉켜 진영인을 향해 쇄도했다.

등사격이 회심의 미소를 머금었다. 진영인과의 거리는 불과 일 장 남짓, 제아무리 날고 긴다 하는 고수라도 이 거리에서는 빠져나갈 구멍이 없었다. 장력을 막아낸다곤 해도 반경 일 장을 뒤덮은 독분(毒粉)은 피할 수 없으리라.

아니나 다를까.

황급히 검을 들어 장력을 쳐내는 진영인의 모습이 등사격의 눈에 들어왔다.

쩡!

두 자루 검을 교차해 가슴으로 날아드는 장력을 막아낸 진영인의 신형이 주르륵 뒤로 밀려났다. 등사격의 무위 역시 결코 녹록한 것이 아니어서 그가 뿌린 장력은 십성의 산매장에 버금가는 위력을 담고 있었던 것이다.

"크하하하!"

먼지를 뒤집어쓴 것처럼 새하얗게 변해 버린 진영인을 바라보며 등사격이 웃음을 터뜨렸다.

"어리석은 놈, 여유를 두지 않고 진작에 나를 제압했어야 옳았다. 너의 그 자만심이 너를 죽게 만든 것이다."

잠시 우두커니 서 있던 진영인이 빙그레 웃음을 머금었다.

"고맙소, 좋은 걸 알려줘서."

말을 마친 진영인은 먼지를 털어내듯 손으로 툭툭 상의를 두드렸다.

그런 진영인을 향해 조롱기 섞인 등사격의 음성이 이어졌다.

"흐흐. 이미 늦었다. 그것은 신선폐(神仙廢)라는 독으로, 호흡뿐만 아니라 점막이나 피부를 통해서도 스며들지. 네놈은 이미 죽은 것과 다름없다."

"이것이 탈명음의 정체요?"

등사격이 의외란 표정으로 진영인을 바라봤다. 그도 그럴 것이 태연히 반문하는 진영인의 모습에서는 그 어디에서도 죽음을 앞둔 사람으로서 의당 지녀야 할 두려움이나 공포 같은 감정을 찾아볼 수 없었기 때문이다. 하지만 그것도 잠시, 이어진 진영인의 말에 등사격의 얼굴이 딱딱하게 굳어졌다.

"애석하게도 내게는 통하지 않는 것 같구려."

"흥, 미친놈!"

등사격이 비웃음을 터뜨렸다. 눈앞의 촌놈은 분명 신선폐가 무엇인지도 모르고 있는 것이 분명했다. 신선폐에 대해 조금이라도 알고 있었다면 결코 지금처럼 태연하지 못했으리라.

독과 암기로 칠백 년 넘게 독보적인 위치를 다져온 당문에서조차 사용하기를 꺼리는 극독 중의 극독. 신선을 유폐시킨다는 이름에 걸맞게 학정홍(鶴頂紅), 부시독(腐屍毒)과 더불어 강호삼대 금용독(禁用毒) 중 하나인 신선폐의 위력을 누구보다 잘 아는 등사격이었다.

청성의 장문인이었던 가운평조차 한모금의 신선폐를 들이마시고 그대로 절명하지 않았던가.

만약 넓은 범위에 살포했다면 호흡을 멈춘 것으로도 중독을 피할 수 있을지 모르나 이처럼 정면에서 신선폐를 뒤집어쓰고도 살아남기란 불가능한 일이었다, 전설에서나 나올 법한 만독불침(萬毒不侵)의 금강불괴(金剛不壞)를 이루었다면 모를까.

이때 진영인은 품속에서 국화가 새겨진 벽옥패를 꺼내 보였다.

"당문의 신물이요. 당신이 자랑하던 그 신선폐 역시 피독의 효과를 지닌 당문의 신물을 당해내진 못하는 것 같소."

부르르.

등사격의 얼굴이 경련을 일으켰다.

"마, 말도 안 돼! 네놈이 어떻게 당문령패(唐門令牌)를!"

진영인은 대답 대신 눈을 들어 등사격을 노려봤다.

"……!"

싸늘한 한광을 피워 올리는 진영인의 눈빛.

등사격은 온몸이 석상처럼 굳어지는 것을 느꼈다. 무심한 듯하면서도 사람의 속을 훤히 꿰뚫어보는 듯한 날카로운 시선을 마주한 것만으로도 가슴 깊은 곳에서 두려움이 솟구쳤던 것이다.

"난 분명히 경고했소."

차가운 진영인의 음성과 함께 그의 검끝에서 새하얀 검광이 번뜩였다.

피윳!

툭.

얼떨떨한 표정으로 손목을 내려다본 등사격의 얼굴에서 핏기가 사라졌다.

"으아악! 내 손!"

바닥에 주저앉은 등사격은 핏물이 뿜어져 나오는 손목을 감싸쥔 채 비명을 질렀다. 하지만 진영인이 검을 들어올리자 등사격의 비명이 거짓말처럼 멎었다. 단지 검으로 가리켰을 뿐인데도 등사격은 미간이 쪼개지는 듯한 통증을 느껴야만 했던 것이다.

"왁!"

검붉은 피를 토한 등사격이 떨리는 눈으로 진영인을 바라봤다.

'단지 기파에 기맥이 뒤틀리다니…… 이놈은 괴물이다!'

두려움 가득한 등사격의 얼굴에 공포의 감정이 자리잡았다.

등사격은 이내 고통스러운 신음을 삼키며 고개를 숙였다. 서늘하기 그지없는 진영인의 눈빛조차 감당할 용기가 없었던 것이다.

그런 등사격의 모습에 진영인은 살기를 누그러뜨리며 입을 열었다.

"당신에게 듣고 싶은 이야기가 많소."

"죽여라!"

진영인이 빙그레 웃으며 고개를 저었다.

"당신을 죽이려 했다면 이렇게 굳이 번거로운 방법을 쓰지도 않았을 것이오."

그때였다.

"……!"

진영인이 해연히 놀라 고개를 들었다. 그리고 십 장쯤 떨어진 곳에서 유령처럼 모습을 나타낸 인영을 바라봤다.

이에 의아함을 느낀 등사격도 진영인의 시선을 따라 고개를 돌렸다.

"헉!"

천천히 걸음을 옮겨 다가서는 인영의 얼굴을 알아본 등사격이 헛바람을 들이켰다.

더없이 부드러운 눈매를 지닌 반백의 노인. 바람에 펄럭이는 백색 장포와 한 자루 검을 비껴 안은 그의 모습은 선계의 신선이 하강한 듯한 묘한 분위기를 지니고 있었다. 하지만 등사격에게 있어 그의 존재는 죽음을 관장하는 명왕보다 더욱 두려운 존재다.

오 장의 거리를 두고 노인이 멈춰섰다.

"오랜만이오, 사황곡주."

"절명마검(絶命魔劍)……!"

등사격의 음성에는 감출 수 없는 두려움이 짙게 배여 있었다.

절명마검이라 불리운 노인은 천천히 고개를 끄덕이더니 다시금 입을 열었다.

"성주가 그대의 목을 원하오."

말을 끝맺는 순간 그의 전신에서 흐르던 살기가 폭발하듯 짙어졌다.

"으으……."

이미 내상을 입은 등사격은 노인이 뿜어내는 강렬한 살기 앞에 기혈이 역류하는 것을 느꼈다.

이에 진영인이 재빨리 등사격의 앞을 막아섰고, 등사격은 질식할 듯한 살기가 걷히는 것을 느꼈다.

잠시 진영인을 바라보던 노인이 나직한 한숨과 함께 기파를 거두었다.

"비켜주게나."

"그럴 수 없습니다. 우리는 이자에게 들어야 할 이야기가 있습니다."

물끄러미 자신을 바라보는 노인을 향해 진영인이 다시금 입을 열었다.

"당신은 누구십니까?"

진영인의 질문에 대답한 것은 등사격이었다.

"절명마검! 사대명왕 중 한 명인 절명마검이 바로 그다!"

등사격의 외침에 진영인의 눈빛이 흔들렸다.

'그렇다면 이분이?'

진영인은 오래전 유철악이 언급했던 이야기를 기억해 냈다. 그리고 단리설로부터 들었던 그에 대한 이야기 역시 떠올릴 수 있었다.

"혹시… 형산 문하셨습니까?"

진영인의 질문에 절명마검, 아니, 진현자의 어깨가 미미하게 흔들렸다. 하지만 이내 차갑게 얼굴을 굳힌 진현자가 더없이 싸늘한 음성으로 입을 열었다.

"비키게. 자네를 다치게 하고 싶지 않네."

"그럴 수 없습니다."

"이해할 수 없군. 어째서 그자를 살려두려는 것이지?"

"그에게 들어야 할 이야기가 있습니다."

"하지만 나는 그의 목이 필요하네."

"제가 허락지 않을 것입니다."

단호한 진영인의 태도에 진현자는 품에 안고 있던 검을 천천히 늘어뜨렸다.

"자네가 나를 막을 수 없다는 것은 자네가 더 잘 알 것이네. 어째서 쓸데없이 고집을 부리는 것인가?"

진현자의 말에 진영인이 흠칫하며 입술을 깨물었다.

분명히 그랬다. 눈앞의 노인이 뿜어내는 기파는 분명 유철악의 그것과 유사했다. 극마의 경지를 이룬 자에게서만 느낄 수 있는 위험한 기운. 하지만 진영인은 물러설 수 없었다.

순간 진현자의 검이 움직였다.

츄릿!

진현자의 검에서 폭사된 한줄기 백색 검기가 뇌전처럼 진영인을 향해 짓쳐들었다.

쩡!

검을 들어 검기를 쳐낸 진영인은 손목이 시큰해지는 충격을 느꼈다.

"이번 것은 경고였네. 그만 고집부리지 말고 물러서게. 나는 자네를 다치게 하고 싶지 않아."

위협이 담긴 진현자의 음성에 진영인은 손잡이가 으스러져라 검을 움켜쥐었다. 검끝이 움직인다고 느끼는 순간 검기는 어느새 지척에 이르러 있었다. 하지만 그 와중에도 진영인은 진현자가 검기를 날릴 수법이 뇌운검결의 초식임을 알 수 있었다.

"뇌운토뢰……."

나직이 중얼거린 진영인은 가슴속으로부터 걷잡을 수 없는 분노가 솟구치는 것을 느꼈다.

"어째서입니까?"

진영인의 음성에 배어 있는 분노를 느낀 진현자는 말없이 진영인을 바라봤다.

그런 그를 향해 진영인이 다시금 입을 열었다.

"어째서 그만큼의 실력을 지니고도 흑무련으로 가셨습니까? 그 이유가 무엇인지는 알 수 없으나 그것이 사문을 등질만큼 중한 것이었습니까?"

"……."

"만약 당신이 형산에 계셨다면…… 그랬다면…… 이처럼 본 파가 힘거운 길을 걷지 않아도 되었을 것입니다. 한낱 기련삽마 따위에게 농락당하지 않아도 되었을 것이고, 오십 명의 제자가 죽지 않아도 되었을 것입니다."

한숨과 함께 진현자가 진영인을 바라봤다.

"송현자로부터 아무런 이야기도 듣지 못했나 보구나."

"듣지 않아도 알 수 있습니다. 제가 사부님이었다 하더라도 부끄러워 말하지 못했을 테니까요. 그래도 한때 형산에 몸담았던 사람이 형산의 검으로 동문 제자를 협박하다니…… 그동안 당신에게 대한 제 생각이 틀렸던 것 같습니다."

진현자가 처음으로 얼굴을 일그러뜨렸다. 비록 오해라곤 하나 진영인의 독기 어린 말 한마디 한마디가 오랜 세월 가슴속에 묻어 둬야 했던 아픈 과거를 더없이 아프게 건드렸기 때문이다.

"이놈! 말을 함부로 하는구나!"

"……!"

진현자의 폭갈에 진영인의 얼굴이 굳어졌다. 유리알처럼 점차 투명하게 변해가는 진현자의 눈동자와 그의 전신에서 쏟아지는 가공스러운 살기 앞에 일순 할 말을 잃었던 것이다.

챙그랑.

차가운 금속성과 함께 진영인이 검 하나를 바닥에 던졌다. 그리고 오른손에 들려 있는 검을 왼손으로 옮겨 쥐며 진현자를 응시했다. 아울러 그의 손에 들려 있는 검끝으로 짙푸른 검강이 모습을 드러냈다.

등사격의 눈에 의아함이 떠올랐다.

'이놈은 원래 왼손잡이였던가?'

따다닥.

그 의문이 채 사라지기도 전에 등사격은 자신도 모르게 이가 부딪치기 시작했다. 지금껏 자신이 상대했던 진영인이 아니었다. 완전히 바뀐 진영인의 기질은 보는 것만으로도 전신이 떨려오는 전율스러운 위험이 느껴졌다.

짜자자작!

두 사람의 기파가 충돌하자 허공에서 새파란 불꽃이 튀어올랐다. 그리고 두 사람 사이의 나뭇조각이 분분히 목피가 되어 흩날렸고, 급격히 요동치던 기류는 이내 회오리처럼 두 사람 주위를 휘감기 시작했다.

"키에엑!"

귀에 거슬리는 비명과 함께 가슴에 커다란 구멍이 난 금강동인이 바닥에 나가떨어졌다.

"괜찮으십니까?"

"고맙네."

조옥린의 음성에 송현자는 간헐적인 경련을 일으키는 금강동인을 바라보며 턱까지 차오른 호흡을 가다듬었다.

조옥린이 아니었다면 바닥에 쓰러져 있는 것은 자신이었을 것이 틀

림없었다. 그만큼 금강동인의 몸은 단단했고, 오른팔을 잃은 송현자가
상대하기엔 버거운 상대였다.

"사부님!"

자신에게 달려오는 운검을 향해 송현자가 애써 웃음을 머금었다.

"나는 괜찮다."

안도의 한숨을 내쉬며 가슴을 쓸어내린 운검은 위기에서 송현자를
구한 조옥린을 향해 포권을 취했다.

"고맙소, 조 소협. 당신이 아니었다면……."

조옥린은 재빨리 옆으로 비켜서서 운검의 인사를 피했다. 그리고 겸
연쩍은 듯 웃으며 입을 열었다.

"그리 큰일을 한 것도 아닙니다. 그럼 전 이만……."

순간 운검의 눈에 퉁퉁 부어오른 조옥린의 손이 들어왔다.

"잠깐 좀 봅시다."

"별것 아닙니다."

운검은 고집스럽게 조옥린의 손을 움켜잡았다.

"크윽."

신음을 흘리는 조옥린을 향해 운검이 인상을 찌푸렸다.

"손목의 인대가 나갔소. 게다가 손가락뼈 곳곳에 금이 가 있소. 어
떻게 이런 손으로……."

운검은 이해할 수가 없었다. 조옥린이 권풍을 뿌릴 때마다 검기로는
흠집조차 내지 못하는 금강동인의 몸에 두부처럼 구멍이 뚫리는 모습
을 봤기 때문이다.

순간 운검의 표정이 굳어졌다.

“그 무공을 쓰지 마시오. 더 이상 이를 남발하면 평생 오른팔은 제 기능을 할 수 없을 것이오.”

“……!”

조옥린이 놀란 얼굴로 운검을 바라봤다.

‘이 사람은 대체…….’

단번에 양인장을 알아본 운검의 눈썰미에 조옥린은 내심 탄복을 금치 못했다. 의학 지식뿐만 아니라 무학의 이해 또한 정통하지 않고서는 불가능한 일이기 때문이다.

늘 운검의 병약한 모습만을 보아왔던 조옥린이기에 그 놀라움은 더욱 컸다.

이때 운검이 말을 이어갔다.

“이미 그대의 왼팔 역시 손쓸 수 없는 지경에 이르렀구려. 그 이유 역시 지금과 다르지 않다고 보는데?”

“맞습니다. 이는 양인장이라는 제 무공 때문입니다.”

“양날의 창을 지닌 장법이라. 그 위력만큼이나 시전자에겐 위험으로 돌아오는 무공이로군.”

나직이 고개를 끄덕인 운검은 막바지로 치닫는 전장을 향해 시선을 돌렸다. 그리고 조옥린을 향해 입을 열었다.

“이미 싸움은 끝난 것 같으니 굳이 당신이 나서지 않아도 될 것 같소. 그러니 더 이상 그 위험한 무공은 사용하지 마시오.”

운검의 시선을 따라 고개를 돌린 조옥린은 자신도 모르게 감탄성을 터뜨렸다.

이백에 달하던 사황곡의 무인 중 멀쩡히 두 다리로 서 있는 사람은 이십도 채 되지 않았다. 그것도 그들이 데려온 금강동인이 대부분이었고, 이마저도 정파의 내로라하는 고수들에 의해 속속 쓰러지고 있었다. 하지만 그들 중 단연 눈에 띄는 것은 곽범태를 필두로 한 하운지와 안자명, 안지명 형제였다.

도강을 앞세워 금강동인을 거꾸러뜨리는 곽범태와 눈부신 창법과 패도적인 도법으로 전장을 누비는 안지명과 안자명, 그리고 상상을 초월하는 위력을 지닌 뇌전강기를 다루는 하운지의 모습은 단연 독보적이었다.

청심투룡을 비롯한 무당의 고수들, 화산 장문인인 악조량과 그의 제자인 화산이신룡(華山二神龍)을 비롯한 스물네 명의 매화검수의 활약도 눈부셨으나 사황오귀까지 쓰러뜨린 네 명의 형산 문하에는 비견될 수가 없었던 것이다.

'과연 형산은 무시할 수 있는 곳이 아니구나. 어느 한 사람 범상치 않은 이가 없으니… 과연 이 시간 이후로 누가 감히 형산을 얕볼 수 있겠는가.'

이와 같은 생각을 하는 이는 조옥린뿐만이 아니었다.

무당과 화산에 버금가는 기세로 격전을 치르던 송자원이나 종리악, 상조운 역시 형산이 드러낸 힘에 놀라움을 금치 못하고 있었다.

그들의 얼굴에는 한결같이 걷어내기 힘든 그늘이 드리워져 있었다.

진영인을 비롯한 형산 제자의 신위는 위진형산(威振衡山). 그 한마디 말로밖에 표현할 수 없었다.

이때 송현자의 신형이 갑자기 휘청였다.

"사부님!"

해연히 놀라 송현자를 부축하던 운검은 혹시 송현자가 부상을 당한 것이 아닌가 하여 급히 진맥을 했다. 하지만 어디에서도 내상의 흔적은 느껴지지 않았다. 다만 유독 빠르게 뛰는 심장 박동에 의아함을 느꼈을 뿐이었다.

"사부님, 괜찮으십니까?"

운검의 질문에도 송현자는 아무런 말이 없었다. 무엇을 보았음인지 흔들리는 눈빛으로 한곳만을 응시하고 있을 뿐이었다.

마음이 격동한 송현자의 어깨는 심하게 떨고 있었고, 호흡마저 불규칙하여 운검은 걱정이 되지 않을 수 없었다.

운검은 다시 한 번 조심스럽게 송현자를 불렀다.

"사부님?"

"저, 저기……."

송현자가 가리킨 곳을 향해 고개를 돌리던 운검의 몸이 바위처럼 굳어졌다.

심장이 멎을 것만 같았다.

진영인과 마주선 노인.

비록 나이가 들어 모습이 달라졌다 해도 운검은 그를 알아볼 수 있었다. 이십 년 동안 한시도 잊어본 적이 없는 사부였다. 그런 사부의 모습을 어찌 잊을 수 있겠는가.

송현자의 입술을 비집고 신음과도 같은 음성이 흘러나온 것도 그때였다.

"사형……."

돌연 바닥을 박찬 송현자의 신형이 빛살처럼 쏘아졌다. 그리고 곧장 진영인이 있는 곳을 향해 달려갔다.

비록 먼 곳일지라도 무시무시한 살기를 느낄 수 있었다. 그 뼛속까지 파고드는 살기는 진영인과 진현자가 내뿜는 것이었고, 그 살기가 서로에게 향해져 있음을 깨달은 송현자의 뇌리에는 어떻게든 그들이 격돌하는 것을 막아야 한다는 생각뿐이었다.

"영인! 안 된다! 검을 거둬라!"

왈칵!

송현자가 갑자기 왈칵 피를 토했다. 마음이 격동한 상태로 무리하게 신법과 뇌룡음을 시전하는 바람에 기혈이 역류한 것이다. 하지만 송현자는 그들을 향해 달리는 걸음을 멈추지 않았다.

'사부님!'

뒤에서 들려온 송현자의 음성에 진영인의 눈빛이 흔들렸다. 그리고 이는 진영인과 마주서 있던 진현자 역시 마찬가지였다.

"사제……."

피를 토하며 달려오는 송현자의 모습을 발견한 진현자의 음성에 감출 수 없는 진한 아픔이 배어 나왔다.

'사제?

진영인의 눈에 의혹이 떠올랐다. 분명 송현자를 가리켜 사제라 불렀다. 그렇다면?

"영인!"

어느새 지척에 이른 송현자가 다짜고짜 손을 뻗어 진영인의 검을 움켜쥐었다.

"사부님!"

진영인이 놀라 검을 거두려 했으나 송현자는 검을 쥔 손을 놓지 않았다.

투두둑.

검을 타고 흘러내린 피가 바닥을 붉게 적셨다.

너무나 놀라고 당혹스러워 진영인은 검을 놓고 한 걸음 물러섰다. 그제야 송현자는 움켜쥔 검을 놓으며 거친 숨을 몰아쉬었다.

"사부님……."

신음과도 같은 진영인의 목소리에 비로소 송현자는 안도한 듯 미소를 지어 보였다. 그러나 진영인은 웃을 수 없었다.

밀랍처럼 창백한 얼굴과 앞섶을 붉게 물들인 핏물. 마구 헝클어진 머리카락은 그가 얼마나 급하게 달려왔는지를 여실히 보여주고 있었다.

이처럼 흐트러진 송현자의 모습을 보는 건 처음이어서 진영인은 당황하지 않을 수 없었다.

"괜찮다, 영인. 그는 우리의 적이 아니다. 그분은 너의 사백이시다."

"……!"

놀라 할 말을 잃은 진영인을 뒤로 한 채 송현자가 신형을 돌려 진현자를 바라봤다.

"사형."

자신을 부르는 송현자의 음성에 진현자는 말없이 눈을 감았다.

"사형, 접니다. 저 송현입니다."

이윽고 천천히 눈을 뜬 진현자는 무거운 한숨을 흘리며 입을 열었다.

“오랜만이구나.”

그 한마디에 송현자의 얼굴에 와락 일그러졌다.

주륵.

송현자의 얼굴을 타고 뜨거운 눈물이 흘러내렸다.

“이십 년 동안 어찌 한 번도 이 사제를 찾지 않으셨습니까? 어찌 이십 년 동안… 단 한 번의 연락도 없으셨습니까? 풍검과 운검…… 오매불망(寤寐不忘) 사형만을 기다려 온 그 아이들의 모습이 한 번도 눈에 밟히지 않던가요? 이렇게 독한 사람이셨소? 이렇게 무정한 사람이셨소?”

“…미안하다.”

한참 후에 입을 여는 진현자의 음성 또한 미미하게 떨려 나오고 있었다.

그때였다.

이곳으로 향하는 낯선 청년과 그의 등에 업혀 있는 중년인을 발견한 진현자는 마음의 격동을 추스르지 못하고 자신도 모르게 한 걸음 앞으로 나아갔다.

“운검아!”

“사부님! 역시 사부님이셨군요!”

운검의 외침에 진영인은 당혹감을 금치 못했다. 운검과 자신의 사부는 송현자였다. 어째서 운검이 사백을 사부라 부른단 말인가?

진영인은 아직 현검이 일으킨 형산 혈사에 대해 알지 못하고 있었다. 그래서 당시 풍검과 운검의 사부였던 진현자가 제자들을 송현자에게 맡기고 형산을 떠났던 연유 역시 알지 못하고 있었다.

지금껏 풍검과 운검이 자신과 마찬가지로 송현자가 거둔 제자로 알고 있었기에 진영인은 심한 혼란을 느끼고 있었다.

이윽고 운검을 업은 조옥린이 진현자 곁에 이르렀다. 조옥린의 등에서 내려온 운검이 진현자를 향해 엎드렸다.

"제자 운검이 사부님을 뵙습니다."

울음 섞인 운검의 음성에 진현자는 가슴이 먹먹해지는 것을 느꼈다.

병상에 누워 생사를 오가던 제자를 뒤로한 채 형산을 등졌던 당시의 심정은 말로는 이루 표현할 수 없을 만큼 참담한 것이었다. 그토록 자신의 마음을 무겁게 했던 운검이 살아서 자신 앞에 엎드려 있었다.

그러나 진현자는 이내 가슴이 찢어지는 것을 느꼈다. 재능으로만 따진다면 현검에 못지않아 촉망받던 기재인 운검이었다. 그런 운검이 남의 도움을 받지 않고는 마음대로 움직이지도 못하다니…….

병색 짙은 창백한 얼굴과 말라 버린 가지처럼 가느다란 운검의 팔이 더없이 아프게 눈에 들어왔다.

'저대로는 평생 무공을 사용할 수 없을 터.'

자신의 자랑이었던 운검이었건만… 폐인과 다름없는 제자의 모습은 진현자로 하여금 걷잡을 수 없는 마음의 고통을 안겨줬다.

이때 바닥에 엎드린 채 어깨를 들썩이며 운검이 입을 열었다.

"못난 모습으로 사부님 앞에 선 이 불민한 제자를 용서하소서."

"……!"

진현자의 가슴속에서 무언가가 쩍 하고 갈라졌다.

차가운 표정으로 감춰놓았던 그의 본심이 한줄기 눈물이 되어 그의 뺨을 타고 흘러내렸다.

"바보 같은 녀석……."

진현자의 음성에 숨죽여 흐느끼던 운검이 고개를 들었다.

눈물로 흠뻑 젖은 제자의 얼굴을 바라보며 입을 여는 진현자의 음성
역시 어느덧 축축이 젖어 있었다.

"어찌 그렇게 미련하단 말이냐. 죽어가는 너를 팽개치고 무정히 돌
아선 나다. 네가 사부라 부르던 진현자는 그때 죽은 것이다. 네가 눈물
을 흘려줄 만큼… 나는 네게 사부라 불릴 자격이 없는 늙은이다."

"제자는 미련하여 그런 것은 알지 못합니다. 제가 아는 것이라곤 눈
앞에 서 계신 당신이 제 사부님이라는 사실뿐입니다."

울음 섞인 음성으로 운검이 말을 이어갔다.

"삼십 년 전 저를 처음 거두셨던 분도, 이십 년 전 저를 죽음에서 구
해주신 분도 사부님이십니다. 그리고 이십 년이 지난 지금도 제 사부
님은 오로지 한 분뿐이십니다. 어찌 이제와 저를 내치려 하십니까?"

운검의 오열에 진현자는 목이 메어 아무런 말도 할 수 없었다.

"사숙, 이게 대체 무슨 일이죠?"

자신들을 향해 다가서는 하운지의 모습에 진영인은 말없이 고개를
저었다. 아직 영문을 모르기는 그 역시 마찬가지였던 것이다.

"다들 무사한 것이냐?"

송현자의 질문에 안자명이 씩 웃으며 뒤쪽을 가리켰다.

"보시다시피 압승입니다."

분주히 오가며 사황곡 측의 부상자들을 포박하는 구대문파의 제자
들의 모습을 확인한 송현자는 치열했던 싸움이 이미 끝났음을 알 수
있었다.

곽범태를 비롯한 안자명과 안지명도 자잘한 부상을 입긴 했으나 다른 구대문파에 비하면 그리 대수로운 것이 아니었다.

그때였다.

우지끈!

화염에 휩싸인 숲을 뚫고 한 사람이 뛰쳐나왔다. 그의 손에는 한 자루 청강검이 들려 있었는데, 주위를 둘러보는 그의 눈에는 다급함이 묻어나고 있었다.

경계 어린 표정으로 창을 움켜쥐던 안지명의 얼굴이 묘하게 일그러졌다.

"어? 사부님?"

안지명의 말에 곽범태를 비롯한 하운지와 안자명의 눈이 동그래졌다.

불길을 헤치고 나온 풍검의 모습은 실로 가관이었다. 군데군데 타버린 옷은 둘째치고 코밑에는 그슬음이 잔뜩 묻어 있어 평소 근엄하던 모습은 찾아볼 수 없었기 때문이다.

"이게 대체 어찌 된 일이냐?"

대답을 기다리며 주위를 둘러보던 풍검 뒤로 오십에 달하는 형산 문하들이 우르르 튀어나왔다. 이곳으로 향하던 도중 화산 쪽에서 솟구치는 불길과 연기를 발견한 풍검은 제자들을 다그쳐 불길을 뚫고 왔던 것이다.

"영인?"

"오랜만입니다, 사형."

웃으며 인사를 건네는 진영인을 향해 다가선 풍검은 냅다 그의 이마를 쥐어박았다.

"이 무심한 녀석! 대체 어디에 처박혀 있었길래 연락 한 번 없었단 말이냐?"

"여전하시군요."

쓴웃음을 짓는 진영을 뒤로하고 풍검이 돌아섰다.

풍검의 시선을 받은 안자명과 안지명이 흠칫하며 목을 움츠렸다.

본래 이번 화산행에 송현자가 대동하기로 한 이대제자는 곽범태와 하운지뿐이었다. 하지만 당일 날이 되자 안자명과 안지명은 풍검에게 고하지도 않고 산문을 빠져나가 송현자 일행에 합류해 버린 것이다.

"이놈들!"

"아이고, 사부님!"

평소 풍검의 과격한 성품을 잘 아는 안자명과 안지명은 그대로 바닥에 엎드려 손이 발이 되도록 빌기 시작했다.

"사부님 진노를 거두소서. 만약 제자들이 본산에 그대로 남아 있었다면 사형과 사저는 필시 곤경에 처했을 것입니다."

"맞습니다. 저기 쓰러져 있는 나쁜 놈들 보이시죠? 저희들은 사부님의 혹독한 수련이 무서워 달아난 것이 아닙니다. 단지 사형과 사저가 걱정되어……."

정신없이 잘못을 빌던 안자명과 안지명은 문득 의아한 생각이 들었다. 평소대로라면 이쯤에서 불호령이 떨어져야 하는 것이 일반적인데 한참의 시간이 지나도 진노한 풍검의 음성이 들리지 않았던 것이다.

슬쩍 고개를 들어올린 안자명과 안자명이 서로를 바라보며 묘한 표정을 지었다. 마치 넋 나간 사람처럼 한곳을 응시하는 풍검의 모습 때문이었다.

처음부터 풍검은 그들의 이야기를 듣지 않고 있었던 것이다.

"사부님답지 않으신데?"

"그러게."

이때 안자명이 알겠다는 듯이 고개를 끄덕였다.

"매운 연기가 눈에 들어가서 정신이 없으신 거야. 저것 봐, 눈물까지 맺혀 있으시잖아."

"어? 정말이네?"

소곤거리던 안자명과 안지명이 풍검의 눈치를 살피며 신형을 일으켰다.

그런 그들의 뒷덜미를 잡아채며 하운지가 핀잔을 퍼부었다.

"멍청이들, 지금이 장난 칠 때야? 눈치도 없이."

"욱, 저리가요. 피 묻는다구요. 피칠갑을 한 손으로…… 야차가 따로 없다니까."

"그러다 평생 시집 못 간다구요."

"내 말이."

하운지가 눈을 부릅뜨자 안자명과 안지명이 찔끔하며 입을 다물었다.

"이 바보 사제들아, 지금 상황에서 그런 농담이 나오니?"

그제야 안자명과 안지명은 장내를 둘러보며 왠지 모를 숙연함이 감도는 분위기를 감지했다.

"운검 사숙께선 왜 바닥에 엎드려 계시지?"

"장문인께서도 우는 것 같은데?"

“어? 그러고 보니 사부님도……..”

이때 하운지가 목소리를 낮춰 입을 열었다.

“모르긴 몰라도 저 노인은 사부님과 운검 사숙, 그리고 장문인과 잘 아는 사람인 것 같아.”

“영인 사숙은요?”

“응?”

“영인 사숙은 모르는 것 같은데요?”

그러고 보니 진영인만이 어색한 표정을 짓고 서 있었다. 검을 늘어뜨린 채 우두커니 서서 송현자를 비롯한 풍검과 운검, 그리고 진현자를 복잡한 표정으로 바라볼 뿐이었다.

그리고…

난데없는 상황에 당황한 사람은 진영인만이 아니었다.

죽음의 공포에서 벗어난 등사격은 숨을 죽인 채 장내의 상황을 주시하고 있었다.

진영인 하나만으로도 벅찬 상황에 사대명왕인 절명마검이 자신의 목을 취하러 오자 등사격은 내심 두 사람이 싸우기만을 기대하고 있었다. 절체절명의 위기에서 벗어날 수 있는 그것만이 유일했던 것이다.

두 사람의 기세는 백중세. 누가 이기더라도 그 역시 부상을 면치 못할 것이 틀림없었다. 그리고 그 틈을 노린다면 충분히 몸을 뺄 수 있을 것 같았다. 하지만 이게 웬걸. 갑자기 뛰어든 형산 장문인으로 인해 그의 계획은 수포로 돌아갔고, 정신을 차려보니 수많은 사람들이 주위를 둘러싸고 있었다.

‘젠장!’

주변을 둘러보던 등사격의 얼굴 위로 짜증스러운 감정이 떠올랐다.

사황오귀를 쓰러뜨린 네 명의 애송이는 고사하고 그들이 사부라 부른 작자 역시 만만치 않아 보였다.

떼로 몰려온 형산 제자들도 뿜어내는 기파가 심상치 않았다. 형산 문하 중 가장 약해 보이는 운검 역시 절명마검과 가까이 있어 손을 쓸 수 없었다.

'지금 남아 있는 신선폐의 양은 극히 미량. 단 한 사람을 중독시킬 양밖에 되지 않는다.'

신선폐의 양을 계산하며 이 자리를 탈출하기 위한 미끼를 찾던 등사격의 눈이 먹이를 발견한 독사처럼 번뜩였다. 흐뭇한 표정으로 사제들의 해후를 지켜보는 송현자의 모습이 눈에 들어왔던 것이다.

더구나 그와의 거리는 불과 삼 장밖에 되지 않았다. 그만 뚫고 지나간다면 제아무리 진영인이나 절명마검이라 할지라도 자신의 신법을 따라잡을 수 없으리라.

이때 진영인이 검을 거두며 운검에게 다가섰다. 진영인이 운검을 부축하는 사이 등사격은 미미하게 느껴지던 진영인의 살기가 완전히 거두어진 것을 깨달았다.

절명마검 역시 마찬가지였다. 제자들과의 해후에 크게 격동한 듯 눈물을 거두지 못하는 그의 모습은 이미 자신은 안중에도 없는 것 같았다.

'지금이다!'

기회만을 노리던 등사격이 움직였다.

팍!

“엇?”

등사격이 있던 자리에서 갑자기 먼지가 솟구치자 곽범태가 재빨리 그를 제압하기 위해 도를 휘둘렀다. 그러나 그의 도는 헛되이 허공을 갈랐고, 그 순간 등사격의 신형은 이미 송현자의 지척에 이르러 있었다.

“사부님!”

진영인의 경악성에 송현자는 비로소 자신의 가슴으로 파고드는 등사격의 손을 발견할 수 있었다.

콰직!

“……!”

함몰된 가슴을 부여잡으며 힘없이 쓰러지는 송현자의 뒷덜미를 등사격의 갈고리 같은 손이 낚아챘다.

등사격은 그대로 송현자를 끌고 산 아래를 향해 내달리기 시작했다.

누가 먼저랄 것도 없이 진영인을 비롯한 형산 문하들이 등사격의 뒤를 쫓기 시작했다.

서로의 거리가 삼십 장 정도로 좁혀지는 순간 갑자기 등사격이 휙 돌아섰다. 그리고 더없이 음산한 웃음을 머금고 진영인을 바라봤다.

“잘 받아라.”

등사격이 송현자의 등에 일장을 내갈겼다.

퍼엉!

“쿨럭!”

송현자의 허리가 활처럼 젖혀지나 싶더니, 입에서 시커먼 피를 뿜으며 진영인을 향해 날아들었다.

"사부님!"

속도를 줄여 송현자를 받아든 진영인은 그대로 털썩 바닥에 주저앉았다.

"사부님! 정신 차리십시오! 사부님!"

진영인의 외침에도 송현자는 미동도 하지 않았다. 이미 독이 퍼지기 시작한 듯 그의 얼굴은 시커멓게 변하고 있었고, 등사격에게 연이어 공격을 허용한 가슴과 등의 부상 역시 위중했다.

"클클. 당장 손을 쓰지 않으면 그는 일각 안에 내장이 녹아 죽어버릴 것이다. 네놈이 사부의 목숨을 도외시한 채 나를 쫓아올 수 있겠느냐?"

멀어지는 등사격의 조소에 진영인의 눈에서 섬전 같은 안광이 튀어 올랐다.

"이놈……!"

송현자를 안은 채 진영인이 신형을 일으켰다. 그러자 진영인의 전신을 휘감는 폭풍 같은 살기에 그의 장포가 미친듯이 펄럭이며 그의 머리카락이 올올이 솟구쳤다.

이에 진영인의 뒤를 따르던 형산 문하들은 난데없는 끔찍한 살기에 놀라 자신도 모르게 걸음을 멈추고 말았다.

순식간에 진영인과 거리를 벌려 이미 백 장 밖으로 달아나고 있던 등사격 역시 마찬가지였다. 마치 온몸을 관통하는 것 같은 무시무시한 살기에 가슴 깊은 곳으로부터 두려움이 솟구쳤다.

하지만 이도 잠시, 애써 불안함을 떨쳐낸 등사격은 떨리는 손을 움켜쥔 채 더욱 속도를 높였다.

‘괴물 같은 놈! 하지만 귀룡번(鬼龍飜)은 사파 무학의 최고 신법. 결코 나를 따라잡을 수 없을 것이다.’

그때였다.

쾌애애애액!

“……?”

섬뜩한 파공음에 고개를 돌린 등사격의 눈이 더없이 크게 홉떠졌다.

새하얀 잔영을 남기며 자신을 향해 짓쳐드는 섬광!

“젠장!”

등사격은 재빨리 방향을 틀어 진영인이 날린 검을 피하려 했다.

꽈아앙!

그대로 자신을 지나 삼십 장 밖의 커다란 바위를 먼지로 만들어 버리는 가공할 검공의 위력에 등사격의 얼굴이 핼쑥해졌다. 만약 저것을 정면으로 받았다면…… 생각만 해도 끔찍했다.

‘흥! 이제 검이 없으니 더 이상 이와 같은 공격은 할 수 없겠지.’

내심 안도한 등사격이 다시금 귀룡번을 펼치려 했다.

“……!”

순간 등사격의 얼굴에 당혹감이 떠올랐다. 귀룡번을 펼치기 위해 내공을 끌어올렸건만 마치 단전이 텅 빈 것처럼 그 어떤 진기의 흐름도 느껴지지 않았던 것이다.

투두둑.

“……?”

고개를 숙이자 바닥을 적시는 핏방울이 눈에 들어왔다.

휙.

등사격의 눈이 조금 전 바위를 무너뜨렸던 검의 궤적을 뒤쫓았다.

검이 지나간 허공에 남겨진 잔상. 희뿌연 안개처럼 허공으로 번져 가는 그것은 처음과 달리 붉은 빛을 띠고 있었다.

"설마……."

손을 들어 가슴 어림을 더듬던 등사격의 눈이 격하게 흔들렸다.

"말도 안 돼……."

눈앞으로 손을 들어올린 등사격이 믿을 수 없다는 얼굴로 중얼거렸다. 그 순간 그의 등을 뚫고 자욱한 피보라가 뿜어져 나왔다.

푸하악!

'피한 것이…… 아니었단 말인가…….'

털썩.

바닥에 쓰러진 등사격은 문득 등 뒤로 쏟아지는 칼날 같은 기파를 느꼈다.

"……!"

고개를 돌린 등사격의 얼굴 위로 공포의 감정이 가득 메웠다. 자신을 내려다보고 있는 진영인의 눈과 시선이 마주쳤기 때문이다.

"자, 잠깐만! 나는……!"

등사격의 말을 무시한 진영인은 자신의 발을 들어 그의 허리에 올렸다.

"안 돼!"

우드득!

"끄아악!"

허리가 으스러진 등사격이 처절한 비명 소리를 터뜨렸다. 그러나 이

것이 끝이 아니었다. 진영인은 등사격의 팔과 다리에 계속 발을 옮겨
갔고, 그때마다 등사격의 입에서는 절규가 터져 나왔다.

"끄어억… 제, 제발……."

하얗게 눈이 뒤집힌 등사격이 연체동물처럼 흐느적거리며 애원했
다.

등사격의 외침에 진영인이 싸늘하게 입을 열었다.

"그래, 절규해라. 네놈이 무슨 짓을 했는지…… 지옥에 가서도 계속
울부짖으며 후회해라."

빠각!

진영인의 발길질에 등사격의 머리가 수박처럼 터져 나갔다.

"헉!"

그 잔인한 광경에 형산 문하들 사이에서 비명이 터져 나왔다. 하지
만 그 누구도 함부로 앞으로 나서지 못했다. 그만큼 진영인의 살기가
지독했던 것이다.

"이노옴 영인!"

돌연 풍검이 호통을 내질렀다. 등사격의 시신을 내려다보는 진영인
의 얼굴 위에 떠올라 있는 더없이 잔인한 미소를 발견했기 때문이다.

풍검의 호통에 진영인이 고개를 돌렸다.

"……!"

순간 풍검의 안색이 창백해졌다. 가공할 진영인의 살기를 정면에서
받자 일순 숨이 막혀왔던 것이다. 하지만 그 순간 풍검이 받은 충격은
놀란 것에 비할 바가 아니었다.

'어째서…… 영인이 마기를……!'

진영인이 내뿜는 살기와 그 안에 감춰진 자욱한 마기를 읽어낸 풍검은 한참 동안 말을 잇지 못했다. 오랫동안 가슴 깊은 곳에 묻어두었던 참담한 기억을 떠올렸기 때문이다.

'설마 영인도 현검 사형처럼? 아니다, 그럴 리가 없어. 영인은……아닐 거야. 그래서는 안 돼!'

속으론 부정을 거듭하고 있으나 못내 떨쳐낼 수 없는 불길함에 풍검은 마음이 어지러웠다. 하지만 간신히 이를 추스르며 진영인을 향해 다가섰다.

"사부님을 내려놓아라, 영인."

그러나 풍검의 말에 진영인은 미동도 하지 않고 있었다. 오히려 시간이 지날수록 그의 살기는 더욱 짙어지고 있었고, 마기 역시 강해지고 있었다.

풍검의 눈에서 진한 아픔이 묻어났다.

'이대로 라면 영인은 그때의 현검 사형과 같이 마기에 미쳐 날뛸 것이다. 지금의 영인이 마인(魔人)이 된다면 풍검 사형 때와는 비교도 되지 않을 만큼 위험해질 터. 또다시 그와 같은 일을 반복할 순 없다.'

풍검은 뒤쪽에 도열해 있는 제자들을 향해 입을 열었다.

"벽뢰검진(壁雷劍陣)을 준비해라."

"예?"

형산 문하들이 의아한 얼굴로 반문했다.

"어서!"

풍검의 일갈에 형산 제자들은 마지못해 검을 뽑기 시작했다. 하지만 검진을 구축하는 와중에도 그들의 얼굴에서는 의혹이 떠나질 않았다.

그도 그럴 것이 이미 등사격은 고혼이 되었고, 사황곡의 무인들 역시 완전히 제압되어 검진으로 상대할 적을 찾아볼 수 없었기 때문이다.

"사부님, 설마!"

하운지의 외침에 풍검이 무거운 얼굴로 고개를 끄덕였다.

"안 돼요!"

하운지가 뛰쳐나가 풍검을 막아섰다.

몇 달 동안 죽음을 넘나들며 완성시킨 벽뢰검진. 그 위력을 누구보다 잘 알고 있는 하운지였다. 아무리 진영인이라 할지라도 이는 결코 감당할 수가 없었다.

"물러서라."

"그럴 수 없습니다."

풍검의 말에 대답한 것은 곽범태였다.

천천히 앞으로 걸어나간 곽범태가 하운지 옆에 나란히 섰다. 그리고 그 뒤를 이어 안자명과 안지명도 앞으로 나서며 풍검을 막았다.

"이놈들, 감정만을 앞세울 때가 아니다!"

"저희는 결코 영인 사숙께 검을 들 수 없습니다."

웅성.

비로소 벽뢰검진의 상대가 누구인지 깨달은 형산 문하이 크게 술렁였다.

그때였다.

"크크큭!"

진영인의 입술을 비집고 살기 자욱한 웃음이 흘러나왔다. 그리고 이내 엄청난 광소를 터뜨리며 형산 문하들이 있는 곳을 노려보았다.

"헉!"

피부가 따끔거릴 정도로 짙어진 살기가 명백히 자신들을 향해 있음을 깨달은 형산 문하들이 표정을 달리했다.

"이런……!"

당혹성을 터뜨리던 풍검의 어깨를 붙드는 손이 있었다.

고개를 돌린 풍검의 입술을 비집고 억눌린 듯한 음성이 흘러나왔다.

"사… 부……."

"아직도 나를 사부라 불러주는구나."

풍검을 돌려세운 진현자는 고개를 저으며 입을 열었다.

"같은 동문끼리 서로 피를 보는 것은 이십 년 전의 그 일로 충분하다. 그와 같은 일은 두 번 다시 있어선 아니 될 것이야."

말을 마친 진현자가 곽범태 일행을 지나 진영인에게 다가섰다.

이윽고 진영인과 거리를 좁힌 진현자가 나직이 입을 열었다.

"증오를 다 쏟아내 후련해질 수 있다면 말리지 않겠다. 하지만 아니더구나. 오히려 채울 수 없는 공허함만이 남을 뿐이다. 네 가슴속에서 날뛰는 분노를 모르는 것이 아니다. 하지만 네가 지금의 살기를 모두 개방하면 네 어깨에 업혀 있는 네놈의 사부는 그대로 절명하고 말 것이다. 네가 진정 원하는 것은 그런 것이 아니지 않느냐?"

"……!"

진현자의 말이 와 닿았던 것일까.

유리알처럼 투명하던 진영인의 눈빛이 점차 본래의 빛을 회복하기 시작했다. 그리고 그의 전신을 휘감고 있던 미친 듯한 살기 역시 눈에 띄게 잦아들었다.

“그를 내려놓아라.”

진현자의 말에 진영인은 조심스럽게 송현자를 바닥에 뉘였다. 그리고 뒤늦게 자신의 상태를 깨닫고 흠칫 놀라 뒤로 물러섰다. 그 모습에 풍검은 마음을 놓으며 가슴을 쓸어내렸다.

“사형…….”

“멍청한 녀석.”

마음과 달리 험한 말이 튀어나왔다. 하지만 풍검은 이내 안도한 눈빛으로 진영인을 바라봤다.

“장문인의 상세부터 살피는 것이 우선이다.”

풍검의 말에 운검이 급히 앞으로 나서 송현자의 상의를 젖혔다.

第三十一章

혈육조우(血肉遭遇)

“음…….”

송현자를 진맥하던 운검이 침음성을 흘렸다.

“사제, 장문인의 상태는?”

풍검의 다그침에 운검이 한숨을 내쉬며 입을 열었다.

“정말 지독한 독입니다. 아직 심장에까지 독기가 이르진 않았으나 심맥이 파열되어 언제 독이 퍼질지 모릅니다. 이대로라면 일각을 넘기기 어려울 것 같습니다. 해독제를 복용하는 길만이 유일한 방법인데…….”

운검의 말이 끝나기도 전에 진영인은 황급히 시신이 된 등사격의 품을 뒤지기 시작했다. 하지만 그 어디에서도 해독제는 발견되지 않았다.

"사제, 방법을 찾아보게. 사제라면……."

운검의 의술에 기대를 걸고 있던 풍검은 이어진 운검의 대답에 크게 낙담하고 말았다.

"저로서도 방법이 없습니다. 독의 성질을 알아야 해독할 방법을 찾을 텐데, 이처럼 지독하고 빠르게 번지는 독은 한 번도 본 적이 없습니다."

"그럼 장문인께서는……."

"하아……."

운검이 무거운 한숨을 터뜨리며 눈을 감았다. 이미 등사격이 다루던 독의 위력을 직접 목격한 뒤였기에 운검은 절망하지 않을 수 없었다. 간신히 숨만 붙어 있는 송현자의 상태는 솔직히 살아 있는 게 기적에 가까운 것이다.

풍검을 비롯한 형산 문하들은 암담한 심정에 눈앞이 깜깜해지는 것을 느꼈다.

이때 한참 동안 생각에 잠겨 있던 운검이 감았던 눈을 뜨며 입을 열었다.

"명검 사제."

그때까지 말없이 한쪽에서 상황을 지켜보던 명검이 다가서자 운검이 입을 열었다.

"이전에 자네에게 천향옥로현단을 건넨 사람의 행방을 알고 있는가?"

침묵을 지키는 명검을 향해 운검이 다시 말을 이었다.

"천향옥로현단을 처음 만들었던 의선(醫仙)은 편작의 화신이라 불릴

정도로 고절한 의술을 지닌 사람. 그러나 그의 죽음과 함께 천향옥로
현단은 더 이상 만들 수 없었지. 이백 년 넘게 실전되었던 천향옥로현
단을 다시금 만들어낸 사람이라면 그의 의술 역시 의선에 뒤지지 않을
걸세. 그 사람이라면 충분히 사부님을 치료할 수 있을 거야.”

이윽고 명검이 어두운 얼굴로 입을 열었다.

“불가합니다. 그는 결코 우리를 만나주지 않을 것입니다.”

“어째서지?”

“그건……..”

“사제!”

명검을 향해 성큼 다가선 운검이 매서운 눈으로 그를 노려봤다.

“대체 뭘 망설이고 있는 건가? 그것이 사부님의 목숨보다 중요하단
말인가?”

미미하게 흔들리는 명검의 눈빛을 운검은 놓치지 않았다.

털썩.

돌연 운검이 명검 앞에 무릎을 꿇었다.

“사형!”

당황한 명검이 운검을 일으키려 했으나 운검은 요지부동이었다.

운검이 쉬어버린 음성으로 입을 열었다.

“부탁하네, 사제. 사부님을…… 사부님을 구해주게.”

“이러지 마십시오, 사형.”

“사부님이 살아날 방법은 오로지 사제에게 달려 있네.”

갈등 어린 눈빛으로 운검을 바라보던 명검은 이내 고개를 돌려 의식
이 없는 송현자를 바라보더니 긴 한숨을 터뜨렸다.

"알겠습니다. 그만 일어나십시오, 사형."

"그렇다면······."

"일단 그분께 연락을 넣어보겠습니다. 하지만 제가 할 수 있는 일은 거기까지입니다. 만약 그분이 거절한다면 저로서도 방법이 없습니다."

"시간이 없네."

"사실 그분이 머무는 곳은 이곳과 멀지 않습니다. 하지만 곧장 그분을 찾는다면 분명 사부님의 치료를 거절할 것이 틀림없습니다. 하지만 서신을 통해 그에게 한 사람을 언급한다면······."

명검이 말끝을 흐리며 진영인을 바라봤다.

복잡 미묘한 표정으로 잠시 동안 진영인을 응시하던 명검이 한숨과 함께 입을 열었다.

"어쩔 수 없습니다. 이것이 유일한 방법입니다. 사부님을 구하고 싶은 건 저 또한 미찬가지이니까요."

말을 마친 명검은 품속에서 작은 나뭇조각을 꺼냈다. 향목(香木)을 깎아 만든 종목패(從木牌)였다.

종목패는 훈련된 전서구의 길을 안내하는 물건이었다. 본래 전서구는 비둘기의 귀소 본능을 이용해 지정된 장소로 서신을 전달하는 것인데, 이동이 많은 무림인들에게 전서구를 날릴 때는 종목패를 사용해 달리 훈련을 시켰다.

명검은 검끝으로 종목패 뒤쪽에 글자를 새긴 후 이를 이대제자 중 한 명에게 건넸다.

"마을로 가 전서 전서구를 업으로 하는 상방을 찾아 이것을 전해라. 그리고 답신이 오면 곧장 보고하도록."

"제가 갈게요."

이대제자 중 가장 발이 빠른 안자명이다. 안자명이 종목패를 나꿔채자 명검은 고개를 끄덕였다.

안자명은 이내 날듯이 산 아래 쪽으로 달려 내려갔고, 이내 그의 모습은 능선을 넘어 사라졌다.

"사제, 언제쯤 답신이 올 것 같은가?"

운검의 질문에 명검이 난처한 표정을 지었다.

"…빠르면 일각 정도가 될 것 같군요."

운검의 표정이 딱딱하게 굳어졌다.

"일각? 그 시간이라면 이미 사부님께서는……."

"내가 시간을 벌어보지."

운검의 말에 입을 연 사람은 다름 아닌 진현자였다.

쓰러져 있는 송현자에게 다가선 진현자는 그대로 송현자의 상체를 일으켜 세우고 상의를 벗겼다. 그리고 자신의 손바닥을 송현자의 등에 위치한 명문혈에 갖다 댔다.

내공을 끌어올린 진현자는 그대로 명문혈을 통해 진기를 흘려 넣기 시작했다. 내공으로 뒤틀린 기맥을 바로잡고, 독기운을 한곳에 몰아 묶어두기 위한 것이었다.

숨을 죽인 채 그 모습을 지켜보던 운검의 눈에 이내 의아함이 떠올랐다. 진현자의 어깨 위로 피어오르는 아지랑이를 발견했기 때문이다.

'땀? 어째서?'

운검은 이해할 수가 없었다.

아지랑이의 정체는 급격히 높아진 체온으로 인해 땀이 증발하며 생기는 현상이다. 불과 향이 절반쯤 타 들어갔을 시간이 지났을 뿐이었다. 그 짧은 시간에 진현자 정도 되는 고수가 땀을 흘리다니…….

그러나 운검은 이내 너무 놀라 두 눈을 부릅떴다.

"사… 사부님!"

어찌나 놀랐던지 운검은 목소리까지 떨고 있었다.

"사제, 무슨 일인가?"

깜짝 놀라 묻는 풍검의 질문에 운검은 손을 들어 비를 맞은 것처럼 흠뻑 젖은 진현자의 옷을 가리켰다.

"지금 사부님께서는…… 장문인을 치료하기 위해 본원진기(本源眞氣)를 사용하고 계십니다."

쿵!

풍검은 바위로 뒤통수를 얻어맞는 듯한 충격을 받았다. 하지만 이내 밀랍처럼 창백해진 진현자의 얼굴과 고통으로 일그러져 있는 그의 표정에서 운검의 말이 틀리지 않았음을 깨달았다.

내공처럼 수련을 통해 얻는 후천진기(後天眞氣)와 달리 본원진기는 생명의 근간을 이루는 기운인 선천진기(先天眞氣)를 말한다. 따라서 진현자가 본원진기를 희생해 가며 송현자의 독을 몰아내는 것은 진현자에게 있어 생명을 깎아내는 것과 다르지 않았다.

하지만 풍검과 운검은 그런 진현자를 바라볼 뿐 아무런 말도 할 수 없었다. 운검은 무공을 잃었으며, 풍검은 아직 자신의 진기로 상대의 내력을 이끌어 운기요상(運氣療傷)을 도울 만큼 의학적인 지식이 충분하지 못했던 것이다.

이는 진영인 역시 마찬가지였다. 풍검과 운검의 대화를 통해 모든 상황을 깨달았으나 경험이 부족하기론 그 또한 다르지 않았다.

더구나 자칫 잘못 건드려 돌이킬 수 없는 화를 일으킬 수도 있었기에 함부로 나설 수 없었다. 운기요상을 하는 도중 마음의 동요는 주화입마(走火入魔)와 같은 걷잡을 수 없는 결과를 가져오고, 때에 따라선 진현자와 송현자 모두가 위험해질 수도 있기 때문이다.

그렇게 약 일각의 시간이 흐르자 진현자가 천천히 눈을 떴다.

왈칵.

"사부님!"

신형을 일으키던 진현자가 돌연 피를 토하자 풍검과 운검이 크게 놀라 그를 부축했다. 하지만 진현자는 그런 제자들의 손길을 완곡히 뿌리치며 송현자의 뒷모습을 바라봤다.

"일단 심장으로 침투하는 독기는 막아놓았다. 그러나 그리 긴 시간은 장담하지 못한다. 짧으면 보름, 길어야 한 달이다. 그 이전에 해독약을 복용하지 못하면 그는 편작이 아닌 화타가 살아 돌아온다 해도 구할 수 없을 것이다."

말을 마친 진현자는 진영인을 향해 고개를 돌렸다.

"너는 잠시 나를 따라오너라."

그 말을 끝으로 진현자는 주저없이 걸음을 옮기기 시작했다.

잠시 얼떨떨한 표정으로 멀어지는 진현자의 뒷모습을 바라보던 진영인은 풍검에게 물었다.

"사형, 도대체 어찌 된 일입니까? 대체 그는 누구입니까? 어째서 사형과 운검 사형이 그를 사부라 부르는 것입니까?"

"으음……."

어떻게 설명해야 할지 난감했던 풍검은 잠시 침음성을 흘렸다. 하지만 이내 진영인과 시선을 마주했다.

"그분은 너의 영인이라는 명호를 지어주신 분이다."

"네?"

진영인의 반문에 풍검은 무거운 한숨과 함께 고개를 돌렸고, 그를 대신하여 운검이 현검과 진현자에 얽힌 형산의 비사를 설명하기 시작했다.

"…그렇게 된 것이다."

운검의 설명에 진영인은 석연치 않은 감정이 남았으나 마지못해 고개를 끄덕였다. 난처한 표정으로 자신을 바라보는 운검의 표정 때문이었다. 운검은 차마 현검에 의해 진영인의 부모가 죽었음을 말할 수 없었고, 그로 인해 자신의 사제에게 더없이 미안함을 느끼고 있었던 것이다.

"그랬군요. 그래서……."

진영인은 더 이상 운검을 난처하게 할 수 없어 납득한 척 웃음을 지어 보였다. 그리고 신형을 돌려 오십 장 밖에서 자신을 기다리는 진현자를 향해 걸음을 옮기기 시작했다.

멀어지는 진영인의 뒷모습을 응시하는 운검을 향해 풍검이 입을 열었다.

"괜찮겠느냐?"

더없이 미안한 표정을 지으며 운검이 한숨을 흘렸다.

"어쩔 수 없지 않습니까?"

자신에게 다가서는 진영인을 물끄러미 바라보던 진현자는 서로의 거리가 좁혀지자 목소리를 낮춰 입을 열었다.

"내가 누군지 아느냐?"

"제 이름을 지어주신 분이라 들었습니다."

진영인의 대답에 진현자는 나직이 고개를 끄덕였다. 그리고 다시 질문을 던졌다.

"언제부터였느냐?"

밑도 끝도 없는 질문이었으나 진영인은 그 말의 의미를 알 수 있었다.

"마기를 느낀 것은 오 개월 전, 그리고 마기를 구속한 것은 불과 보름도 되지 않습니다."

"두렵느냐?"

"……!"

정곡을 찔린 진영인은 낯빛을 굳히며 진현자를 바라봤다.

"의지를 벗어나 통제가 되지 않는 마검(魔劍). 그것에 사로잡혀 마인이 되는 것이 두렵겠지. 하지만 한편으로는 그 힘이 탐날 것이다. 이미 그 안에 담겨 있는 무학의 또 다른 가능성을 느꼈을 테니 말이다. 그렇지 않느냐?"

진영인은 대답할 수가 없었다.

진현자는 품속에서 색이 바랜 책자를 꺼내 진영인에게 건넸다.

"이건?"

책자의 표지에 적힌 글자를 읽은 진영인은 경악을 감추지 못했다.

"현마진경(現魔眞經)이다."

"알고 있습니다. 하지만 어째서 이것을⋯⋯."

침묵을 지키는 진현자를 향해 진영인이 다시금 입을 열었다.

"운검 사형의 서고에서 이를 본 적이 있습니다. 정종무공과 완전히 궤를 달리하는 마공비급을 제게 주시는 의미가 무엇입니까?"

"네가 봤다는 책은 내가 형산을 떠나기 전 남겨둔 필사본(筆寫本)이다."

"필사본이라 하셨습니까?"

진영인은 이해할 수가 없었다. 형산을 몰락의 길로 접어들게 만든 사악한 마공비급을 어째서 필사까지 해가며 남겼단 말인가?

이어진 현검의 말에 진영인은 어이가 없어 마른 웃음을 터뜨렸다.

"나는 그것을 형산에 남겨둘 수밖에 없었다. 왜냐하면 그것은 외부에서 유입된 것이 아닌 형산의 비급이기 때문이다."

"믿을 수 없군요."

하지만 진영인은 이내 표정을 달리했다. 말없이 자신을 응시하는 진현자의 눈빛에서는 그가 진실을 말하고 있다는 것을 여실히 느낄 수 있었기 때문이다.

진현자가 다시금 입을 열었다.

"너는 아마도 그 힘을 네 것으로 만들기를 원하고 있을 것이다. 그러나 노력에 비해 그 성취는 미미했겠지. 그렇지 않느냐?"

진현자의 말을 부정할 수 없어 진영인은 침묵했다.

"그것은 한번 맛보면 결코 벗어날 수 없는 앵속(罌粟:양귀비)의 열매와도 같은 것. 힘을 추구하는 무인으로서 결코 벗어날 수 없는 유혹이다. 하지만 자칫 욕심이 앞서 올바른 방향으로 나아가지 못한다면 그 힘에 휘둘려 정신과 육체를 모두 잃고 말지."

도대체 무슨 말을 하려고 이처럼 뜸을 들인단 말인가.

진영인이 인상을 찌푸리며 말을 하려 하는 찰나, 진현자가 먼저 입을 열었다.

"언뜻 보니 운검이 초백번천심결을 익힌 흔적이 있더구나. 혹 초백번천심결에 대해 알고 있느냐?"

진영인은 말없이 고개를 끄덕였다.

초백번천심결(焦魄飜天心訣).

기련십마 일행이 형산에 쳐들어왔을 때 절체절명의 위기에 닥친 운검이 시전하려 했던 무공의 이름이다. 아니, 정확히 따지자면 체내에 잠재되어 있는 본원진기를 격발함으로써 순간적으로 폭발적인 힘을 얻을 수 있었다. 대신 그 힘이 다하는 순간 생명도 함께 스러지는 것으로 무공이라기보단 사술에 가까웠다. 그리고 그 역시 현마진경에 포함되어 있는 내용 중 하나였다.

그것을 알기에 진영인은 운검이 초백번천심결을 사용하지 못하도록 그의 마혈을 점했던 것이다.

눈을 감은 채 잠시 생각을 정리하던 진현자는 다시금 진영인을 향해 질문을 던졌다.

"뇌정단공을 익히지 않고서는 초백번천심결을 사용할 수 없었다. 만약 초백번천심결의 구결을 구대문파에 알려준다 해도 그들에겐 무용지물과도 다름없단 이야기다. 그건 현마진경 자체가 그들이 익힌 도가 계열의 정공과 상극을 이루는 마공인 까닭이다. 만약 그들이 초백번천심결을 운용했다가는 그대로 기혈이 역류하고 심맥이 터져 주화입마에 이르고 말 것이다. 하지만 운검은 초백번천심결을 운용했음에도 주화입마에 들지 않았다. 그 이유가 무엇이라 생각하느냐?"

"혹시……."

진영인은 오래전 형산의 개파조사인 뇌공 하원일과 명교의 태상장로와의 비사를 기억해 냈다. 그리고 오랫동안 자신이 지닌 마기에 관해 생각해 왔던 여러 가지 가능성에 대해 정리하기 시작했다.

만약 지금의 뇌정단공이 명교의 무공에 바탕을 둔 것이라면?

이때 진현자가 뇌정단공과 현마진경 사이에 얽힌 비밀을 설명하기 시작했다.

"형산 본래의 내공심법과 명교의 무공이 합쳐져 만들어진 것이 뇌정단공이다. 정종의 무공은 익히기 어렵고 발전이 더디나 주화입마와 같은 시행착오를 겪지 않아도 되는 반면, 마공은 익히기 쉽고 이를 실전에 적용하기 용이한 대신 그 성취가 높아질수록 주화입마의 위험이 더욱 커지지. 뇌정단공은 이러한 정종무공과 마공의 장점만을 취해 만들어진 것으로 그 위력은 능히 기존의 신공이라 불리는 구대문파의 내공심법을 압도하고도 남는 것이었다."

"하지만 제가 느낀 뇌정단공은 사백님이 말씀하신 것과 다릅니다."

"어떻게 다르지?"

"분명 뇌정단공은 훌륭한 내공심법임은 틀림없습니다. 하지만 불안정 한 것은 마공과 마찬가지입니다. 처음의 위력은 화산의 자하진기나 무당의 태청강기에 비해 위력이 떨어지며, 비록 그 성취가 극에 이른다해도 그만큼 강해지는 마기를 제어하기가 어려워집니다."

"그건 뇌정단공을 남기신 뇌공의 진정한 뜻을 이해하지 못한 선대의 조사들의 실수 때문이다."

선대 조사들을 책망하는 듯한 진현자의 말에 진영인은 기분이 상했으나 이내 차분한 태도로 이어질 그의 설명을 기다렸다.

"처음의 뇌정단공은 정종무공과 마공이 장점만을 살린 것이었다. 하지만 뇌공께서 등선하신 이후 형산은 급격히 세가 약해졌고, 뇌공이 살아 계실 때는 고개도 들지 못했던 구대문파로부터 업신여김을 받기 시작했다. 비록 뇌정단공이라는 절학이 있었으나 뇌정단공이 지닌 마기로 인해 형산은 마교의 후예라는 오명을 뒤집어써야만 했지. 그래서 조사들은 오명을 벗고 당당한 정파로서 거듭나기 위해 스스로 받아들인 도가의 이치를 접목하여 뇌정단공 특유의 마기를 지워 나가기 시작했다. 하지만 이는 어리석은 생각이었다. 이로 인해 뇌정단공의 균형이 무너졌고, 본래의 마공이 지닌 패도적인 힘을 전부 끌어내지 못한 형산은 결국 이류문파에 머물 수밖에 없었던 것이다. 약해진 뇌정단공이 담을 수 있는 그릇은 처음의 그것과 비교해 십분의 일도 되지 않는 정도에 불과했다. 하지만 간혹 예외가 있어 뇌정단공의 벽을 넘어서는 이들이 있었으니… 그중 한 명이 바로 현검이다."

현검을 언급하는 진현자의 얼굴은 암운이 드리운 듯 몹시 어두웠다. 하지만 그는 계속해서 설명을 이어나갔다.

"물이 가득찬 그릇에 계속해서 물을 붓는다면 어찌 되겠느냐? 결국 그 물은 넘치고 말 것이다. 결국 뇌정단공이 담을 수 있는 한계를 넘어선 무위는 현검으로 인해 파탄을 가져왔고, 유약한 그 아이의 심성과 그간 가슴에 쌓여 있던 갈등으로 인해 이를 견뎌내지 못했다."

진현자는 진영인이 들고 있는 현마진경을 가리켰다.

“너 역시 같은 이치다. 불완전한 뇌정단공을 통해 익혀온 네 무공이 일정한 선을 넘었기 때문에, 아니, 적확히 말하자면 그 한계에 부딪쳤기 때문에 그와 같은 현상을 겪는 것이다.”

“그렇다면 현마진경으로 이를 바로잡을 수 있다는 것입니까?”

“현마진경은 마공의 비급이 틀림없으나 그 이치를 따지고 들어가면 기존의 마공과 궤를 달리한다. 마공의 비틀어진 부분을 바로잡아 주는 내용이 주를 이루기 때문이지. 나는 현마진경을 통해 속박해 두었던 뇌정단공의 진정한 힘을 끌어낼 수 있었다. 하지만 이를 바로잡는 과정에서 기존의 불완전한 뇌정단공과 충돌을 일으켰고, 그로 인해 마경(魔境), 즉 마인의 경지에 들어섰다. 하지만 완전한 마인이 되기 전에 뇌정단공을 완성했고, 마경을 극복할 수 있었지. 극마의 경지를 이루면 진정한 패황의 힘을 얻을 수 있다. 그리고 너는 그것을 이루어야 한다.”

그제야 진영인은 자신의 예상이 절반은 맞고 절반은 틀렸다는 것을 알 수 있었다.

진현자가 입을 열었다.

“올바르게 사용한다면 앵속 역시 그 어떤 것과도 견줄 수 없는 훌륭한 약재. 하지만 잘못 사용하면 인성과 건강을 해치는 흉물이 된다. 무공 역시 이와 크게 다르지 않다. 마공이든 정공이든 간에 정작 중요한 것은 이를 사용하는 사람의 마음인 것이다.”

“그럼 저 역시 현마진경의 내용을 익혀야 하는 것입니까?”

“너는 그것을 익힐 필요가 없다.”

진영인은 의아한 얼굴로 진현자를 바라봤다. 그렇다면 어째서 현마진경을 자신에게 건넸단 말인가?

진영인의 마음을 읽은 듯 진현자가 말을 이어갔다.

"너는 이미 모든 것을 갖추고 있다. 단, 처음부터 제대로 된 뇌정단
공을 익힌 것이 아니기에 마경을 거쳐 극마를 이루는 것이 남았을 뿐."

"그럼 어째서 이것을 제게……."

"그것은 본래 형산의 물건. 본래 있어야 할 곳으로 돌려보내기 위함
이다. 하지만 너를 제외한 다른 이들에겐 보여선 안 된다. 아직 그들은
뇌정단공의 한계를 넘어서지 못했고, 뇌정단공의 한계를 경험하지 못
한 이들에겐 오히려 독이 될 수도 있으니까."

"아!"

진현자의 말에 진영인은 크게 깨닫는 바가 있어 고개를 끄덕였다.

이때 헐레벌떡 산을 오르는 인영이 진영인의 눈에 들어왔다. 그가
전서구를 띄우기 위해 마을로 내려갔던 안자명임을 알아본 진영인은
곧장 형산 문하가 모여 있는 곳을 향해 신형을 날렸다.

진영인은 초조한 표정으로 안자명으로부터 서신을 건네받는 명검을
바라봤다.

서신을 읽던 명검의 표정이 굳어지는 것을 보며 진영인은 가슴이 덜
컥 내려앉았다. 하지만 이어진 그의 말에 안도하며 가슴을 쓸어내렸
다.

"그분께서 만나는 것을 허락하셨습니다. 하지만……."

"계속하게."

운검의 재촉에 명검은 난처한 표정으로 진영인을 바라봤다.

"그분은 저와 영인 사형만을 만나시겠답니다."

"영인을?"

운검은 의아함을 금치 못했다. 만나고자 하는 이가 명검뿐이었다면 크게 이상할 것이 없었으나 진영인을 언급한 이유는 짐작할 수가 없었던 것이다. 하지만 진영인은 이에 개의치 않고 운검을 향해 고개를 끄덕였다.

"제가 가겠습니다."

"하지만……."

"걱정하지 마세요, 사형. 제가 그에게 부탁해 반드시 사부님을 구할 방법을 찾아보겠습니다."

송현자를 살릴 수 있을지도 모른다는 희망에 진영인은 호기롭게 외쳤다.

그럼에도 불구하고 운검은 왠지 모를 불안함을 떨쳐낼 수 없었다.

"나도 가겠다."

"하지만 사형…… 서신에는……."

명검이 인상을 찡그리며 말끝을 흐리자 운검은 단호히 그의 말을 잘랐다.

"나도 간다. 만약 사제가 나의 동행을 허락지 않는다면 대신 나는 사제에게 확실히 짚고 넘어갈 문제가 생기게 될 거야."

어두운 표정으로 잠시 고민을 거듭하던 운검이 이윽고 고개를 끄덕였다.

"알겠습니다. 그럼 함께 가는 것으로 하지요."

자신이 원하던 대답을 얻었음에도 불구하고 운검의 얼굴은 그리 밝지 못했다. 비록 명검에 대한 의심을 가슴에 묻고 있다곤 하나 여전히 명검은 자신의 사제였다. 사제의 약점을 이용하여 협박한 것과 다름없는 자신의 행동이 부끄러운 한편 그에게 미안함을 느꼈다. 하지만 상황이 상황인 만큼 동행을 강요하지 않을 수 없었다.

"사부님?"

갑작스런 풍검의 음성에 운검이 놀라 고개를 돌렸다.

"……!"

없었다. 조금 전 까지만 해도 진영인과 대화를 나누던 진현자의 모습이 보이지 않았다. 하지만 그들은 멀리 산등성이 너머에 서 있는 흐릿한 인영을 발견할 수 있었다.

진영인이 놀라 외쳤다.

"잠시만 기다리십시오!"

하지만 진현자는 아무런 대꾸도 없이 바람처럼 사라졌다.

진영인이 재빨리 신형을 날렸으나 이미 그의 모습은 어디에서도 찾아볼 수 없었다.

"이런……!"

진영인의 얼굴에 당혹감이 떠올랐다. 아직 진현자에게 유철악을 조심하라는 말을 해주지 못했던 것이다.

한편으로는 아쉬움이 밀려왔다. 이미 운검으로부터 진현자에 대한 안타까운 과거를 들었기에 더욱 그러했다.

하지만 이는 풍검이나 운검이 느끼는 상실감과 비할 바 못 되었다.

"어째서……."

운검의 입술을 비집고 억눌린 듯한 음성이 흘러나왔다.

이는 풍검 또한 다르지 않았다. 크게 상심한 듯했으나 제자들 앞이라 눈물을 참고 있는 기색이 역력했다.

눈앞이 뿌옇게 흐려지는 것을 느낀 운검은 손등으로 눈을 문질렀다. 그리고 한참을 서서 진현자가 사라진 능선을 바라봤다.

가슴의 허전함을 금할 길이 없었다.

*   *   *

"사제 얼마나 더 가야 하지?"

"이 앞 언덕을 돌아 북동쪽으로 백오십 리 정도만 더 가면 됩니다."

명검의 대답에 말없이 고개를 끄덕인 진영인은 더욱 속도를 높였다.

운검을 업은 상태에서도 점차 자신과 거리를 벌려가는 진영인의 신법에 명검은 내심 감탄하지 않을 수 없었다.

일각 남짓한 시간을 달려 진영인은 인적없는 곳에 위치한 장원 앞에 이르렀다.

약간의 시간 차를 두고 명검이 도착했고, 진영인은 등에서 운검을 내려놓았다. 그리고 명검의 뒤를 따라 장원 안으로 들어섰다.

잘 정돈된 정원을 지나 하얀 자갈이 깔린 길을 따라 걷기를 잠시, 이윽고 진영인은 커다란 인공 연못과 그 옆에 위치한 고아한 전각을 발견하고 걸음을 멈추었다.

"저분입니다."

명검이 손으로 가리킨 곳, 연못가를 거닐며 잉어들에게 먹이를 던져주는 노인의 뒷모습을 발견한 진영인은 왠지 모르게 묘한 기분에 휩싸였다.

"모시고 왔습니다."

명검의 말에 노인이 천천히 돌아섰다.

예상대로 범상치 않은 기도를 지닌 노인이었다. 새하얀 장포를 걸친 그의 풍모는 마치 인세에 유람 나온 신선을 보는 것만 같았고, 말로는 설명하기 힘든 절제된 기품이 느껴졌다.

하지만 그와 시선이 마주친 순간 진영인은 이상하게도 가슴이 뛰는 것을 느꼈다.

분명 처음 보는 사람이었다. 하지만 그 모습이 전혀 낯설게 느껴지지가 않았다.

더구나 자신을 바라보는 노인의 얼굴에 떠오른 감정.

감출 수 없는 격동의 감정을 담은 눈빛이 가슴속에 깊은 파문을 일으키고 있었다.

"처음 손자를 품에 안았을 때 나는 그 아이의 맑은 눈빛에 감동하여 유하(流河)란 이름을 지어주었지. 흐르는 강물처럼 살아가길 원하는 바람을 담아서."

뜬금없는 노인의 말에 진영인은 의아한 얼굴로 노인을 바라봤다.

그런 진영인을 향해 노인은 다시금 입을 열었다.

"그런데 그 아이의 삶은 이름처럼 순탄하지가 못했어. 난데없는 혈사에 휩쓸려 부모를 잃고, 자신의 이름조차 모른 채 부모의 원수인 문파를 자신의 사문으로 알고 있으니까."

노인의 말을 듣던 운검은 문득 깨닫는 바가 있어 한 걸음 앞으로 나서며 입을 열었다.

"저희가 이곳을 찾은 것은 한 가지 부탁을 드리기 위해서입니다. 만약 당신이 저희를 도와주신다면 본 파의 모든 힘을 기울여 손자 분을 찾는 것에 협력하겠습니다.”

노인이 고개를 돌려 운검을 바라봤다.

‘이건······!’

단지 시선을 마주했을 뿐인데도 마치 수백 개의 칼날이 전신을 관통하는 것만 같았다.

운검은 이해할 수가 없었다. 자신의 허락을 얻지 않고 이곳을 찾은 것만으로 이처럼 심장이 멎어버릴 것 같은 맹렬한 적의를 드러내다니.

이때 진영인이 노인과 운검 사이를 가로 막으며 입을 열었다.

“이분은 제 사형이십니다. 저희가 이곳을 방문한 목적은 사부님이 알 수 없는 극독에 중독되셨기 때문입니다. 우리는 당신의 도움이 절실합니다. 사부님의 상세를 설명하기 위해서 우리 중 그나마 의술에 대해 밝은 사형을 모셔올 수밖에 없었습니다. 그러니 부디 이해해 주십시오.”

비로소 운검은 숨통이 트이는 것을 느끼며 고개를 들어올렸다. 전신을 난도질하던 예리한 기파는 온데간데없이 사라졌건만 까닭 모를 불길함이 가슴을 채우고 있었다.

여전히 침묵을 지키고 있는 노인을 향해 진영인이 무릎을 꿇었다.

“사부님을 치료할 수 있는 분은 오로지 노사뿐이라 들었습니다. 간절히 청하옵건대 제발 제 사부님을 구해주십시오.”

절절함이 느껴지는 진영인의 음성에 노인은 눈가에 잔경련을 일으켰다.

“어리석은······.”

“네?”

반문하는 진영인을 향해 오히려 노인이 질문을 던졌다.

"어째서 그렇게까지 그를 살리려고 하는 것이냐?"

잠시 노인을 바라보던 진영인이 차분한 음성으로 입을 열었다.

"스승과 제자의 연을 떠나 그분은 제게 있어 부모님과도 다름없습니다. 부모를 살리고자 하는 자식의 마음에 어찌 이유가 있겠으며, 어찌 말로 설명할 수 있겠습니까. 손자를 찾고 싶은 노사의 마음이 간절하듯이 지금의 제 마음도 그러합니다."

"이십 년 전……."

연못을 향해 시선을 던진 노인이 말을 이어갔다.

"그날도 감숙은 눈보라가 심하게 몰아치고 있었다. 원단이 얼마 남지 않았기에 나는 일이 손에 잡히지 않았다. 머잖아 찾아올 아들 내외와 손자를 볼 수 있다는 행복에 젖어 있었으니까. 하지만 나의 소박한 꿈은 오래가지 못했다. 이곳으로 향하던 아들 내외가 싸늘한 주검으로 돌아왔기 때문이지."

진영인은 아무런 말도 하지 않았다. 뜬금없는 노인의 말에 조바심이 일었지만 현재 송현자를 치료할 사람은 노인이 유일했기에 그의 심기를 건드리지 않기로 마음먹은 것이다.

노인이 다시금 말을 이어갔다.

"아들 내외는 피에 미친 무림인에게 살해당했다. 아들 내외의 시신을 거둬 나에게 전해준 친우의 말에 따르면 그들은 아들 내외를 살해하고 퍼붓는 빗줄기 속에 그대로 방치해 뒀다 하더군. 그리고 그들은 내 유일한 혈육인 손자마저 자기들 마음대로 데려가 버렸다고 했지."

그들의 행동은 무림에 몸담고 있는 진영인으로서도 쉽게 납득할 수 없는 후안무치한 것이어서 자신도 모르게 인상을 찌푸렸다. 하지만 이내 의문이 들었다.

"노사의 아들 내외 분을 죽였다면 어째서 손자는 죽이지 않은 것일까요?"

노인의 눈에서 강렬한 안광이 폭사되었다. 신선처럼 고고하던 그의 기품은 더 이상 느낄 수 없었다. 자욱한 살기를 담은 그의 눈빛에서는 오랜 세월 뼛속 깊이 사무쳤던 증오만이 깊게 새겨져 있었다.

"나는 오래전 무림에 몸담은 이들의 간곡한 부탁을 들어준 적이 있었다. 나는 그 대가로 손자의 벌근세수를 요구했고, 그 아이는 소위 무림인들이 말하는 임독양맥(任督兩脈)의 타통을 이룰 수 있었지. 그 어떤 무림인이라도 그 아이를 탐내지 않을 수 없었을 거야. 실제로 무당이나 화산의 친구들이 그 아이를 자신들의 사문에 맡겨주기를 내게 부탁했으니 말이야. 하지만 난 강경히 거절했다. 그 아이는 진씨 가문의 유일한 혈육. 의가를 계승해야 했기 때문이지."

노인의 입에서 진씨 의가가 언급되는 순간, 운검의 안색이 급격히 창백해졌다.

'설마……!'

운검은 비로소 노인이 무림에서 모습을 감춘 진씨 의가의 가주, 진자겸임을 깨닫고 경악하여 외쳤다.

"오해입니다! 노사께서는 지금 엄청난 오해를 하고 있습니다!"

"사형?"

놀란 표정으로 자신을 바라보는 진영인을 제치며 운검이 앞으로 나섰다. 하지만 진자겸은 싸늘한 표정으로 운검의 말을 잘랐다.

“오해라… 진실을 감추기에 적당한 단어로군. 하지만 과연 그럴까?”

이어진 진자겸의 말에 진영인은 엄청난 충격을 받았다.

“그렇다면 어째서 이 아이는 아무것도 모르고 있는 것이지? 그것은 너희가 고의로 진실을 감추었기 때문이 아닌가? 명문정파라는 형산이 무고한 이를 죽이고 그들의 아이를 강탈해 간 사실이 알려지는 게 두려웠던 게 아닌가?”

“아닙니다. 그건…….”

운검은 급히 진자겸의 말을 반박하려 했다. 하지만 그보다 더욱 빠르게 진영인이 운검을 막아섰다.

“사형… 이게 대체 어찌 된 일입니까?”

“영인…….”

운검이 당황하여 입을 열지 못하고 있을 때 한 맺힌 진자겸의 음성이 공기를 울렸다.

“진유하, 그것이 너의 본래 이름이다. 나는 수소문 끝에 아들 내외를 죽이고 너를 납치해 간 곳이 형산파라는 것을 알게 되었다. 그리고 그날 이후 복수를 결심했지. 하지만 쉽지가 않았다. 연고가 있던 구대문파에 서신을 보냈건만 돌아온 것은 터무니없다는 답변뿐이었지. 나는 힘을 기르기로 했다, 모습을 감추고 모든 원흉인 형산을 없앨 힘을. 하지만 그것은 너무나 힘든 여정이었고, 나는 너를 보살필 여력이 없었다. 그래서 명검을 네게 보낸 것이다.”

“……!”

운검이 믿을 수 없다는 얼굴로 명검을 바라봤다. 그리고 진영인 역시 침울한 표정으로 서 있는 명검을 향해 고개를 돌렸다.

“명검 사제…… 지금 그 말…… 사실인가?”

“그렇습니다.”

명검이 고개를 끄덕이는 순간 진영인은 온몸의 힘이 빠져나가는 것을 느꼈다.

명검의 표정 역시 어두웠다. 허탈한 표정으로 자신을 바라보는 진영인의 눈빛과 배신감으로 일그러진 운검의 얼굴을 마주하는 것이 괴로웠기 때문이다.

“유하…… 진… 유하.”

힘없이 중얼거리는 진영인의 음성에 운검의 눈빛이 급격히 흔들렸다.

“영인! 내 말을 들어라!”

어깨를 붙들고 흔드는 손길에 진영인이 천천히 눈을 들어 운검을 바라봤다.

“사형…… 거짓말이죠? 사부님이 그럴 리가 없잖아요? 그렇죠?”

“영인…….”

탁.

운검의 손을 뿌리친 진영인이 돌연 미친 듯이 고함을 질렀다.

“거짓말이라고 말해줘요! 그가 한 말은 모두 거짓말이라고, 사부님과 사형이 나를 속인 건 없다고 말해줘요!”

“영인아…….”

“제발…… 제발 말해줘요.”

자신의 옷깃을 부여잡은 채 힘없이 무너져 내리는 사제의 모습에 운검은 가슴이 찢어지는 듯한 고통을 느끼고 있었다.

진영인을 끌어안고 운검이 입을 열었다.

"사제, 내 말 좀 들어봐."

운검은 자신이 알고 있는 모든 일을 설명하기 시작했다. 현검의 폭주와 그로 인한 형산의 몰락, 그리고 현검으로 얽히게 된 부모님의 죽음과 자신의 목숨으로 진영인을 구한 정명산인의 이야기까지.

"…그렇게 된 것이다. 네 조부께서 오해하시는 것도 당연하지만 사부님께서 진씨 의가를 찾아갔을 때는 이미 그곳에는 아무도 없었단다."

이때 진자겸이 차가운 조소를 터뜨렸다.

"그는 이십 년 넘게 너를 속여왔다. 만약 자신들이 한 점 마음의 부끄러움이 없었다면 어찌 이를 숨겨왔겠느냐? 이제와 그의 말을 믿는 건 아니겠지?"

"제 말에는 그 어떤 거짓도 없습니다. 노사께서 오해하시는 것도 충분히 이해합니다만……."

"그 입 다물라."

진자겸이 눈을 부릅뜨자 운검의 신형이 그대로 굳어졌다.

"왁!"

위협적인 기파가 심맥을 건드리는 순간 온몸의 기혈이 들끓어 오르며 눈앞이 깜깜해지는가 싶더니, 운검은 그대로 한웅큼의 피를 토하고 말았다.

바닥에 엎드려 피를 토하면서도 운검은 자신의 옷깃을 부여잡은 진영인의 손을 움켜쥐었다.

"영인… 내 말을 믿어야 한다. 나는… 사부님은 너를… 속인 것이 아니다.”

“그렇다면 어째서, 어째서 제게 말씀해 주시지 않으셨습니까?”

“그건…….”

왈칵.

힘겹게 말을 이어가던 운검이 또다시 피를 토했다.

“사형!”

보고만 있을 수 없었는지 명검이 앞으로 나서 운검을 부축했다. 그리고 그의 명문혈에 진기를 불어넣었다.

따듯한 진기가 기맥을 타고 휘둘자 비로소 운검은 정신을 차릴 수 있었다. 하지만 자신에게 진기를 불어넣은 것이 명검임을 깨닫고 냉정히 그의 손을 뿌리쳤다.

“자네의 도움은 필요없네.”

냉정한 운검의 말에 명검이 무거운 얼굴로 물러섰다.

운검은 다시 진영인을 끌어당겨 시선을 마주했다.

“영인, 사부님께서는 단지 네가 다치길 원하지 않으셨을 뿐이다. 마음의 상처로 아파하는 제자의 모습을 보는 것이 얼마나 괴로운 일인지 지금의 너라면 충분히 알 수 있을 것이다. 만약 아정의 마음에 고통을 줄 어떤 사실을 네가 알고 있다면 너는 아정에게 선뜻 이를 말해줄 수 있겠느냐? 마찬가지다. 사부님 역시 너를 염려하고 아끼는 마음에서 그리하신 것이다. 그분이 얼마나 너를 아끼시는지 누구보다 잘 아는 네가 아니더냐?”

혼란스러운 듯 진영인이 고개를 흔들었다.

“모르겠습니다. 누구 말이 진실이고, 누구 말이 거짓인지 모르겠습니다."

그때였다.

"유하야."

낯선 이름으로 부르는 진자겸의 음성. 그 안에 깃든 따스한 온기에 진영인은 부르르 어깨를 떨었다.

진영인은 자신에게 다가서는 진자겸의 모습을 멍하니 바라보았다.

'이것이었던가? 처음 만났음에도 그는 전혀 남처럼 느껴지지 않았다. 이것이… 혈육의 끌림이란 것일까?'

거의 본능적으로 진영인은 자신도 모르게 진자겸을 향해 한걸음을 내디뎠다.

순간 진영인은 자신의 발목을 붙든 억센 손길이 느껴졌다.

고개를 돌린 진영인의 눈에 엎드려 있는 운검의 모습이 들어왔다.

'사형……'

가슴속에 저릿하게 퍼지는 아픔. 그리고 그 순간 운검이 했던 말들이 주마등처럼 떠올랐다.

"꼴사납지? 기껏 반 시진의 검무로 이 모양이다."

"그동안 누구보다 가까운 곳에서 너를 지켜본 나다. 어떤 생각을 하고 있는지는 표정만 봐도 알 수 있지."

"사문을 위해 내가 할 수 있는 일이라곤 이것뿐이지 않느냐?"

"나는 너를 믿는다."

오래전 운검의 처소에서 그가 불같이 화를 내던 모습도 떠올랐다.

"나는 더 이상 무공을 익힐 수 있는 몸이 아니니 상관없다만, 너에게는 큰 화가 될 수도 있음을 잊지 말아야 할 것이다. 너마저 그리 된다면……."

사문을 위해 기꺼이 희생을 마다 않는 사람, 그리고 누구보다 자신을 이해하고 아껴준 사람, 그가 바로 운검이었다.

"사형……."

자신을 부르는 진영인의 음성에 운검이 고개를 들었다.

핏기 한 점 없이 창백한 얼굴과 입가에 흐르는 핏물. 그런 운검의 모습은 더없이 아프게 진영인의 마음을 파고들었다.

진영인은 말없이 운검의 손을 움켜쥐었다.

운검도 마주 잡은 손에 힘을 주었다. 비록 손은 얼음처럼 차가웠지만 진영인은 그 안에 흐르는 무엇과도 비교할 수 없는 뜨거운 정을 느낄 수 있었다.

이윽고 진영인이 운검의 손을 놓고 진자겸을 향해 다가섰다. 그리고 그 앞에 엎드려 입을 열었다.

"부탁드립니다. 부디, 사부님을 구해주십시오."

"유하야!"

진자겸의 외침에 진영인은 고개를 저었다.

"제 이름은 진영인입니다."

"……!"

잠시 진영인을 바라보던 진자겸이 으스러져라 주먹을 움켜쥐었다.

"진심이더냐? 너는 아직도 내가 그를 치료해 주길 바라는 것이냐?

그는 네 아비와 어미를 해친 형산파 사람이다. 설마 아직도 그자들이 네 사문이라 믿는 것이냐? 말해보아라, 정녕 그것이 네 진정한 뜻이란 말이냐?"

진영인이 눈을 들어 진자겸을 바라봤다.

"조부님께서 제게 하신 말씀이 거짓일 리 없겠지요. 하지만 이십 년 넘게 저를 대했던 그분의 마음 역시 거짓이 아니었습니다."

"이놈……."

"형산 문하가 아닌 조부님의 손자로서 이렇게 부탁드립니다. 제발 사부님을 도와주십시오. 부모님을 죽인 이가 형산 문하였다면 제 목숨을 구한 이 역시 형산 문하입니다. 더구나 그 원한이 아무리 깊다 해도 충분히 희석되고도 남을 만큼 이십 년은 결코 짧지 않은 세월입니다."

적지 않은 마음의 충격을 받은 듯 진자겸은 한참 동안 말없이 진영인을 바라보았다.

이윽고 진자겸이 진영인을 향해 입을 열었다.

"네게 있어 형산은 무엇이냐?"

"제 모든 것입니다."

단호한 진영인의 대답에 진자겸은 노기를 터뜨렸다.

"모든 것이라 했느냐? 네 부모의 원통한 죽음을 알고서도, 이십 년 동안 하루도 이를 잊지 못한 나의 원념(怨念)을 알고서도 어떻게 형산을 그처럼 두둔할 수 있는 것이냐?"

한 맺힌 진자겸의 음성에 진영인은 아무런 말도 할 수 없었다. 뼛속 깊이 새겨진 그의 원한이 너무나 깊어, 이미 자신의 몇 마디 말로 돌이킬 수 없다는 것을 깨달았기 때문이다.

그때였다.

"흥! 감히 쥐새끼가!"

차가운 콧웃음과 함께 진자겸의 한 손을 휘둘렀다. 그의 손을 떠난 강맹한 장력이 연못가의 전각을 향했다. 눈에 보이지도 않을 만큼 무시무시한 빠르기였다.

그 순간 전각 위에 숨어 있던 인영 역시 마주 장력을 뿌렸다.

쩌엉!

콰드드득!

장력과 장력이 충돌한 충격의 여파로 인해 전각이 무너져 내렸다. 그리고 그 충격을 발판 삼아 인영은 뒤로 훌쩍 물러서더니 그대로 담을 넘어 사라졌다.

진영인은 의아함을 금치 못했다.

'어째서 조 형이?'

내상을 입은 듯 피를 뿌리며 담을 넘던 인영. 한순간 진영인과 눈빛이 마주친 그는 조옥린이 틀림없었다.

이때 진자겸이 입을 열었다.

"여립."

"말씀하십시오."

진자겸의 음성에 정원 뒤쪽에서 굵은 음성이 들려왔다.

"쥐새끼를 처리해라."

"복명."

수하의 인기척이 사라지자 진자겸은 진영인을 바라봤다. 하지만 이미 그의 얼굴에는 온화함이 사라져 있었다. 싸늘하게 식은 눈빛으로 진영인을 응시하던 진자겸은 이내 냉정히 돌아섰다.

"조부님!"

"돌아가라."

그 말을 끝으로 진자겸은 그대로 걸음을 옮겨 장내를 떠났다.

멀어지는 진자겸의 뒷모습을 하염없이 바라보던 진영인은 그의 모습이 사라지자 무거운 한숨을 흘렸다.

진영인은 운검을 부축해 일으켜 세웠다.

그런 진영인을 향해 운검이 창백한 얼굴로 입을 열었다.

"영인, 괜찮은 것이냐?"

운검은 이내 자신이 어리석은 질문을 던졌다고 생각했다. 처음 만난 혈육으로부터 내동댕이쳐진 심정이 오죽하겠는가. 하지만 진영인은 쓸쓸한 웃음을 머금은 채 고개를 저었다.

"다른 방법을 찾아보아야 할 것 같습니다."

겉으로는 웃고 있으나 진영인이 느끼고 있을 괴로운 심정을 모를 운검이 아니었다.

"사형."

이때 자신을 부르며 다가서는 명검을 발견한 운검이 손을 들어 막았다.

"예전에 너에게 물었던 말을 기억하느냐?"

명검은 오래전 자신이 형산 문하가 맞느냐는 운검의 질문을 떠올릴 수 있었다.

고개를 끄덕이는 명검을 향해 운검이 다시금 입을 열었다.

"너는 그때 나에게 이렇게 대답했다. 너는 틀림없는 형산의 제자이

며 산문에 들어서는 순간부터 지금까지, 그리고 형산의 제자로 죽겠다
고.”

“사형…….”

“아직도 나를 사형이라 부르는군. 자네는 더 이상 나를 사형이라 부
를 필요도, 형산에 머물 필요도 없네.”

고개를 숙인 명검을 바라보는 운검의 눈에 지울 수 없는 아픔이 묻
어났다.

“진실 앞에 믿음의 대가는 너무나 가혹하군. 설마 네가…….”

말끝을 흐리는 운검을 대신해 진영인이 입을 열었다.

“그동안 수고했네, 명검 사제. 자네의 일은 누구에게도 언급하지 않
겠어. 이제 스스로 갈 길을 가게. 다만 적으로서 서로 마주하지 않길
바랄뿐이야.”

명검은 침묵했고, 그런 그를 씁쓸한 눈으로 바라보던 진영인은 운검
을 업은 채 발걸음을 돌렸다.

홀로 남겨진 명검은 진영인과 운검이 사라진 곳을 바라보며 한참 동
안 석상처럼 우두커니 서 있었다.

第三十二章

행로당가(行路唐家)

우드득!

탈골된 어깨를 제자리에 끼워 넣자 지독한 고통이 엄습해 왔다.

"크윽."

신음을 흘리던 조옥린의 눈에서 원독에 찬 독기가 흘러 내렸다.

'틀림없는 양인장이었다. 하지만 이 정도 위력이라니…… 십성의 양인장으로 받아쳤건만, 팔이 부러지고 말았다.'

조옥린은 피투성이가 된 자신의 오른팔을 들어올렸다. 시커멓게 부어 오른손은 이미 도를 잡을 수도 없을 만큼 망가져 있었다.

예전에 운검이 자신에게 대력금황기를 아느냐 물어보았을 때 조옥린은 의아함을 느꼈다. 이후 명검을 다그치는 운검의 모습에서 조옥린은 기이한 느낌에 휩싸였다. 어쩌면 명검이 자신의 집안을 풍비박산

낸 홍수와도 잇닿아 있을지 모른다고 직감한 조옥린은 진영인 일행을
몰래 미행했던 것이다. 그리고 그의 예상은 적중했다.

으드득.

이를 갈아붙이던 조옥린은 황급히 자신의 기척을 지웠다.

'끈질긴 놈!'

문득 가까운 곳에서 느껴진 살기에 조옥린은 내심 신음을 삼켰다.

아니나 다를까,

"이제 그만 나오시지. 사방에서 피냄새가 진동을 하는 데 언제까지
모습을 감추고 있을 셈인가?"

꽈앙!

그의 말이 채 사라지기도 전에 멀지 않은 곳에 위치한 바위가 산산
조각이 났다.

"……!"

그 위력에 조옥린은 내심 침음성을 삼켰다. 양인장이 아니고서는 이
와 같은 위력을 낼 수 없었다.

'젠장!'

지금과 같은 상태에서 그와 맞서는 건 무모한 일이었다. 끓어오르는
분노를 애써 억누르며 조옥린은 십 장쯤 떨어진 곳에 모습을 나타낸
흑포 사내를 바라봤다.

그 순간 그가 한 손을 들어올리는 것이 눈에 들어왔다.

'그랬군.'

의수(醫手)였다. 사내의 한쪽 팔은 손부터 시작해 어깨까지 송두리
째 금속으로 이루어져 있었다.

철그럭.

금속이 부딪치는 소리가 들려오나 싶더니,

꽈앙!

우지끈!

폭음과 함께 두꺼운 나무가 밑동만 남긴 채 부러져 나갔다. 그 위력을 다시 한 번 눈으로 확인한 조옥린은 그가 사용하는 무공이 양인장임을 확신할 수 있었다.

그 순간 의수를 지닌 흑포 사내가 비웃음을 흘렸다.

"산서조가의 후예가 이처럼 겁이 많은 위인일 줄은 몰랐군. 하긴 그렇게 쥐새끼마냥 숨어 있어야 목숨을 건질 수 있겠지. 그때처럼 말이야."

조옥린의 눈에서 새파란 한광이 튀어올랐다.

"개자식!"

수풀 속에서 뛰쳐나온 조옥린을 바라보며 진여립이 혀를 찼다.

"안타깝군. 조그만 더 모욕을 견디고 숨어 있었다면 자네를 인정했을 텐데 말이야. 순간의 분노도 다스리지 못하는 위인이 어찌 가문의 복수를 이룰 수 있겠는가?"

"닥쳐라!"

진여립이 웃음을 머금었다.

"살기만은 일품이군. 하지만 과연 그 손으로 양인장을 사용할 수 있을까?"

쿵.

진각을 구르자 진여립의 발이 흙 속을 파고들었다. 동시에 차가운

금속성을 내며 그의 의수가 허공을 후려쳤다.

쾌애애애액!

조옥린이 급히 양인장을 마주 뿌렸으나 그 위력은 현저히 줄어 있었다.

쾅!

"큽!"

튕겨져 오른 조옥린은 입에서 피를 뿜으며 실 끊어진 연처럼 날아가 부러진 나무 둥치 아래 처박혔다.

그런 조옥린을 향해 진여립이 다시금 의수를 들어올렸다.

"잘 가게."

고오오오.

진여립의 의수를 휘돌던 무지막지한 경기가 가볍게 휘두른 그의 손짓을 따라 허공을 갈랐다.

순식간에 눈앞으로 짓쳐드는 권풍을 발견한 조옥린은 암담한 심정에 질끈 눈을 감았다.

하지만 그보다 빠르게 그 앞을 막아선 인영이 있었다.

찌이이익!

비단폭이 찢어지는 듯한 소리와 함께 진영인이 휘두른 검에 의해 두 개로 나뉜 경력은 아슬하게 두 사람을 비껴갔다.

쾅! 쾅!

폭음과 함께 먼지가 치솟았고, 그사이를 헤치며 진영인이 앞으로 나섰다.

"네놈은!"

"당신이었군."

"진영인……."

진영인의 이름을 한 자 한 자 씹어뱉듯 나직이 읊조린 진여립의 눈에서 살기가 뚝뚝 흘러내렸다.

진여립의 시선을 담담히 받아 넘기며 진영인이 입을 열었다.

"돌아가시오. 당신은 그를 해칠 수 없소."

"크큭…… 대단한 자신감이군. 하나 나는 예전의 내가 아니다."

진여립이 물러설 기미를 보이지 않자 진영인은 나직이 한숨을 흘렸다.

"어쩔 수 없군."

진영인이 검을 들어올리자 폭풍 같은 기세가 그의 전신에서 쏟아져 나왔다.

"……!"

진여립의 표정에 긴장감이 감돌았다. 진영인의 기질이 지금까지와는 판이하게 달라졌음을 깨달은 것이다. 단순히 검을 중단으로 들어올리기만 했는데도 진여립은 미간이 쪼개질 듯한 예리한 검기 앞에 온몸이 고스란히 드러난 듯한 착각을 느껴야만 했다.

하지만 이도 잠시.

자신의 의수를 힘껏 움켜쥐며 진여립은 내력을 극성으로 끌어올렸다.

이미 양인장을 얻어 대성을 이룬 그는 이전과 비교할 수 없는 무위를 지니고 있었다. 더구나 진자겸의 의술과 신기수사의 기술이 집대성된 자신의 의수는 양인장을 수백 번 뿌려도 그 반탄력에 인해 부서지지 않을 만큼 튼튼했다.

살을 에는 듯한 칼날 같은 기파에 잠시 흠칫했으나 진여립은 이내 진영인이 아닌 천하의 누구와 싸워도 두렵지 않은 심정이 되었다.

"죽엇!"

진여립의 입에서 자신에 찬 함성이 터져 나왔다.

순간 진영인의 신형이 허공을 육박해 진여립을 향해 날아들었다.

이에 맞서 진여립은 자신의 의수를 세차게 휘둘렀다.

콰아아아!

미친 듯이 날뛰며 짓쳐드는 양인장의 경력 앞에서도 진영인은 침착함을 잃지 않고 자신의 가슴을 향해 빠르게 다가오는 양인장을 검으로 맞받아쳤다.

쾅!

검과 장공이 충돌하면서 나직한 폭음이 터져 나왔다.

진영인의 신형이 한차례 휘청였다.

이를 본 진여립이 진영인을 향해 돌진하며 연달아 삼장(三掌)을 날렸다.

세 줄기의 양인장이 진영인의 목덜미와 양쪽 옆구리 부근으로 교차하며 날아들었다.

진영인은 손에 든 검을 흔들었다. 그러자 그의 검에서 새파란 검강이 솟구치더니 정면에서 날아오던 양인장이 그대로 와해되었다. 하지만 다른 두 가닥의 양인장은 한 치의 오차도 없이 진영인의 양쪽 옆구리에 지척까지 이르러 있었다.

그 순간, 진영인의 신형이 휘청이더니 두 양인장 사이를 교묘하게 빠져나왔다.

"큭!"

진여립은 진영인의 신묘한 움직임에 당혹스러운 신음을 토했다.

그때 진영인의 검이 움직이며 무수한 검영이 폭죽처럼 피어올랐다. 그리고 일 장에 달하는 주위의 공간이 온통 검의 소용돌이에 휩싸여 버렸다.

파파파파팡!

진여립은 안색이 변한 채 사력을 다해 양인장을 다섯 번이나 내갈겼다. 하지만 그가 뿌린 양인장들은 끝도 보이자 않는 검기의 그림자에 휘감겨 너무도 힘없이 사라져 버렸다.

진여립은 눈을 부릅떴다.

그 순간, 그는 자신이 끝도 보이지 않는 거대한 구름에 휘감긴 듯한 착각에 젖어들었다.

진여립은 눈을 부릅떴다. 하지만 그것이 운뢰중첩이 만들어낸 환상임을 알 리 없는 그로서는 사방을 에워싼 지독한 검기의 운무가 더욱 무서운 공격을 펼치기 위한 뇌운검결의 사전 초식임을 깨닫지 못하고 있었다.

츠팟!

무수히 피어오르는 구름 사이로 한줄기 검광이 번뜩였다.

진여립은 자신도 모르게 의수를 뻗어 이를 쳐내려 했다.

서컥!

새하얀 검광에 닿는 순간 그의 의수가 두부처럼 잘려 나갔다.

"……!"

그것이 끝이 아니었다.

한순간 코앞까지 짓쳐든 검광이 폭발하듯 짙어지더니 그의 의수는 그대로 박살나 팔방으로 흩어졌다.

쿵쿵쿵쿵!

진여립은 연거푸 네 걸음을 물러섰고, 그때마다 바닥에 깊은 족적이 새겨졌다.

"우웩!"

한 바가지가 넘는 피를 토한 진여립은 어깨 부분밖에 남지 않은 자신의 의수를 바라보며 피식 마른 웃음을 터뜨렸다.

"어째서 단리세가에 있어야 할 당신이 내 조부의 명령을 듣는 것이오?"

진영인의 질문에 진여립은 천천히 고개를 들어올렸다.

자신을 바라보는 진여립의 눈에서 이미 생명의 빛이 급격히 사그라들고 있음을 깨달은 진영인은 한숨을 흘리며 검을 거두었다.

사실 양인장의 위력은 대단한 것이어서, 진영인조차 위험을 느껴 적당히 그를 상대할 수 없었던 것이다. 만약 한순간이라도 방심했다면 지금 피를 토하며 쓰러져 있는 사람은 진여립이 아닌 자신이었으리라.

"역시… 형산의 검은 무섭군."

그 말을 끝으로 진여립은 또다시 한차례 피를 게워냈다. 그리곤 초연한 표정으로 진영인을 바라봤다.

진여립은 알고 있었다, 중첩된 양인장의 반탄력이 내부를 뒤흔들어 온몸의 기맥이 토막토막 끊어졌다는 것을.

"조만간… 당신은 선택의 기로에 놓이게 될 것이오. 하나를 택하면 하나를 잃는…… 결코 두 가지를 모두 얻을 수 없는 그런……."

말없이 자신을 바라보는 진영인을 향해 진여립이 씨익 웃으며 말을 이었다.

"당문으로 가시오. 그곳에서 당신은 해약을 구할 수 있을 것이오."

"당문?"

"그렇소. 당신이 죽인 등사격은 가짜였소. 그는 신선폐라는 당문의 절독을 사용해 사황곡주의 흉내를 낸 것 뿐. 진짜 등사격은……."

진여립의 호흡이 급격히 가늘어지기 시작했다. 그래서 마지막 말은 거의 들리지 않았다.

바위에 등을 기댄 채 진여립은 고개를 떨궜다. 그리곤 그대로 숨을 거두었다.

무거운 표정으로 잠시 진여립의 시신을 바라보던 진영인은 신형을 돌려 가쁜 숨을 몰아쉬는 조옥린을 향해 다가섰다.

"어째서 조 형이 이곳에 있는 것이오?"

조옥린은 이글거리는 눈을 들어 진영인을 노려봤다.

"당신의 조부와 저자가 사용한 무공. 그것은 틀림없는 양인장이었소."

원한이 묻어나는 조옥린의 음성에 진영인은 아무런 말도 할 수 없었다. 비록 단편적이긴 했으나 진여립으로부터 들은 이야기로 많은 것을 추측할 수 있었던 것이다.

"미안하오."

진영인이 할 수 있는 말은 그것뿐이었다.

한참 동안 진영인을 노려보던 조옥린은 비틀거리며 일어서더니 뒤도 돌아보지 않고 걸음을 옮기기 시작했다.

"영인……."

고개를 돌린 진영인은 자신을 향해 다가서는 운검을 향해 쓰게 웃어 보였다.

"아무래도 암류가 밝혀진 것 같습니다."

운검이 괴로운 표정으로 고개를 끄덕였다.

진영인은 신형을 돌려 진자겸의 장원이 위치한 방향을 바라봤다.

'사황곡주가 가짜라 하더라도 그는 암류에 속해 있는 인물. 게다가 그와 당문과 관계되어 있다는 것을 언급한 진여립은 조부님의 명을 따르는 자.'

모든 일련의 상황이 뺄 수 없는 증거가 되어 진자겸을 중심으로 얽혀 있었다. 그것이 진영인의 마음을 답답하게 옥죄고 있었다.

이 모든 음모는 자신의 조부인 진자겸으로부터 비롯된 것.

그제야 진영인은 오래전 자신의 검에 죽어가던 단리호가 퍼붓던 저주의 의미를 깨달을 수 있었다.

"나의 존재가 형산의 재앙……."

나직이 중얼거리는 진영인의 음성에 운검은 안타까운 얼굴로 한숨을 흘렸다.

너무나 갑자기 조우한 진실. 그 가혹하고 잔인한 진실 앞에 진영인이 느끼고 있는 마음의 충격을 그라 해서 어찌 모를까. 명검의 일부터 시작해 이래저래 마음이 어지럽고 혼란스러운 것은 그 역시 마찬가지였다.

무거운 침묵을 깨며 먼저 입을 연 것은 진영인이었다.

"당문에 다녀와야겠습니다."

"단신으로는 무리다. 일단 화산으로 돌아가서……."

"그러기엔 너무도 시간이 촉박합니다. 저 혼자 가겠습니다."

고집스러운 진영인의 태도에 운검은 힘없이 고개를 끄덕였다.

운검은 지금까지 등에 매고 있던 천을 풀어 그 안의 물건을 진영인에게 건넸다.

"이것은……."

"이미 사부님께서 쓰러진 이상 자전뇌검을 다룰 자격이 있는 사람은 너뿐이다."

"사형……."

"자전뇌검은 형산의 상징. 반드시 사문에, 사문에 돌려줘야 할 신물임을 네가 가장 잘 알 것이다. 그러니……."

운검은 말끝을 흐렸으나 진영인은 그가 무엇을 말하고자 하는지 알 수 있었다.

자전뇌검을 건네받으며 진영인이 고개를 끄덕였다.

"반드시 돌아와 자전뇌검을 사부님께 돌려드리겠습니다."

"조심해라, 영인."

"사형도 조심하십시오."

그 말을 끝으로 진영인의 모습이 운검의 시야에서 사라졌다.

*　　　*　　　*

탁자 위에 놓인 유등의 불빛만이 어둠을 밝힐 뿐, 사위는 적막에 잠겨 있었다.

탁.

펼쳐진 서책을 덮으며 진자겸은 유등의 불빛을 가만히 응시했다.

그렇게 얼마나 시간이 흘렀을까.

방문이 조용히 열리며 한 사람이 방 안으로 들어섰다.

"상심이 컸나 보군."

등 뒤에서 들려온 음성에 진자겸은 돌아보지도 않고 한숨을 흘렸다.

"나의 불찰일세. 그 아이가 그처럼 형산을 생각하고 있을 줄이야…
이십 년이란 세월의 무게를 너무 가볍게 봤어."

진자겸의 한탄에 그가 조용히 웃으며 입을 열었다.

"처음으로 자네가 세운 계획에 차질이 빚어졌군. 원래대로라면 자네
의 손자가 명검과 더불어 형산을 등졌을 테고, 이로 인해 일대제자 둘
을 잃은 형산은 크나큰 수치심을 느껴야 했을 텐데 말이야."

진자겸은 말없이 고개를 돌려 푸른 학창의를 걸친 노인을 마주했다.

입매를 말아 올리며 노인이 질문을 던졌다.

"이제 어찌할 셈인가?"

진자겸의 눈에서 기광이 번뜩였다.

"그 아이의 마음을 묶어둔 형산이란 존재를 지워 버리면 그뿐일세.
의지할 곳을 잃은 그 아이는 결국 나에게 돌아올 걸세."

"마침 잘됐군. 자네 손자가 당문으로 향했다는 수하들의 보고가 있
었네."

"여립이로군."

"멀지 않은 곳에서 그의 시신을 발견했지. 아! 그리고 당문에 해약

을 줘서 잘 돌려보내란 서신을 띄웠네."

"상관없네. 어차피 그 아이가 되돌아갔을 때 형산은 이미 잿더미가
되어 있을 테니."

"지금의 형산은 결코 만만히 볼 것이 아니네. 화산의 일도 있으니
말이야. 정파를 흔들 미끼라곤 하나 사황곡의 정예들이 그렇게 허무하
게 무너질 줄은 예상 못했거든. 더구나 그로 인해 구대문파는 더욱 경
각심을 지니게 되었으니 생각만큼 쉽지는 않을 거야."

잠시 진자겸 주위를 어슬렁거리던 노인이 궁금한 듯 입을 열었다.

"그런데 공야 늙은이의 발을 묶어둘 방법은 찾았나?"

고개를 끄덕인 진자겸은 탁자 위에 놓여 있던 서신을 집어 그에게
건넸다.

서신을 받아 그 안의 내용을 읽던 노인의 눈에 이채가 떠올랐다.

"흥미롭군!"

감탄성을 터뜨리는 노인에게 진자겸이 입을 열었다.

"아들을 잃은 단리종은 이미 제정신이 아닐세. 나는 그를 이용해 형
산을 치겠네. 물론 단리종 역시 형산에서 죽을 걸세. 단리세가의 가주
자리는 공석이 되고 구심점을 잃은 단리세가는 혁련이나 위지세가 중
한 곳에 흡수되겠지. 물론 혁련세가와 위지세가는 단리세가를 집어삼
키기 위해 자신들끼리 암투를 벌일 게 틀림없네."

"물론, 삼대세가 중 두 곳의 힘이 합쳐진다면 능히 천마성과 자웅을
겨룰 수 있을 테니까."

"천마성이 전복된다면 사실상 흑무련은 와해되겠지. 따라서 당장 떨
어진 발등의 불 때문에 공야 늙은이는 사실상 전면으로 나서지 못할

걸세.”

“그 틈을 노려 사황곡을 흡수한 귀왕곡과 삼방 중 두 곳이 정파와 전면 충돌을 일으킨다라…… 역시 자네의 귀계에는 탄복을 금치 못하겠군.”

진자겸은 대답 대신 노인으로부터 서신을 돌려받아 유등을 향해 가져갔다.

화르륵.

화염에 휩싸인 서신은 이내 재가 되어 방 안에 흩날렸다.

한참 동안 이를 바라보는 노인이 진자겸을 향해 입을 열었다.

“그런데 그 아이는 그대로 방치해 둬도 상관없는가?”

“어차피 유하가 돌아오면 그 아이 역시 우리의 수중으로 돌아올 걸세.”

“만약 자네의 손자가 자네에게 칼을 겨눈다면?”

스윽.

서슬 퍼런 진자겸의 눈빛을 정면에서 받은 노인이 어색한 웃음을 흘렸다.

“그렇게 정색할 것 없네. 어디까지나 가정일 뿐이니까.”

“그런 일은 없을 걸세.”

진자겸이 시선을 거두자 노인은 머쓱한 표정을 지으며 고개를 끄덕였다.

“그렇다면 계속해서 백명귀를 움직여도 되겠군.”

묵묵히 생각에 잠겨 있는 진자겸을 뒤로 하고 노인은 방을 나섰다.

그가 사라지고 얼마 있지 않아 명검의 인기척을 느낀 진자겸이 천천히 돌아섰다.

"무슨 일이냐."

진자겸의 음성에 명검이 안으로 들어섰다. 그리고 진자겸을 바라보며 조심스럽게 입을 열었다.

"저는 노사께 처음 약속했던 것을 모두 이행했습니다."

"그래서?"

"그만 저를 놓아주십시오."

"…좋다."

약간의 침묵 끝에 진자겸이 이를 수락하자 명검은 신형을 돌렸다.

"이제 어디로 갈 것이냐?"

진자겸의 질문에 명검이 힘없는 음성으로 대답했다.

"제가 있어야 할 곳은 오직 한 곳뿐입니다."

"어리석구나. 네가 형산으로 돌아간들 누구도 너를 반기지 않을 것이다."

"알고 있습니다."

"형산은 머지않아 사라질 터. 그래도 돌아가려 하느냐?"

명검은 대답하지 않았다.

약간의 시간이 흘러 진자겸이 다시금 입을 열었다.

"그동안 수고했다. 다음에는 적으로서 만나겠구나."

"노사께서 베푸신 은혜는 결코 잊지 않겠습니다."

진자겸을 향해 공손히 예를 갖춘 명검은 그 말을 끝으로 뒤돌아 방을 나섰다.

탁.

방문이 닫히고 일렁이는 유등의 불빛을 따라 벽에 드리운 그림자 역시 끊임없이 흔들리고 있었다. 이를 응시하는 진자겸의 눈빛 역시 더없이 무겁게 가라앉았다.

*　　　*　　　*

쏴아아아.

하염없이 쏟아지는 비로 인해 손님의 발길이 끊긴 객점은 한적하기 그지없었다. 난데없는 폭우에 발이 묶인 몇몇 상인들만이 탁자를 사이에 두고 담소를 나누며 비가 그치기만을 기다리고 있을 뿐이었다.

"지겹군."

의자에 비스듬히 기댄 채 창밖을 응시하던 화의중년인이 무료한 듯 중얼거렸다. 하지만 이는 오래가지 않았다.

쫘라라락.

주렴을 헤치며 들어서는 인영을 발견한 중년인의 눈에 이채가 떠올랐다.

한 자루 검을 등에 비껴 멘 청년이었다. 그는 빗속을 뚫고 온 듯 온몸이 흠뻑 젖어 있었는데, 잠시 객점 안을 둘러보더니 가까운 탁자를 향해 걸음을 옮겼다.

"우기(雨期)도 아니건만 무슨 놈의 비가 이렇게 오는지 원."

슬쩍 입을 열며 청년에게 다가선 중년인은 미리 준비해 둔 마른 수건을 건네며 사람 좋은 웃음을 머금었다.

"어서 오십시오. 주문은 뭘로 하시겠습니까?"

"간단히 요기할 수 있는 걸로 주시오."

청년의 대답에 중년인의 표정이 묘하게 일그러졌다.

"저희 영빈루(瑛彬樓)에는 처음이십니까?"

"그건 왜 묻소?"

청년의 반문에 중년인은 기다렸다는 듯이 입을 놀리기 시작했다.

"자고로 사천하면 음식. 특히나 사천의 중심인 이곳 성도에서 백 년이 넘는 역사를 자랑하는 저희 영빈루의 음식은 고관대작들과 유명한 강호 무인들도 찬사를 아끼지 않습니다. 마파두부와 같은 서민적인 음식부터 시작해 스님들조차 그 향기에 취해 담을 넘었다는 불도장(佛跳牆)까지, 모든 음식이 준비되어 있습니다."

중년인의 자화자찬에 진영인은 못미더운 표정으로 주위를 둘러봤다. 전체적으로 낡고 허름한 건물의 외양과 어두운 실내 분위기를 지닌 이곳에 과연 고관대작들이 찾아올까 하는 생각이 들었던 것이다.

진영인의 표정을 읽었음인지 객점의 주인인 듯한 중년인이 정색을 하며 입을 열었다.

"물론, 세워진 지 오래되어 건물이 좀 누추하긴 하지만 그래도 음식만은 일품입니다. 며칠 전만 해도 그 유명한 당가의 가주께서 친히 식솔들을 이끌고 이곳을 왕림하셨지요."

중년인이 당가를 언급하는 순간 진영인의 얼굴에 싸늘한 살기가 떠올랐다.

"당가가 이곳에서 가깝소?"

"동쪽 관도를 따라 일각쯤 걷다 보면 바로 당가의 정문이 보이지요. 그런데 손님께서는 당가에 용무가 있으십니까?"

진영인이 묵묵히 고개를 끄덕이자 중년인의 얼굴이 밝아졌다.

"어이쿠, 당가의 손님이시라면 저희에게도 귀한 손님입지요. 이놈들아, 거기서 멀뚱히 서 있으면 어떡해? 빨리 차부터 내와라."

우두커니 서 있는 점소이들을 향해 호통을 친 중년인은 아예 진영인 맞은편 의자에 앉아 이야기를 늘어놓기 시작했다.

"그러고 보니 손님께서는 무림인 것 같군요. 어디에서 오셨습니까?"

"그건 왜 묻는 거요?"

"하하, 저는 한눈에 손님께서 무림의 청년고수임을 알아봤습니다. 뭐랄까, 얼굴에서 범인들과 다른 귀인의 광채가 흐른다고 할까요?"

너스레를 떠는 그의 모습에 진영인은 내심 쓴웃음을 삼켰다.

약삭빠른 미소를 띠고 중년인이 넌지시 입을 열었다.

"부디 당가의 분들과 이곳을 지나시게 되면 꼭 한번 들러주십시오."

그제야 진영인은 중년인이 자신을 추커세우는 이유를 알 수 있었다.

이때 점소이가 다기와 찻주전자를 가져와 탁자 위에 올렸고, 중년인은 손수 진영인의 잔에 차를 따랐다.

"차가운 비는 몸을 상하게 하지요. 아주 질 좋은 일등급의 용정차입니다. 이걸로 몸부터 녹이십시오."

진영인은 말없이 찻잔을 들어 입으로 가져갔다. 그리 큰 기대를 하지 않았으나 의외로 차 맛은 훌륭했다. 특히나 입 안 가득 퍼지는 향긋함은 지금까지 진영인이 맛본 차들 중 단연 일품이었다.

"좋은 차로군요."

진영인의 감탄에 중년인은 웃으며 고개를 끄덕였다.

"물론이지요. 귀한 손님에게만 접대하는 특별한 차니까요."

이윽고 진영인이 찻잔을 비우자 점소이가 부리나케 움직이기 시작했다. 그리곤 주문하지도 않은 음식들을 주방으로부터 날라왔다.

"난 아직 음식을 시키지 않았소."

"하하하. 이건 단지 제 성의니 부담가지지 마십시오. 다만 저와 하셨던 약속만 지켜주시면 됩니다."

진영인은 내심 어이가 없었다. 일방적인 부탁을 어찌 약속이라 할 수 있을까. 더구나 자신이 당문을 방문한 목적을 알게 되면 그는 아마 거품을 물고 쓰러지리라.

진영인이 좀처럼 음식을 들 생각을 하지 않자 중년인이 조바심을 내며 입을 열었다.

"음식이 마음에 드시지 않습니까?"

걱정스러운 표정으로 바라보는 중년인의 모습에 진영인은 마지못해 젓가락을 들었다.

"훌륭하군요."

진영인의 칭찬에 중년인이 당연하다는 듯 고개를 끄덕였다.

"당연하지요. 먼 길을 마다 않고 본 가를 방문하신 남악신룡에게 어찌 접대가 소홀할 수 있겠습니까?"

"……!"

굳어진 진영인의 얼굴을 바라보며 중년인이 환하게 웃으며 말을 이었다.

"화산에서의 활약은 익히 들어 알고 있소. 하지만 이렇게 직접 마주하니 다소 의외구려. 남악 형산의 이름을 떨쳐 울린 신룡이 이렇게 젊은 사람일 줄은 생각지 못했소."

"당신은 누구요?"

"나는 당조운이라는 사람이오. 당문의 추영대(追影隊)의 대주를 맡고 있지."

당조운의 말이 끝나기 무섭게 탁자 이곳저곳에 흩어져 있던 사람들이 신형을 일으켜 진영인을 포위했다. 심지어 점소이마저 진영인을 에워싼 채 싸늘한 살기를 피워 올리고 있었다.

당문 특유의 폐쇄적인 가풍으로 인해 당가의 내부 인물에 대해서는 몇몇을 제외하곤 강호에 자세히 알려진 바가 없었다. 그러나 가주인 쌍수전원(雙手纏猿) 당교원(唐喬原)과 다섯 명의 장로, 그리고 이들을 제외하고 가장 강하다고 알려져 있는 당가십걸(唐家十傑)이라 불리는 열 명은 하나같이 사천에서 혁혁한 명성을 날리고 있었다.

비록 당조운은 당가십걸에 포함되지 않았지만 진영인은 그 이름이 낯설지 않았다.

혈족으로 구성된 당가는 집요함으로 유명했다. 당가의 누군가가 죽임을 당하면 그 상대가 누구든 간에 피로 빚을 갚았고, 그 대부분을 추영대가 도맡아왔다. 사천에 당문이 자리잡은 이후 그들의 끈질긴 추적과 잔인한 손속에서 벗어난 인물이 전무하다 할 만했고, 따라서 당조운의 이름은 대외적으로 널리 알려져 있었던 것이다.

탁.

진영인이 젓가락을 내려놓자 당조운이 의미심장한 웃음을 흘리며 입을 열었다.

"왜, 음식이 입맛에 맞지 않소? 그래도 좀 더 들지 그러오? 북망산(北邙山)에 이르는 길은 멀고도 머니 미리 든든히 배를 채워두는 것이 좋을 텐데."

북망산은 하남성 북쪽에 위치한, 낙양의 작은 산이었다. 낙양은 오랜 세월 흥망을 거듭한 여러 나라의 도읍지로서, 그만큼 많은 귀인과 명사들로 유명했고, 이들은 죽은 뒤 대부분이 북망산에 묻혔다. 이와 같은 연유로 어느 때부터인가 북망산이라고 하면 무덤이 많은 곳, 사람이 죽어서 가는 곳처럼 쓰이게 되었고, 지금 당조운이 언급한 '북망산에 이르는 길' 역시 죽음을 뜻하는 말이었다.

차갑게 얼굴을 굳힌 채 진영인은 등에 맨 자전뇌검을 향해 손을 가져갔다.

당조운이 웃으며 진영인을 만류했다.

"잠깐, 그러지 않는 것이 좋을 걸세."

어느새 당조운은 진영인에게 하대를 하고 있었다. 하지만 이어진 그의 말에 진영인은 침음성을 흘리며 당조운을 노려보았다.

"자네가 마신 용정차에는 자오분심(子午焚心)이, 그리고 요리에는 상린남영(祥鱗藍影)이 들어 있다네. 비록 미량이어서 눈치채지 못하고 있었겠지만, 자네가 진기를 끌어올리는 순간 상극을 이뤄 대치하고 있던 두 가지 독의 균형이 무너질 것이고 그럼 자네는 그대로 한 줌 핏물이 되고 말 것이야."

사람 좋던 미소는 온데간데없이 사라지고 당조운의 얼굴에는 어느새 싸늘한 조소만이 감돌고 있었다.

"군자산(君子散), 견혼수(牽魂水) 등과 더불어 본 가가 자랑하는 사대극독(八大劇毒)을 두 가지나 맛본 소감이 어떤가?"

"귀한 음식이라 누차 강조한 이유가 이 때문이었나?"

체념한 듯 한숨을 터뜨린 진영인이 당조운을 바라봤다.

"당신은 나를 기다리고 있었군."

"열흘 동안 꼬박 이곳을 지켰지. 나뿐만이 아니야. 본 가에 이르는 길목에 위치한 객점들 대부분에 당가의 식솔들이 배치되어 네놈을 기다리고 있었지. 네놈은 이곳을 찾은 것이고."

"내가 당문을 찾아오리란 것은 어떻게 안 것이오?"

"네놈이 이곳으로 향하고 있다는 서신이 도착했다. 인상착의부터 네놈이 지니고 있는 검의 특징까지 자세히 기술되어 있었지. 그래서 나는 네가 이곳에 들어서는 순간 바로 알아볼 수 있었다."

진영인의 표정이 어두워졌다.

'서신이라……'

자신의 조부인 진자겸이 당문과 손을 잡고 있다는 것은 이미 알고 있었다. 당조운이 언급한 서신은 그의 조부가 당가에 보낸 것이리라.

진영인은 참담한 마음을 금할 수 없었다.

진자겸의 깊은 원한을 모르는 것은 아니다. 하지만 자신의 유일한 핏줄마저 복수를 위해 가차없이 집어던질 줄은 예상하지 못했다.

'당신은 정말 지독한 사람이군요.'

진영인은 그간 가슴속에 지니고 있던 혈육에 대한 한줄기 기대마저 산산이 부서지는 것을 느꼈다.

이때 당조운이 자욱한 살기를 흘리며 다가섰다.

"한 가지 더 알려주지. 네놈이 죽인 그 아이는 나의 조카였다. 일검에 심장이 갈라진다거나, 단숨에 목이 떨어지는 단말마의 고통을 기대했다면 포기해라. 너는 죽음보다 앞서 세상에서 가장 잔인한 방법으로

지옥을 경험할 것이다."

그의 엄포에 진영인이 피식 웃음을 터뜨렸다.

"그런데 당신도 참 사람이 좋군. 나의 질문에 꼬박꼬박 대답해 주는 이유가 무엇 때문이오?"

"곧 죽을 놈에게 무슨 말을 못해주겠는가?"

묵묵히 침묵을 지키던 진영인이 고개를 흔들며 신형을 일으켰다.

"당신은 틀렸소."

스르릉.

나직한 울음을 토하며 자전뇌검이 푸른 검신을 드러냈다.

"흐흐흐, 그래 발버둥 쳐봐라. 그래 봐야 고통만 더욱 커질……!"

비웃음을 흘리던 당조운의 신형이 그 자리에서 굳어졌다. 자신을 응시하는 진영인의 눈빛은 결코 중독된 사람이라 믿을 수 없는 무시무시한 기파를 뿜어내고 있었던 것이다.

"왁!"

두 자 남짓한 가까운 거리에서 진영인이 내뿜는 무형지기를 정면으로 마주한 당조운은 그대로 왈칵 피를 토했다.

창백한 표정으로 당조운이 입을 열었다.

"네… 네놈……. 어떻게……."

"나는 처음부터 중독되지 않았소."

그 말과 함께 진영인은 품속에서 벽옥패를 꺼내 보였다.

당조운의 눈이 더없이 크게 홉떠졌다.

"네놈이 어떻게 그것을!"

"당신의 조카가 지니고 있던 물건이오."

"말도 안 되는 소리! 그것은 가주의 신물. 아무리 당문기 그 아이라 할지라도……."

말끝을 흐리던 당조운이 믿을 수 없다는 표정으로 중얼거렸다.

"설마 형님이? 그럴 리가……."

"이것으로 당신들이 자랑하던 독은 나에게 아무런 위해도 가할 수 없소. 돌아가 전하시오. 나는 굳이 당신들과 충돌하고 싶지 않으니 신선폐의 해약만 건네면 곱게 돌아갈 것이라고."

비틀거리며 물러선 당조운이 진영인을 노려봤다.

"독만이 당문의 전부가 아니다."

당조운이 뒤로 훌쩍 신형을 날리며 소매 속에서 시커먼 철통을 꺼내 진영인을 겨눴다.

이를 신호로 진영인을 에워싸고 있던 당조운의 수하들 역시 각각 품 속에서 길죽한 못처럼 생긴 암기를 꺼내 양손에 거머쥐었다. 당문의 성명암기인 이화정이었다.

"정녕 피를 보고자 하는 것이오?"

"미친놈, 당가가 그리 만만해 보이더냐!"

진영인의 싸늘한 음성에 당조운이 고함을 지르며 수하들에게 신호를 내렸다.

진영인이 급히 운영미보를 펼쳐 뒤로 물러섰다.

파파파팍!

방금 전 진영인이 서 있던 자리에 오십여 개의 못이 깊숙이 박혔다.

진영인의 눈에서 짙은 안광이 폭사되었다.

그 순간 다시금 일제히 오십여 개의 폭우정이 허공을 갈랐다.

쐐애애액!

날카로운 파공음과 함께 진영인을 향해 쇄도하는 수십 개의 폭우정은 하나하나가 강철을 찢고 남을 힘이 실려 있었다. 더구나 이처럼 좁은 공간에서 팔방을 차단한 폭우정을 피할 수는 없었다.

아니나 다를까,

비처럼 쏟아지는 암기 속에서 우두커니 서 있는 진영인의 모습에 당조운은 득의 어린 웃음을 머금었다.

그때였다.

"……!"

그 속에서 흔들림없는 진영인의 눈빛을 발견한 당조운은 까닭 모를 불길함이 엄습하는 것을 느꼈다.

쿠웅!

진영인이 진각을 구르자 마룻바닥이 요동을 치며 그 반동으로 인해 바닥에 박혀 있던 폭우정이 허공으로 튕겨 올랐다.

'저놈이 무슨 짓을?'

의아해하던 당조운의 얼굴이 경악으로 딱딱하게 굳어졌다.

"피해!"

고함과 함께 당조운은 장력을 뿌리며 뒤로 물러섰다. 하지만 그의 수하들은 그러지 못했다.

폭우정의 빗속에 갇혀 있던 진영인의 검끝에서 무시무시한 검기가 해일처럼 일어났다.

째앵!

진영인이 검을 휘두르자 날카로운 소리와 함께 산산조각난 폭우정의 파편이 사방으로 되튕겨지기 시작했다.

따다다다당!

파편에 부딪쳐 궤도가 어긋난 폭우정은 처음의 목표를 잃고 당조운의 수하들을 덮쳤다.

"컥!"

"크아악!"

수하들의 비명 소리에 당조운은 부르르 진저리를 쳤다. 무언가 희끗한 섬광이 번쩍이나 싶더니 수하들이 목과 가슴을 움켜쥔 채 피를 뿌리며 쓰러졌던 것이다. 하지만 그게 끝이 아니었다. 뒤이어 수십 줄기의 예리한 검기가 반경 십 장에 달하는 공간을 뒤덮었다.

"크윽!"

수치심을 무릅쓰고 당조운은 나려타곤의 수법으로 바닥을 굴렀다.

벽에 부딪쳐 더 이상 물러설 곳이 없어진 당조운은 망연자실한 표정으로 진영인이 벌이는 핏빛 춤사위를 바라볼 뿐이었다.

그의 수하들은 당조운이 직접 훈련시킨 당문의 정예였다. 하나 자신을 제외한 누구도 진영인의 가공할 검기로부터 벗어날 수 없었다.

후두두둑.

이윽고 검기가 사라지자 허공을 매운 자욱한 피안개가 마룻바닥 위로 쏟아졌다.

"이 정도였나……."

지독한 두려움에 질려 당조운은 심하게 음성을 떨고 있었다. 조금만 동작이 굼떴어도 그 역시 수하들과 마찬가지로 검기에 휩싸인 채 난도질당하고 말았을 것이다.

진영인이 검을 거두고 당조운을 노려봤다.

진영인의 두 눈에서 쏟아지는 살기 앞에 당조운은 온몸이 마비되는 듯한 착각을 일으켰다. 하지만 진영인의 입에서 나온 말은 뜻밖이었다.

"돌아가시오."

자신을 살려주리라곤 생각지 못했기에 당조운은 일순 아무런 말도 할 수 없었다. 그러나 이내 당조운은 자신의 손에 들려 있는 천왕침통(天王針筒)의 존재를 깨달았다.

손잡이 부분의 작은 흠을 누르면 눈에 보이지도 않는 속도로 강침이 쏟아져 십 장 안을 초토화시키는 살인적인 암기. 지닌 파괴력이 너무나 커 당문의 직계 자손들에게만 주어지는 팔대암기 중 하나였다.

"죽엇!"

발작적으로 외친 당조운이 천왕침통을 진영인에게 겨누었다.

퓨퓨퓨퓨퓻!

미세한 파공음과 함께 수천 발의 천왕침이 진영인의 전면으로 폭사되었다. 그러나 허공을 가득 메운 암기들을 바라보는 진영인의 눈빛은 한 점 흔들림도 찾아볼 수 없었다.

천왕침들이 지척에 이르는 순간 진영인이 검을 들어올렸다.

쩌저저저정!

금속을 두드리는 듯한 소리가 연이어 터져 나왔고, 당조운은 넋 나간 얼굴로 진영인을 바라봤다.

"호신강기(護身剛氣)?"

무형의 힘에 붙들린 듯 천왕침들이 진영인과 한 자의 거리를 유지한 채 허공에 멈춰서 있었다.

그러나 이도 잠시. 진영인이 천천히 검을 늘어뜨리자 힘을 잃은 천왕침들이 후두둑 바닥에 떨어졌다.

압도적인 진영인의 무위에 당조운은 아무런 말도 할 수 없었다.

잠시 후 당조운이 비틀거리며 신형을 일으켰다.

"알겠다. 일단 물러가겠다. 하지만 너는 조만간 홀로 당문과 대적하는 것이 얼마나 어리석은 일인지 깨달을 것이다."

"이미 늦었소."

의아해하는 당조운은 안타까운 눈으로 바라보는 진영인의 시선을 따라 천천히 고개를 숙였다.

당조운의 얼굴이 딱딱하게 굳어졌다.

상반신 옷자락은 너덜너덜해져서 맨살이 훤히 드러나 있었다. 그리고 가슴은 종횡으로 그어진 수십 개의 검흔으로 뒤덮여 선혈이 낭자했다.

그 검흔들을 보는 당조운의 눈은 가늘게 떨리고 있었다.

"대체 언제……."

"당신이 암기를 내게 겨눴을 때."

"쿨럭!"

입에서 시커먼 피를 한사발이나 쏟아낸 당조운은 입술을 달싹이며 무언가를 말하려 했다. 하지만 막 입을 열려 하는 순간 돌연 그의 가슴에 새겨진 검흔이 쩍 갈라지며 피보라를 뿜어냈다.

털썩.

무너진 당조운의 신형이 핏물에 잠겼다.

주위를 둘러보는 진영인의 눈이 우울하게 가라앉았다.

이윽고 진영인은 천천히 돌아섰다.

객점을 나서기 무섭게 차가운 빗줄기가 그를 반겼다.

쏴아아아.

얼굴을 두드리는 빗방울이 유독 따갑게 느껴졌다. 그러나 진영인이 겪고 있는 마음의 고통과는 비교할 수도 없었다.

'혈육의 연마저 내칠 만큼 그토록 원한이 깊었습니까?'

자신도 모르게 진영인은 입술을 질끈 깨물었다.

주륵.

입술이 터져 핏물이 턱을 타고 흘러내렸으나 정작 진영인은 아무런 아픔도 느끼지 못하고 있었다. 말로는 형언할 수조차 없는 마음의 고통에 비하면 육체의 통증 따위는 비교조차 할 수 없었던 것이다.

우지끈!

진영인이 객점을 나선 지 얼마 되지 않아 건물 전체가 한쪽으로 기울어졌다. 진영인의 검기에 휩쓸려 건물을 떠받치는 기둥들이 모조리 박살난 것이다. 그리고 잠시 후 객점이 한차례 휘청이나 싶더니 굉음과 함께 주저앉았다.

진영인은 다시금 걸음을 옮기기 시작했다. 하지만 그가 채 열 걸음을 딛기도 전에 오십여 명의 사내가 관도를 막아섰다.

"멈춰라!"

진영인은 눈을 들어 처음 입을 열었던 장비 수염의 중년인을 바라봤다.

"당신들도 당가 사람이오?"

진영인의 질문에 중년인이 흠칫하며 뒤쪽의 객점으로 시선을 던졌
다.

"설마……."

"그들은 죽었소."

무겁게 가라앉은 진영인의 음성에 중년인의 얼굴이 핼쑥하게 변했
다.

"형님이…… 죽었단 말이냐?"

비로소 진영인은 자신을 막아선 인물이 누구인지 알 수 있었다.

그는 당조추라는 자로, 자심염라(慈心閻羅)라는 명호로 더욱 유명한
당가십걸(唐家十傑) 중 한 명이었다. 그리고 객점에서 죽은 당조운의
동생이었다.

나직이 한숨을 흘린 진영인이 당조추를 바라봤다.

"나는 그들에게 충분히 경고했소. 하지만 그들은 듣지 않았고, 나로
서도 어쩔 수 없었소."

분노가 극에 이르러 온몸을 떨던 당조추가 눈을 부릅뜨며 고함을 질
렀다.

"네가 무슨 짓을 저질렀는지 아느냐!"

"나를 막지 마시오. 내 검이 당신들을 해칠지도 모르오."

그 말에 당조추가 빠드득 이를 갈며 진영인을 노려보았다. 비록 진
영인은 진심을 담아 충고했으나 혈육의 죽음에 격노한 당조추에게는
분노의 불길에 기름을 끼얹은 것과 다름없었다.

"크아악!"

괴성과 함께 당조추가 신형을 날렸다. 그의 손은 어느새 자줏빛으로

물들어 있었는데, 진영인은 그것이 당문의 절기인 삼양신장(三陽神掌)임을 직감했다.

그와 동시에 수하들로 보이는 오십여 명의 인물도 저마다 진영인을 향해 암기를 날리기 시작했다.

평생을 암기만을 수련해 왔던 자들의 합공은 진영인조차 처음 경험하는 무시무시한 위력을 지니고 있었다.

객점이 아닌 넓은 공간은 암기를 지닌 이들에게 상대적으로 유리했고, 그들의 일사불란한 움직임은 일정한 규칙을 따르는 진법과도 같았다. 더구나 암기로 인해 발이 묶인 진영인을 노리며 날아드는 당조추의 장공(掌功) 역시 당가십걸의 명성이 무색치 않은 위험이 담겨 있었다.

하나 이미 그 순간 진영인의 검은 허공을 미끄러지듯 유연하게 움직이며 수십 개의 검영을 그려내고 있었다.

그 검영들은 허공으로 비산했다가 순식간에 서로 뭉치더니 여섯 개의 검광으로 변해 당조추와 그의 수하들을 향해 폭사되었다.

뇌운검결의 절대 수비식. 패뢰파천이 펼쳐진 것이다.

꽈꽝!

검광과 암기가 마주쳤는데 어이없게도 폭음이 터져 나왔다.

"으아악!"

그리고 뒤이어 비명 소리가 터져 나왔다. 하지만 이내 폭음 속에 묻혀 사라져 버렸고, 세찬 경풍이 사방을 휩쓰는 가운데 드러나는 전경은 당조추를 경악케 하기에 충분한 것이었다.

암기를 뿌리며 달려들었던 수하들은 양팔이 잘려진 채 피바다 속에 쓰러져 있었고, 살아남은 몇몇 역시 부서진 암기의 파편이 전신에 박힌 채 벌레처럼 꿈틀거리고 있었다.

당조추 또한 진영인의 공격으로부터 무사할 수 없었다.

그의 오른팔은 손목부터 어깨까지 길게 찢겨 핏물이 솟구치고 있었고, 앞가슴은 피범벅이가 된 채 비틀거리며 계속 뒤로 물러서고 있었다.

그러다가 참을 수 없었는지 한바탕 검은 피를 게워냈다.

"으웩!"

진영인은 뒤로 몇 걸음 물러난 상태였다.

그의 왼쪽 소맷자락에는 비도가 지나가며 생긴 구멍이 선명히 뚫려 있었고, 허리 부근의 옷자락도 잘려져 약간의 선혈이 내비치고 있었다.

하지만 중인들이 놀랄 사이도 없이 진영인은 다시 몸을 날려 당조추를 향해 돌진해 갔다.

당조추는 제대로 몸을 가누지도 못하고 있다가 진영인이 자신에게 덤벼들자 얼굴이 시커멓게 변해 버렸다. 그로서는 지금 서 있기도 벅찬 상태였으니 진영인의 일검조차 받아낼 수가 없었던 것이다.

바로 그 순간, 어디선가 한 자루 비수가 진영인의 가슴팍으로 날아들었다.

비수가 날아드는 속도는 그야말로 엄청난 것이어서, 진영인은 당조추를 노리던 검을 돌려 이를 막았다.

깡!

불똥이 튀기며 장내에 잠시 적막감이 감돌았다.

진영인은 돌진하던 몸을 멈추고 비수가 날아온 곳으로 고개를 돌렸
다.

그곳에는 날카로운 눈매를 지닌 청의노인이 침중한 표정으로 한 걸
음 물러나고 있었다.

第三十三章

경천동지(驚天動地)

진영인과 시선이 마주치자 노인은 감탄인지 탄식인지 모를 소리를 내뱉었다.

"허어! 정말 굉장한 검기로군. 자네 나이에 이와 같은 검기를 발출하는 검객이 있다는 말은 아직까지 들어본 적이 없었네."

그의 음성은 얼굴에 떠올라 있는 표정만큼이나 무거운 것이었다.

진영인은 여전히 검을 든 채로 침착한 음성으로 물었다.

"귀하도 당가의 인물이오?"

무례한 진영인의 말투에도 노인은 아무렇지 않다는 듯 비수를 들고 있는 손을 쥐었다 펴며 고개를 끄덕였다.

"내가 바로 당중일일세."

진영인은 묵묵히 자신을 당중일이라 밝힌 노인을 바라봤다.

"당가의 장로이신 삼투불요(三投不要)셨군요."

당중일의 강호상에서의 배분은 진영인의 사부인 송현자보다 높아서 온명이나 덕명 산인과 비슷했다. 그러니 진영인이 비록 적으로 그와 조우했다고 해도 그의 신분을 알게 된 이상 함부로 반말을 할 수 없었다.

더구나 그는 진영인이 태어나기도 전인 사십 년 전부터 한 자루 비도로 명성을 날려온 인물이었다. 적을 쓰러뜨리는 데 결코 세 발 이상의 비도를 필요로 하지 않는다는 명호가 말해주듯, 그의 비도는 모든 암기를 넘어 정점에 이르러 있다는 것이 강호인들의 평이었다.

진영인이 자신을 알아보자 당중일은 습관처럼 고개를 끄덕이며 입을 열었다.

"소문 자자한 남악신룡을 만나게 되어 반갑네. 듣던 것보다 더욱 대단한 기도를 지녔군."

"저 역시 대협을 만난 것을 기쁘게 생각합니다. 하지만 지금은 상황이 별로 좋은 것 같지 않군요."

당중일의 표정이 눈에 띄게 굳어졌다. 자신의 신분을 알면서도 진영인은 전혀 물러날 생각이 없어 보였기 때문이다.

당중일은 아직도 충격에서 벗어나지 못한 채 비틀거리며 서 있는 당조추를 슬쩍 쳐다보더니 정색을 하고 진영인에게 시선을 고정시켰다.

"자네가 무슨 일 때문에 이곳에 와서 살수(殺手)를 펼치는지는 모르겠지만 그 정도로 해두게. 당가 전체를 적으로 돌려 형산파에 도움되는 것이 뭐가 있겠는가?"

진영인의 얼굴에 의아함이 떠올랐다.

'설마 그는 내가 당가를 찾아온 이유를 모르고 있단 말인가? 아니면 나를 속이기 위해 연극을 하는 것일까?'

이내 진영인은 마음을 굳히고 차가운 음성으로 입을 열었다.

"그렇다면 신선폐의 해약을 건네주십시오."

"신선폐의 해약? 자네가 그것을 어디에 쓰려고?"

진영인이 말없이 자신을 응시하자 당중일이 다시금 입을 열었다.

"신선폐는 본 가의 극독 중 하나. 그 독이 있기에 사람들은 우리를 두려워하지. 만약 신선폐의 해약이 강호에 유출되어 독에 정통한 사람 손에 들어간다면 신선폐는 무용지물이 되고 마네. 해약이 존재하는 독을 두려워할 이유가 없을 테니까. 하지만 이유를 듣고 타당하다 느껴지면 내 직접 가주에게 허락을 얻어보겠네."

진영인이 고개를 저었다.

"거절하겠습니다. 직접 가주와 만나게 해주십시오."

너무도 단정적인 그의 말에 당중일은 할 말을 잃었는지 아무런 대꾸도 하지 않았다.

다른 당가의 고수들의 얼굴에도 서서히 분노의 기색이 감돌고 있었다. 나이나 강호에서의 위치로 보아 비교도 되지 않을 정도의 차이가 남에도 불구하고 당중일은 예의를 갖추어 부탁을 했다. 하지만 진영인은 이를 일언지하(一言之下)에 거절해 버린 것이다. 이는 매우 광오하고 무례한 것이어서 당중일 역시 눈살을 살짝 찌푸린 채 진영인을 응시했다. 그러나 진영인의 얼굴에는 아무런 표정의 변화가 없었다.

일말의 굽힘도 없는 강인한 그의 의지를 읽은 당중일은 더 이상 그를 설득할 말이 떠오르지 않았다.

그렇다고 이대로 당가의 식솔들이 진영인의 손에 쓰러지는 것을 지켜보고 있을 수도 없었다.

어찌 되었든 자신은 당가의 장로가 아닌가? 진영인이 무엇 때문에 당가와 원한을 맺으려 하는지는 알 수 없었지만 일단 당가가 위기에 처한 이상 그로서는 진영인을 막아야 할 명분과 책임이 있었다.

만약 진영인의 무공이 이토록 뛰어난 것이 아니었다면 이처럼 귀찮은 짓을 거치지 않고 단번에 해치우고 말았을 것이다.

당중일은 조금 전에 보았던 진영인의 검법을 다시 뇌리에 떠올려 보았다. 비록 무서운 검법이고 냉철한 솜씨였지만 그는 오랜 세월을 자신과 함께해 온 세 자루 비도를 믿고 있었다.

마침내 당중일은 마음을 결정하고 진영인을 향해 고개를 저어 보였다.

"자네가 계속 억지를 부리겠다면 나 역시 두고만 볼 수 없네."

"그럼 준비하십시오."

당중일은 물론이고 당조추를 비롯한 당가의 인물들은 모두 어처구니없다는 얼굴로 진영인을 바라보았다.

그들이 지금 진영인의 심정을 어찌 알겠는가?

송현자를 살리기 위해서라면 당가가 아니라 강호무림 전체와 적대시하는 한이 있더라도 조금도 주저하지 않을 것이다. 오로지 사부를 구하겠다는 일념 하나만으로 진영인은 진자겸으로 인한 혼란과 마음의 고통을 억누르고 있었던 것이다.

진영인은 수중의 자전뇌검을 힘껏 움켜쥐고 당중일을 향해 성큼 걸음을 내디뎠다.

"보자보자 하니 눈에 보이는 것이 없구나!"

마침내 당중일이 참지 못하고 노성을 터뜨렸다. 그러나 그때 진영인은 이미 당중일을 향해 곧장 달려들고 있었다.

순간 장내에 있던 당가의 무인 다섯 명이 일제히 몸을 날려 진영인을 에워쌌다. 당중일이 직접 암기술을 전수한 그의 제자들이었다.

쉬익!

그들 다섯 사람이 일제히 던지는 암기의 파공음이 마치 하나의 암기를 던지는 것 같았다. 그것만 보아도 그들이 얼마나 암기술을 갈고닦은 인물들인지 여실히 알 수 있었다.

진영인은 한 치의 망설임도 없이 그들을 향해 검을 휘둘렀고, 일 대 오의 격전이 치열하게 전개되었다.

당중일은 진영인이 자신의 몇 번에 걸친 제지에도 불구하고 결국은 자신의 제자들과 싸움을 벌이자 인상을 찌푸렸다.

"정말 검법만큼이나 성질도 대단하군. 하지만 알 수 없군. 형산과 같은 정파의 인물이 어찌 저와 같은 살기를 지녔을까?"

당중일이 설레설레 고개를 젓고 있을 때였다.

차창!

"크악!"

갑자기 요란한 병장기 부딪치는 음향과 함께 외마디 비명 소리가 들려왔다.

당중일은 깜짝 놀라 격전이 벌어지고 있는 곳으로 시선을 돌렸다. 그리고는 이내 몸을 딱딱하게 굳혀야만 했다.

엄밀한 방형진(方形陣)을 구축하며 진영인과 팽팽하게 맞서고 있던 상황은 이미 깨져 있었다. 그의 제자들은 술 취한 사람들처럼 휘청거리며 물러나고 있었고, 그들 중 한 명은 이미 바닥에 쓰러진 상태였다.

놀란 사람은 당중일뿐만이 아니었다.

"어떻게 된 것입니까? 저들은 쇄운진(鎖雲陣)을 펼친 것이 아니었습니까?"

당조추의 당혹성에 당중일은 침음성을 흘리며 고개를 끄덕였다.

"저 아이들의 쇄운진은 완벽했다. 다만 저자의 검법이 예상보다 훨씬 뛰어나서 쇄문진의 변화만으로 감당할 수 없었을 뿐이다."

당조추는 믿을 수 없다는 듯 두 눈을 크게 치켜떴다.

화산에는 매화검진이 있고, 무당에는 칠성검진, 소림엔 나한진이 있듯 당문에도 몇 가지 진법이 존재했다. 다만 차이점이라면 다른 문파와 달리 검과 같은 병장기 대신 암기를 사용한다는 것뿐이었다.

당문에서 가장 위력적인 진법은 만독호연십팔진(萬毒浩然十八陣)이었고, 그외에도 쇄운진과 칠암기진(七暗器陣), 그리고 구작독진(九雀毒陣)이 있었다.

그 진들은 하나같이 일인(一人)을 상대하기에 가장 적합하도록 만들어졌으며, 아무리 뛰어난 절정고수라 해도 일단 그 검진 안에 갇히면 좀처럼 빠져나오기가 쉽지 않았다.

당중일의 제자들이 펼치는 쇄운진이라면 설사 자신이라 할지라도 자신이 없었다.

그런데 불과 십여 초도 되지 않아 쇄운진이 깨어지고 벌써 한 사람이 쓰러져 버렸으니 당조추가 놀라는 것도 무리는 아니었다.

"그만!"

남은 네 명의 제자가 주춤거리다가 간신히 신형을 추스르고 다시 진영인에게 덤빌 듯하자 당중일은 황급히 그들을 제지했다. 백번 천번을 싸운다 한들 자신의 제자들과 진영인 사이에는 메울 수 없는 실력 차가 존재했고, 그 결과 역시 분명했기 때문이다.

"됐다. 이만 물러나라."

"사부님……."

"너희들은 그자의 상대가 아니다. 그러니 어서 물러서라."

당중일은 쇄운진마저 깨진 이상 무슨 수를 써서라도 진영인을 해치울 생각이었다. 하지만 그런 당중일의 등을 바라보는 당조추의 눈빛이 기이하게 번뜩였다.

그런 당조추의 눈빛을 읽지 못한 당중일은 담담한 표정으로 진영인의 앞으로 가서 우뚝 섰다.

진영인은 거듭된 격전을 겪었음에도 전혀 표정의 변화가 없었다. 몇 군데 옷자락이 찢어지긴 했으나 땀을 흘리지도 않았고, 심지어는 숨결조차 가빠지지 않았다.

그가 지금까지 쓰러뜨린 사람들이 당문의 정예라는 것을 감안해 볼 때 정말 믿기 힘든 일이었다.

당중일도 그 점을 알아차렸는지 감탄이 섞인 음성을 내뱉었다.

"과연 신룡이란 명호가 과분하지 않을 만큼 뛰어난 검이군."

진영인은 묵묵히 그의 말을 듣고만 있었다.

당중일은 신광이 번뜩이는 눈으로 진영인의 얼굴을 가만히 쳐다보았다.

"자네가 펼친 것 중 뇌운검결은 쉽게 알아보겠는데, 다른 하나의 검법은 좀처럼 알아차리기 힘들더군. 언뜻 보아서는 뇌운검결 같기도 했는데, 어딘지 모르게 달라 보였네. 실례가 되지 않는다면 그게 무슨 검법인지 알 수 있겠나?"

싸우려는 상대에게 무공을 물어보는 것은 확실히 강호의 예의에 어긋나는 일이다. 당중일도 그것을 모르는 사람은 아니었으나 예의 이전에 무인으로서의 호기심이 더욱 강했다.

진영인은 순순히 대답해 주었다.

"그것은 또 다른 뇌운검결이오."

다소 의외인 듯 당중일은 한동안 생각에 잠겨 있다가 가느다란 한숨을 내쉬었다.

"뇌운검결에 그런 변화가 있다면 지금까지 강호의 소문은 많이 잘못된 것이로군. 노부는 본 가의 암기수법으로 자네의 뇌운검결을 상대하려 하네."

당조운이나 당조추와 달리 당중일은 확실히 예의를 아는 인물이었다.

진영인은 천천히 고개를 끄덕였다.

"알겠습니다."

두 사람은 삼 장의 거리를 두고 마주 본 채 우뚝 섰다.

삼 장이라면 그리 가까운 거리는 아니었으나 그들과 같은 고수들에게는 지척이나 마찬가지였다.

장내는 다시 팽팽한 긴장감이 흐르기 시작했다.

피잉!

대기를 가르는 예리한 파공음과 함께 싸움이 시작되었다.

뜻밖에도 먼저 손을 쓴 사람은 당중일이었다.

보통 이런 경우에는 강호에서의 지위와 배분이 높은 인물이 선초(先招)를 양보하는 것이 일반적인데, 당중일은 그런 관행을 무시하고 자신이 먼저 공격을 시작한 것이다. 이것은 그만큼 이번 승부에 자신의 전력을 기울이겠다는 그의 각오를 나타내는 것이었다.

남사일의 비도는 한줄기 유성(流星)과도 같이 곧장 진영인을 향해 날아들었다.

그는 구천현녀(九天玄女)라는 당문 최고의 암기수법을 사용하고 있었다. 원래 구천현녀는 당문의 암기수법 중에서 가장 유명한 추혼비접(追魂飛蝶)과 연환십이참(連環十二斬)을 융합한 것으로, 이백 년 전 당가 사상 최고의 고수라 불렸던 천공무조(天功武祖) 당호(唐虎)가 창안한 암기수법이었다.

구천현녀는 그 위력만큼이나 운용법이 복잡하고 익히기가 어려워서 지금까지 당가에서 이를 극성에 이르도록 연마한 사람은 손가락으로 꼽을 정도였다. 당중일 역시 삼십 년이 넘는 수련과 깨달음 끝에 몇 년 전에야 겨우 대성(大成)할 수 있었다.

그만큼 구천현녀에 대한 그의 자부심은 남다른 것이었다.

구천현녀는 모두 아홉 초로 나뉘어져 있었는데, 일초인 천녀강림(天女降臨)부터 마지막 초식인 천녀비상(天女飛上)에 이르기까지, 초식 하나하나가 무시무시한 위력을 담고 있었다.

더구나 당중일은 지금까지 구천현녀를 삼초 이상 써본 적이 없었다. 그와 싸웠던 대부분은 구천강림의 한 수를 견디지 못했고, 간혹 몇 명은 놀라운 신법으로 이를 피했다 해도 연이은 천녀옥음(天女玉音)과 천녀홍소(天女紅笑)의 공격 앞에서는 피하거나 대항할 엄두도 내지 못하고 쓰러지기 일쑤였다.

지금도 당중일의 비도는 어느새 진영인의 턱밑까지 도달해 있었다.

진영인은 피하는 대신 자신의 목을 찔러오는 비도를 정면에서 쳐냈다.

땅!

새파란 불꽃이 허공으로 튀어올랐다.

쾌라라락!

그 순간 귓전을 파고드는 정신 사나운 소성에 진영인은 크게 놀랐다. 어느새 두 번째 비도가 자신의 가슴을 향해 쇄도하고 있었던 것이다.

천녀옥음의 절초였다.

원래 이런 상황이라면 뇌운검결 중의 패뢰파천을 펼쳐 상대의 검을 쳐내는 것이 가장 바람직하다. 하나 진영인은 오히려 앞으로 한 발 다가서며 낙뢰토염을 펼쳤다.

비도에 회전을 가해 소음을 일으켜 상대의 정신을 혼란케 하는 것이 천녀옥음의 특징이었다. 따라서 뒤로 물러서면 물러설수록 발이 묶이고, 허점을 드러내게 되는데 진영인이 단번이 이를 간파했다. 그래서 물러서지 않고 오히려 앞으로 다가섰던 것이다.

낙뢰토염은 뇌운검결 중에서도 가까운 거리에서 펼치기에는 더할 나위 없이 좋은 초식이었다.

츠츠츠츠!

당중일은 갑자기 들이닥친 날카로운 검기로 인해 자신의 공격이 와해되고 오히려 진영인의 검 앞에 자신의 왼쪽 가슴이 노출되자 황급히 물러서며 천녀배상(天女拜上)의 초식으로 비도를 던졌다. 하지만 공격이 아닌 수비를 위한 비도였기에 그 위력은 본래의 절반밖에 되지 않았다.

아니나 다를까, 진영인은 너무도 수월하게 비도를 쳐냈다.

카앙!

다시금 삼 장의 거리를 두고 마주한 그들의 표정은 사뭇 달랐다.

"으음……."

무표정한 진영인과 달리 당중일은 침음성을 흘리고 있었다. 강호에 나선 이래 삼십 년간 깨지지 않았던 삼투불요(三投不要)의 전설이 무너진 것이다.

하나 이도 잠시.

표정을 굳힌 당중일은 양손에 한 자루씩의 비도를 거머쥐고 진영인을 노려보았다. 그리고 천녀영일(天女迎日)과 천녀관월(天女觀月)의 두 초식을 동시에 펼쳐냈다.

피이잉!

진영인의 눈에 이채가 떠올랐다. 분명 당중일이 던진 비도는 두 개였으나 한줄기 파공음만이 들려왔기 때문이다.

두 초식은 각각 상극을 이루는 초식으로, 빛처럼 화려한 천녀영일의 빠르기에 묻혀 사각에서 은밀히 날아드는 천녀관월을 제대로 파악하지 못한다면 그대로 옆구리가 꿰뚫리기 십상이었다.

진영인은 천녀영일과 천녀관월이 펼쳐지는 종잇장 같은 틈새에 뇌운유정을 밀어 넣으며 이를 급격히 낙뢰섬전으로 변화시켰다.

파파팟!

빗발치는 듯한 검광이 뿌려지며 당중일이 또다시 뒤로 한 걸음 물러섰다. 검이 거두어졌다가 다시 뿌려지는 그 짧은 사이에 날아든 뇌운 검결의 공세는 그로서도 감당하기 힘들었던 것이다.

비록 단 한 걸음의 물러섬이었으나 당중일이 느끼는 충격은 상당한 것이었다. 자신의 의지와 다르게 흐름이 끊겨 구천현녀가 도중에 거둬진 것은 처음 있는 일이었기 때문이다.

초식과 초식이 엇갈리는 그 짧은 순간의 틈을 노리고 들어온다는 것은 수십 년간 무공을 벗 삼아 살아온 당중일로서도 상상치 못한 일이었다.

"과연 대단하구나!"

당중일은 자신도 모르게 탄성을 내지르며 물러섰던 몸을 빙글 회전시키며 진영인의 옆으로 돌아갔다.

흐름이 끊겨진 초식을 무리하게 계속 잇지 않고 공격 방향을 바꾸어 다시 기회를 노리는, 절정의 무인다운 노련함이었다.

당중일은 비도를 던지지 않고 양손에 굳게 움켜쥔 채 매서운 기세로 진영인의 옆구리를 노리며 파고들었다.

진영인이 검을 휘둘러 자신의 어깨를 베어오자 당중일은 더욱 기민하게 움직이며 약간의 시간 차를 두고 양손의 비도를 나눠 던졌다. 그러자 끊겨졌던 천녀관월의 변화가 다시 일어나며 뒤이어 구천현녀 중에서도 가장 빠른 초식인 천녀능운(天女凌雲)이 진영인의 옆구리에서 가슴 쪽으로 이어졌다.

이와 같은 가까운 거리에서의 접전은 보는 사람으로 하여금 손에 땀을 쥐게 만들었다.

　일반적으로 검을 사용하는 검객들끼리의 격전은 어느 정도의 거리를 두고 전개되는 것이 보통이었으나, 오늘 두 사람은 처음의 몇 초 외에는 서로 손을 내밀면 닿을 정도의 거리에서 공방을 주고받고 있었다.

　그야말로 육박전이나 다름없는 이와 같은 근접검투(近接劍鬪)는 좀처럼 보기 힘든 것으로 그 흉험함이 이루 말할 수 없었다.

　하지만 시간이 지날수록 진영인의 검은 더욱 예리해졌고, 당중일은 점차 진영인의 검세에 밀리고 있었다.

　어느 한순간 진영인의 허리가 버드나무처럼 뒤로 휘청 휘어졌다가 다시 펴지더니 남사일이 펼쳤던 회심의 천녀능운은 헛되이 허공을 가르고 지나갔다.

　그리고 진영인의 무서운 반격이 시작되었다.

　파파파팍!

　보이는 것이라고는 오직 안개처럼 끊임없이 일어나는 검(劍)의 환영(幻影)들뿐이었다.

　당중일은 필사적으로 비도를 던지며 운뢰중첩이 만들어낸 검기의 운무에 대항했으나, 무섭게 일어나는 그 기세는 일평생 처음 접하는 가공한 것이었다.

　당중일은 얼굴이 창백하게 굳어진 채 천녀홍소와 천녀비상의 양대 절초를 펼쳤으나, 그가 던지는 비도들은 끝없는 검의 안개 속에 묻혀 산산조각이 나고 말았다.

　마침내 당중일은 더 이상 버티지 못하고 뒤로 세 걸음이나 물러났다. 그러나 진영인의 검기는 집요하게 그를 쫓고 있었다.

당중일은 이대로 가다가는 참혹한 결과만이 있을 것임을 직감하고 입술을 질끈 깨문 채 검기 안으로 뛰어들어 수중의 비도를 미친 듯이 휘둘렀다.

천녀강림부터 천녀비상까지. 구천현녀의 아홉 개 초식이 쉴 새 없이 펼쳐지며 엄청난 경기의 폭풍이 휘몰아쳤다.

그 순간, 그토록 끊임없이 솟아오르던 검의 구름이 씻은 듯이 사라졌다.

그리고 나타나는 섬광 하나!

그것은 마치 구름을 가르는 뇌전(雷電)과도 같았다.

운뢰중첩에 이어지는 묵운토뢰의 연환초식은 뇌운검결 중에서도 가장 무서운 변화들 중의 하나였다. 운무와 같던 검기들이 하나로 귀합하여 능히 산악조차 갈라 버리는 가공할 위력을 발휘하는 것이다.

챙강!

당중일이 펼쳐낸 그 많은 검초들이 흔적도 없이 사라지며 그의 손에 들려 있던 비도들이 두 동강이 나버렸다.

이어 당중일의 가슴마저 갈라지려는 순간, 갑자기 진영인의 등 뒤에서 날카로운 장력이 날아들었다.

그것은 너무도 뜻밖의 일이었는지라 진영인조차도 안색이 굳어질 수밖에 없었다.

지금 진영인이 내뿜은 기세는 너무도 강력해서 이 기세를 중도에 거둬들인다는 것은 거의 불가능에 가까운 일이었다.

진영인은 물러서지 않고 오히려 더욱 속력을 내서 앞으로 몸을 날렸다.

퍼엉!

육중한 충격을 느끼며 진영인은 왈칵 피를 토했다.

그와 함께 진영인의 검은 당중일의 왼쪽 어깨를 그대로 꿰뚫어 버렸다.

당중일은 신형을 휘청거렸으나 신음조차 내지 않고 두 눈을 부릅뜨고 있었다. 원래 가슴이 갈라졌어야 마땅했으나, 진영인이 앞으로 돌진해 오는 바람에 검초의 방향이 바뀌어 어깨가 뚫린 것이다. 그러나 당중일은 자신의 목숨이 기적적으로 살아난 것에 만족해하는 표정이 아니었다.

항상 냉정을 잃지 않던 그의 두 눈이 분노로 이글거리며 진영인의 등 뒤를 향해 있었다.

"조추, 네가 이렇게 비겁한 짓을 하다니!"

진영인의 등 뒤에는 당조추가 상기된 표정으로 서 있었다.

당조추는 당중일과 시선이 마주치지 않으려 노력하며 애써 웃어 보였다.

"죄송합니다. 하지만 이자는 이대로 살려두기에는 너무 위험합니다."

당중일은 어깨가 뚫린 고통도 잊은 듯 성난 외침을 토해냈다.

"아무리 그렇기로 등 뒤에서 암습을 하다니…… 너는 본 가의 십걸로서 명예마저 내던질 심산이더냐?"

당조추는 침착함을 되찾은 듯 다소 냉랭한 음성으로 대꾸했다.

"제 명예보다는 본 가의 안위가 더욱 중요합니다. 본 가의 위험을 제거할 수 있는 일이라면 이보다 더한 짓도 할 수 있습니다."

당중일은 아무런 말도 할 수 없었다.

무인의 명예보다 앞서 당가의 안위를 우선시하는 당조추의 생각은 너무나 당연한 것이었다.

당조추는 내력을 끌어올린 양손을 들어올리며 진영인을 바라봤다.

진영인은 당중일의 어깨를 꿰뚫은 장검을 회수하고는 천천히 몸을 돌렸다.

당조추는 조금 전의 자신의 공격이 진영인의 등뼈를 부쉈음을 믿어 의심치 않고 있다가 그가 몸을 움직이자 대경실색했다.

진영인의 얼굴 표정은 처음과 전혀 달라진 것이 없었다. 입에서는 피를 흘리고 있었으나 눈에서 흘러나오는 안광은 여전히 서늘했다.

절체절명의 순간에 진영인은 몸을 최대한 앞으로 이동시켜 당조추의 장력을 반감시키는 것과 동시에 뇌정단공을 끌어올려 몸을 보호했던 것이다. 그러나 치명적인 부상은 피했으나 진영인의 내상은 결코 가볍지 않았다.

다만 너무도 태연한 진영인의 모습으로 인해 이를 깨닫지 못한 당조추는 자신의 암습이 실패로 돌아갔다고 생각할 수밖에 없었다.

스윽.

"……!"

진영인의 눈빛을 정면에서 마주한 순간 당조추의 얼굴이 새파랗게 질려 버렸다.

서서히 투명해지기 시작한 진영인의 눈동자 때문만이 아니었다. 그보다 전신을 감싼 채 자욱하게 흘러내리는 음험한 기운 앞에 가슴속 깊은 곳에서부터 짙은 공포가 솟아올랐기 때문이다.

처음 당조운과 충돌한 순간부터 진영인은 왼손으로 검을 썼다. 이는 곧 불안정한 뇌운검결을 사용한다는 것을 뜻했다. 미완(未完)의 뇌운검결은 너무나 살기가 짙고 파괴적이어서 진명인은 그동안 가급적 이를 사용하지 않으려 노력했다. 더구나 여기에 수반되는 마기는 제어하기 어려운 까닭에 자칫 단리혁과 마찬가지로 마기에 사로잡힐 수도 있었다. 하지만 이와 같은 위험을 무릅쓰고도 진영인은 불안정한 뇌운검결을 사용해야만 했다. 그만큼 당가가 지닌 저력은 무시할 수 없었던 것이다. 하지만 완전히 살기를 지우지 못한 뇌운검결로 인해 진영인은 끊임없이 솟구치는 마기를 억누르고 있었다. 하지만 조부의 일로 인해 극심한 마음의 고통을 겪고 있는데다, 송현자의 안위가 걱정되어 조급한 마음이 앞서 이마저 쉽지 않았다.

초인적인 의지로 이를 간신히 버티고 있었건만, 그것이 당조추의 삼양신장에 의해 깨져 버린 것이다.

삼양신장의 위력은 십성의 산매장에 버금갔고, 이를 맨몸으로 받아내기 위해 진영인은 뇌정단공의 한계를 넘어설 수밖에 없었다.

결국 진영인은 진현자가 언급한 대로 마경에 한 걸음을 내딛고 만 것이다. 그리고 본격적으로 마경에 들어서자 진영인이 내뿜는 마기는 실로 기경(奇驚)스러운 것이었다.

털썩.

후들거리는 다리를 주체하지 못하고 당조추가 바닥에 주저앉았다.

진영인은 그런 당조추에게 손을 쓰지 않았다.

진영인은 신형을 돌려 당중일에게 걸어갔다. 하나 그를 막아서는 사람은 아무도 없었다.

　장내에 자신의 발로 서 있는 사람은 당중일의 제자 네 명을 포함해
도 칠팔 명에 불과했고, 대부분이 진영인의 검 아래 고혼(孤魂)이 되어
버렸다. 너무도 어처구니없는 결과에 장내의 모든 인물들은 할 말을
잃어버렸다.

　마침내 진영인은 당중일 앞에 우뚝 섰다.

　"마기(魔氣)!"

　진영인이 흘리는 기운의 정체를 깨달은 당중일이 경악성을 터뜨렸
다.

　하지만 이도 잠시. 그는 이내 안색이 핼쑥하게 변한 채 당조추와 마
찬가지로 진영인과 시선을 마주치려 하지 않았다.

　진영인은 시선을 피하는 당중일의 두 눈을 똑바로 쳐다보며 입을 열
었다.

　"당신들 때문이오."

　의아한 눈으로 자신을 바라보는 당중일을 향해 진영인의 살기가 쏟
아졌다.

　"완전하지 못한 검을 드는 것은 나의 절박함 때문. 그리고 그 절박
함의 원인을 제공한 것은 당신들 당가요. 내가 억누르던 살검의 구속
은 이미 깨어졌소. 당가는 나를 이렇게 만든 대가를 치러야 할 것이오.
그러니 나의 검을 원망하지 마시오."

　그 말을 끝으로 진영인은 신형을 돌렸다.

　멀어지는 진영인의 뒷모습을 응시하며 당중일은 강호에 무서운 고
수가 등장했음을 절감해야만 했다.

　진영인은 단 열흘 남짓한 시간 만에 강호를 이분하고 있는 흑무련의

주축인 사황곡을 무너뜨렸으며, 사황곡주인 등사격마저 죽음을 피할
수 없었다.

더구나 당가의 추영대를 몰살시키고, 이도 모자라 십걸 중 한 명인
당조추와 강호에서 열 손가락 안에 든다고 자부하는 무위를 지닌 자신
마저 격파해 버렸다. 하나 이 역시 그가 지닌 모든 것을 드러내지 않은
상태에서 이뤄진 것이니 어찌 놀라지 않겠는가.

머지않아 강호는 크게 술렁일 것이다.

위진형산(威振衡山)!

당중일은 하늘을 떨어 울린다는 형산의 이름 앞에 늘 진영인이 언급
되리란 것을 믿어 의심치 않았다.

"가주는 어찌 저런 자를 적으로 돌렸단 말인가!"

탄식을 터뜨린 당중일은 제자들을 향해 고개를 돌렸다.

"가서 지금의 상황을 전부 빠짐없이 고해라. 그리고 이 시각을 기해
본 가에 일급 경계령을 내린다."

급히 신형을 날리는 제자들을 뒤로 하고 당중일은 고개를 들어 하늘
을 바라봤다.

우르릉.

멀리서 들려오는 우렛소리가 그의 마음을 어지럽게 흔들고 있었다.

〈제4권 끝〉

무한 상상 · 공상 세계, 청어람 신무협 & 판타지

『두령』, 『사마쌍협』을 보았다면
꼭 섭렵해야 할 월인의 최신작!

2005년 무협계를 평정할
거대한 놈이 나타났다!

『천룡신무』
(天龍神舞)

천룡신무(天龍神舞) / 월인 지음

처음에는 운 좋게 병신춤만 추는 인간들을 만나 사지육신을 온전히 보존하고 있는 줄 알았다.
그리고 십 년 동안 이상한 춤만 가르쳐 주고 몽둥이 휘두르는 법은 물론, 주먹 쥐는 법 하나
가르쳐 주지 않은 사부를 원망하기도 했었다.

하지만 이젠 그딴 거 필요없다.
사부께서는 용무(龍舞)를 열심히 수련하면 네놈 몸뚱이 하나는 네 마음대로 움직일 수 있다고 하셨다.
그리고 그렇게 만들어주셨다.
사부께서는 한계를 뛰어넘고 초식을 무너뜨리는 춤을 가르쳐 주신 것이다.

중원의 무공 따위는 눈 아래로 내려다볼 수 있는 춤!

그래서 천룡신무(天龍神舞)이리라…….

매력적인 작품 세계를 보여온 월인만의 매혹에 다시 한 번 유혹당한다!